U0681062

ABDULRAZAK

GURNAH

Abdulrazak Gurnah
古　尔　纳　作　品

Paradise

天堂

〔英〕阿卜杜勒拉扎克·古尔纳——著
刘国枝——译

上海译文出版社

目　录

译　序

故事与译事

一

2018 年春，我译完丹麦作家伊萨克·迪内森的 *Out Of Africa* 全书后，为中文书名纠结良久。Out of Africa 的字面意思是“在非洲之外”，就作者的创作实际而言，是“在非洲之外（丹麦）”回首往事，从作品的内容来说，也是“失非洲”“忆非洲”或“非洲梦回”，是身在非洲之外而心却仍系非洲，因而从根本上展现的恰恰是一个“走不出的非洲”。但由于《走出非洲》之名已经在一代代读者中深入人心，特别是通过梅丽尔·斯特里普主演的电影而几乎变得家喻户晓，思虑再三，我决定沿用旧名，也算是致敬经典，并在译后记中对此做了说明。

在随后一年半的时间里，由于工作关系，我两次走进非洲，也到访过肯尼亚，虽无暇前往保存完好的迪内森故居参观瞻仰，但在公务之余，我有幸体验当地的风土人情，仰望清澈寂寥的夜空，并观察各色人等熙来攘往，常常不自觉地脑补迪内森描写过的画面，耳边仿佛还萦回着作家的不舍追问：“如果我会吟唱非洲之歌，吟唱长颈鹿，以及照在它背上的非洲新月，吟唱田地中的耕犁，以及咖啡采摘工那汗涔涔的脸庞，那么，非洲是否也会为我吟唱？草原上的空气是否会因为我身上的色彩而颤栗？孩子们是否会发明一个带有我名字的游戏？圆月是否会在碎石路上投下像我一样的影子？恩贡山上的鹰是否会找寻我的踪影？”①我吹着迪内森吹过的风，不禁暗暗感慨自己与非洲的交浅缘深。

2021 年 10 月 7 日，瑞典学院宣布将诺贝尔文学奖授予英籍坦桑尼亚裔作家阿卜杜勒拉扎克·古尔纳，以表彰他“对殖民主义的影响和身处不同文化、不同大陆之间鸿沟中的难民的命运，进行了毫不妥协和富有同情心的深刻洞察”。11 月初，我收到上海译文出版社编辑宋玲女士的邀约，问我是否有兴趣“重返非洲”，翻译新科诺奖得主的小说。基于多年的合作经历，她深知这对我而言是无法抗拒的诱惑。于是，我接受了《天堂》的译事，这部作品源于作家 1990 年的一次东非之旅所激发的灵感，于 1994 年出版后入围布克奖。就这样，我得以再次走进非洲，走进古尔纳笔下那个全然不同于我既有印象和想象的非洲。

---

① ［丹麦］伊萨克·迪内森著，《走出非洲》，刘国枝译，上海译文出版社，2019 年，第 78—79 页。

二

《天堂》首先是一个关于小人物的小故事，是其亲身经历和亲耳听闻的故事，正如开篇所言："先说那个男孩。"十二岁那年，斯瓦希里男孩优素福离开父母，跟随阿齐兹叔叔乘火车前往海滨城市。阿齐兹叔叔是一位富有的阿拉伯商人，此前带领商队前往内陆做生意时，常常在优素福父亲经营的小店歇脚，并在优素福家里用餐。他每次出现总是穿着飘逸的薄棉长袍，戴着绣花小帽，身上散发出一股香气，一副友善、从容、儒雅的样子，每次到来还都会给优素福一枚硬币，所以优素福对他的来访总是充满期待。这次突然离家令优素福感到惶恐不安，他对此行的目的、期限和前景一无所知，但还是服从了大人们的安排。抵达阿齐兹叔叔家后，优素福成为其店铺的一名帮手。店铺伙计哈利勒年长他几岁，一边好奇地打探他的旧生活，一边热情地指导他的新生活。他们朝夕相处，白天在店里工作，夜晚则睡在主屋前的露台上。哈利勒以"过来人"的身份，教他工作技能和人情世故，并给他讲述各种故事。哈利勒告诉他，阿齐兹叔叔不是他的"叔叔"，而是"老爷"；优素福与哈利勒一样，都是因为父亲欠了债而被抵押给阿齐兹叔叔，成为他的免费劳工，直到他们的父亲能偿还债务——而这种希望十分渺茫。在对被遗弃的恐惧和迷茫中，日子一天天过去，优素福渐渐长大，并跟随商队前往内陆，深入腹地，了解了人性的复杂和丑陋，目睹了生之苦难和死无尊严。与此同时，由于相貌英俊，他受到许多人各怀心思的关注，不仅受到男人、女人的捉弄骚扰，还几度成为人质，甚至险些成为迷信献祭的对象。而阿齐兹叔叔的太太祖莱卡对他更是贪慕已久，多次提出非分要求，被拒绝后便恼羞成怒倒打一耙。优素福五六年来①的生活一直是被设计、被交易、被摆布、被需要，他始终无法把握自己的命运。到这时，他得知父亲已经去世，母亲已搬走不知所终，而他心仪的姑娘——哈利勒的妹妹阿明娜——则已成为阿齐兹叔叔的妻子。他不愿再寄人篱下忍辱偷生，但思来想去，却发现根本无处可去。两难之时，一位德国军官率领本地士兵来抓人充军，士兵们在院子周围留下了垃圾和大小便，在他们离开后，优素福看着抢食粪便的狗，仿佛看到了自己，就在那一瞬间，他终于听从内心的声音，拔腿朝渐渐远去的队伍奔去——他毫无“政治正确”的概念，只是终于自己做主，奔向不可能更糟的未来。

《天堂》显然更是一个关于大环境的大故事。坦桑尼亚

① 优素福失去自由后，刻意不去关注时间的流逝，他十二岁离家，后来有一次提到他的年龄为十七岁，到故事结束时应该是十八岁左右。

是一个多民族多文化的国家，早在公元前就与阿拉伯、波斯和印度等地有贸易往来，后来相继经历了阿拉伯人、波斯人和印度人的大批迁入。十九世纪中叶，欧洲殖民者入侵，1886 年，坦噶尼喀内陆被划归德国势力范围；1890 年，桑给巴尔沦为英国“保护地”，1917 年 11 月，英军占领坦噶尼喀全境。《天堂》所呈现的就是一幅殖民阴影笼罩下的画卷。优素福八岁时，父母之所以从南方搬到一个名叫卡瓦的小镇经营一家旅店，就是因为德国人在修建一条通往内陆高原的铁路线，并把卡瓦设为一个站点，使小镇迅速繁华起来。但随着殖民者的不断深入，小镇的繁华昙花一现，旅店的生意每况愈下，优素福的父亲渐渐债台高筑，终至将儿子抵押给商人而酿成家庭悲剧。十二岁那年，优素福在火车站的站台上首次见到两个欧洲人，而在到达阿齐兹叔叔家之后以及随商队在内陆四处辗转的过程中，他听到许多关于欧洲人的传说，比如他们身穿金属衣，可以吃铁，他们的唾沫有毒，可以死而复生等等，也目睹了欧洲人的明火执仗耀武扬威：公然霸占原住民的土地，掠夺当地的资源，抢走商人的货物等。殖民者的到来改变了坦桑尼亚的社会形态，种族歧视和阶级压迫成为常态，宗教矛盾、文化冲突和部落相残也随处可见。小说透过优素福未经世事而不加滤镜的视角，将其个人的小故事嵌于社会动荡与变迁的大故事之中，增加了作品的张力和厚度。

《天堂》当然还是一个关于“天堂”乐园的故事。伊斯兰教与基督教具有很深的渊源，《古兰经》和《圣经》中都有神创世界、天堂和地狱、旷野漂泊等故事，两者还有许多相同的人物，只是因为语言不同而有了不同的名字。两者描述的天堂都是一座美丽的花园，里面有四条河流，常年绿树成荫，花果飘香，园中人无忧无虑，尽享快乐。但由于魔鬼的诱惑，人违背了神的旨意而受到惩罚，于是失去了乐园。古尔纳的《天堂》显然贯穿着一条伊甸园及其失落的主线。暂且不提优素福、乞丐穆罕默德、哈利勒等所承受的失去家园之痛，仅仅从目录上看，乐园得而复失的题旨就清晰可见：“有围墙的花园”是一个神秘而令人向往的所在，里面的水池、渠道、树木、花果就是仿照传说中的天堂而布局；“山乡小镇”“内陆之旅”“火焰门”喻示着旷野漂泊和试炼；“心心念念的树林”是将乐园进一步具象化；“血块”点明了神造人的初始，因为《古兰经》中多次提到真主用血块造人，说明所有人都源于相同的血脉，原本没有高下贵贱之分，但现实社会却等级森严，人对同类的歧视、剥削和压迫无处不在，就在与花园一墙之隔的深闺大院里，还关着一个曾经被丈夫利用的疯女人和一个代父抵债而嫁为人妇的穷姑娘——阿齐兹叔叔娶阿明娜为妻，虽然打着基于契约公平交易的幌子，却无法掩盖其通过阴毒手段强占弱女的实质，所以他的家表面上像天堂，实际却早已被玷污和败坏，无异于人间地狱。

三

对译者本人而言，翻译《天堂》首先自然是一件“译事”，但在从阅读理解到落笔表达的过程中，我常常有卡顿之感，究其缘由，除了自身的本领恐慌之外，还与作家的语言选择以及部分人物的临时角色密切相关。我发现，原作本身已经经过了作家的“首度翻译”和部分人物的“二度翻译”，我所承接的译事不过是“三度翻译”，因此，在阅读原作时感受到翻译腔，或者本译作存在翻译腔，恐怕都是在所难免。

古尔纳于1948年出生于桑给巴尔，1968年以难民身份前往英国，1976年获得伦敦大学学士学位，1982年获得肯特大学博士学位，1985年入职肯特大学，主要从事英语和后殖民文学教学与研究，直至退休。古尔纳从二十一岁开始写作，虽然母语为斯瓦希里语，却一直以英语为写作语言，并大多关注难民主题，但第四部小说《天堂》却“重返非洲”，聚焦于殖民时期的东非——一个多元文化、多种语言并存的社会。由于作品中的人物不仅包含说斯瓦希里语的当地人，还有阿拉伯人、印度人、索马里人、欧洲人以及偏远部落的原住民等，他们的语言各不相同，作家一方面用英语讲述故园旧事，另一方面希望真实再现彼时的声音情状，于是作品中保留了不少斯瓦希里语、阿拉伯语词汇，我们仿佛可以看到作家在自觉不自觉地进行语言的转换（翻译），从这种意义上说，对于作家而言，《天堂》的创作本身也是一件“译事”。

与此同时，由于作品中的人物分属不同的群体，使用不同的语言，而大部分人因教育所限，对“外语”一窍不通，需要依赖“翻译”来实现跨语言沟通。在原文中，translate 和 translated 共出现 24 次，translation 和 translations 出现 4 次，translator 出现 1 次，这几个数字足以说明翻译在故事中的分量。从情节上看，不管是在日常交流、正式拜访还是商务谈判中，都常常需要“翻译”作为中介来达成任务的实现，作品中的人物不仅是“故事”的参与者和见证者，也是“译事”的参与者或见证者，也就是说，部分“故事”本身就是“译事”。但实际上，那些临时充当翻译角色者，不过是少数脑子灵活的人因生活所迫而“习得”了部分外语技能，并不能完全胜任译员的职责。他们由于能力所限或私心作祟，常常吃力不讨好，受到交流双方的怀疑和批评。不管是恩尤恩多的报复性误译，还是哈利勒的刻意省译，或者阿明娜的好心增译，虽然在一定程度上发挥了译者的“主体性”，却毕竟有违译者的使命，他们的勉力应付不仅表明沟通的艰辛和意义的难以抵达，在深层次上也象征天堂的难以企及，并揭开了地狱的真相。

综上，巴别塔之后的人类会走向何方？ 这应该是古尔纳通过《天堂》所发的忧思和拷问吧！

译者

2022 年 6 月

献 给

萨尔玛 · 阿卜杜拉 · 巴萨拉马

第一章

有围墙的花园

1

先说那个男孩。他名叫优素福，十二岁那年突然离开了家。他记得那是旱季，每天都是一个样。花儿出人意料地开放又死去。奇怪的虫子从石头底下爬出来，在炙热的阳光下抽搐而死。太阳使远处的树木在空气中颤抖，使房屋颤栗喘息。每有脚步踏过都尘土飞扬，白天的时光被一种硬邦邦的寂静所笼罩。那种准确的时刻会随着季节重现。

当时，他在火车站的站台上看到两个欧洲人，是他有生以来第一次所见。他并不害怕，起初不怕。他经常去车站，去观看火车咣当咣当、十分优雅地进站，然后再等待它们在那位绷着脸的印度信号员的三角旗和哨子的指挥下缓缓开出。优素福常常一连等几个小时才有火车抵达。那两个欧洲人也在等待，他们站在帆布遮阳篷下，行李和看似贵重的物品整齐地堆放在几英尺之外。那个男人是大块头，个子非常高，以至于不得不低着头，以免碰到为他遮阳的帆布。那个女人站在棚子的里侧，两顶帽子半遮着她发亮的面庞。她的褶饰白上衣在领口和手腕处都扣着纽扣，裙子长及鞋面。她也身材高大，但有所不同。她显得凹凸有致，有柔韧性，似乎可以变成另一种形状，而他则像是由一整块木头雕凿而成。他们凝望着不同的方向，仿佛素不相识。优素福默默注视，看到那女人用手帕擦着嘴唇，不经意地擦去干燥的皮屑。男人是红脸膛，他的视线缓缓掠过车站狭小的环境，留意到上锁的木仓库和那面大黄旗，旗子上的图案是一只怒目圆瞪的黑鸟，而优素福则得以久久地打量他。接着他转过身来，发现优素福在看他。男人先是移开视线，接着又回过头来久久地盯着优素福。优素福的目光无法挪开。突然，男人龇牙咧嘴不自觉地低吼一声，并奇怪地握了握拳头。优素福看到这一警告拔腿就跑，口里念叨着他所学过的在需要真主突然和出其不意的帮助时该说的话。

他离开家的那年也是后廊的柱子被蛀虫啃噬的那一年。他爸爸每次经过时，都会愤怒地拍打柱子，让它们知道他明白它们在玩什么把戏。蛀虫在梁柱上留下细长的印迹，正如干涸河床上翻起的泥土是动物打洞的标志。优素福拍打柱子时，它们听起来软和而空洞，并散出腐烂的粉末。当他哼哼唧唧要吃饭时，妈妈要他去吃蛀虫。

“我饿了。”他拖着哭腔对她说，年复一年，他越来越粗鲁地重复这句无师自通的唠叨。

“去吃蛀虫吧，”妈妈说，然后看到他恶心而痛苦的夸张表情，不禁笑起来，“去呀，你随时可以用它们填肚子。别让我阻拦你。”

他生无可恋地叹口气，试图用这种方式向她表明，她的玩笑是多么差劲。有时他们吃骨头，妈妈把它们煮成一种稀汤，表面泛着色泽和油光，底下则藏着一团团软乎乎的黑色骨髓。最糟糕的情况下，只有炖秋葵，但优素福即使再饿，也咽不下那种黏黏的糊糊。

当时他的阿齐兹叔叔也来看望他们。他的来访很短暂，间隔时间也长，往往有一群旅行者、运夫和乐手陪同。在从海洋到高山、湖泊和森林，以及穿越干燥的平原和内陆光秃秃的石山的漫长旅行中，他会在他们这儿落脚。他的队伍常常有锣鼓和大小号角开道，当他们一行进入镇里时，动物们仓皇逃走，孩子们失控疯跑。阿齐兹叔叔身上散发出一种奇怪而独特的气味，混有皮革和香水、树胶和香料，另外还有一种让优素福联想到危险的难以形容的味道。他习惯性地穿着一件薄而飘逸的细棉长袍，头上戴着一顶钩针编织的小帽。他气质优雅，举止礼貌而沉着，看上去更像是在进行午后散步，或者像是前去晚祷的信徒，而不是一个在荆棘丛中和喷着毒液的毒蛇堆里穿行的商人。即使在刚刚抵达的喧嚣中，在横七竖八胡乱堆放的包裹间，周围都是疲惫而吵闹的运夫，以及警惕性强、精于算计的商人，阿齐兹叔叔也能显得镇定自若。而这次来访他是独自一人。

优素福总是很喜欢他的来访。他爸爸说，他的来访令他们很有面子，因为他是一位富有和出名的商人——*tajiri mkubwa*①——但还不仅如此，尽管有面子总是值得欢迎的事。阿齐兹叔叔每次来这儿落脚，都肯定会给他一枚十安那②硬币。他什么都不用做，只需要适时露面。阿齐兹叔叔看到他，微微一笑，把硬币赏给他。每当这个时刻来临，优素福觉得自己也很想微笑，但猜想这样会不妥，于是便控制住自己。优素福对阿齐兹叔叔发亮的皮肤和神秘的气味感到惊奇。即使在他离去后，他的香味还会留连数日。

到此行的第三天，阿齐兹叔叔显然即将离开。厨房里有不同寻常的活动，还有确定无疑的一顿大餐的混合香气。好闻的油煎香料，炖椰子酱，酵母面包和大饼，烤饼干和煮肉。优素福得保证自己一整天都不要离屋子太远，以便妈妈备餐时需要帮忙，或者想听听他对某道菜的意见。他知道在这类事情上她很看重他的意见。或者她可能忘记搅拌某种酱汁，或者在热油刚开始冒烟应该倒入蔬菜时错过那一刻。这是一件不好把握的事情，因为他虽然希望能够留意厨房，却不想妈妈看到他在一旁无所事事。否则她肯定会给他派遣各种差事，这本身就够糟糕了，但还可能使他错过跟阿齐兹叔叔告别。总是在离开之际，那枚十安那硬币才转手，因为阿

---

① 斯瓦希里语，意为“非常富有”。
② 印度旧时的货币单位，等于 1/16 卢布。

齐兹叔叔会伸出手来让优素福亲吻，当优素福弯下腰去时，阿齐兹叔叔会抚摸他的后脑勺，然后轻松熟练地把硬币放进他手里。

他爸爸通常工作到午后。优素福猜测他回来时会带着阿齐兹叔叔，所以还有大把的时间要打发。他爸爸的生意是经营一家旅店。为了发财和出名，他尝试过一连串的生意，这是最新的一桩。他心情好时，在家里会给他们讲故事，讲那些他曾经认为会成功的其他计划，讲得让它们听起来滑稽可笑。有时，优素福听到他抱怨自己的生活如何一步走错步步都错。旅店位于卡瓦小镇，楼下开小吃店，楼上房间有四张干净床位。他们在这个小镇已经生活了四年多。在此之前，他们住在南方，在一个农业地区的另一座小镇，他爸爸在那儿开了一家店铺。优素福记得那儿的一座绿色山丘和远处的山影，还有一个老人坐在店前道路的凳子上，用丝线绣帽子。他们之所以来到卡瓦，是因为德国人当时在修建通往内陆高原的铁路线，把这里设为一个站点，使它成为一个繁华小镇。但繁华昙花一现，火车现在只停下来运木材和取水。上次旅程中，阿齐兹叔叔就是利用这条线路抵达卡瓦，再步行西进。他说，下次远行时，他会尽量搭乘到最远一站，然后取道西北或东北。他说，那些地方都还有很多生意可做。优素福有时听到爸爸说，小镇要彻底完蛋了。

前往海滨的火车傍晚出发，优素福觉得阿齐兹叔叔会搭乘那一趟。从阿齐兹叔叔的神态来看，优素福猜测他是在返程。但有些人你永远也说不定，没准到头来他会乘车上山，而那趟车是下午三点左右离开。优素福对两种结果都有心理准备。他爸爸希望他每天晌礼[①]后下午都去旅店——按爸爸的说法，是去学做生意，学会自立，但其实是为了缓解店里两个年轻人的压力，他们在厨房打杂洗刷，给客人端菜送饭。旅店的厨师经常喝酒骂人，见人就骂，只对优素福例外。一看到优素福，他滔滔不绝的脏话就戛然而止，转而满脸堆笑，但优素福在他面前还是害怕发抖。这一天，他没有去旅店，也没有做晌礼，正是一天中最热的时刻，他觉得不会有人费心找他。所以，他躲在阴凉的角落和后院的鸡舍后面，直到随午后的尘土升起的令人窒息的气味把他赶了出来。他藏进他们家隔壁的阴暗的贮木场，这里有深紫色的影子和圆形茅草屋顶，他一边倾听蜥蜴谨慎而疾速潜行的声音，一边密切留意那枚十安那硬币。

贮木场的寂静和幽暗并未使他不安，因为他习惯了独自玩耍。他爸爸不喜欢他去离家很远的地方玩。“我们周围都是野蛮人，”他说，“都是 *washenzi*[②]，他们不信真主，只崇拜住在树林和岩石中的幽灵和魔鬼。他们最喜欢的就是绑架

① 穆斯林每天要做五次礼拜，称每日“五时礼”，依次为晨礼、晌礼、晡礼、昏礼和宵礼。

② 斯瓦希里语，意为“野蛮人”。

小孩子并随心所欲地利用他们。你也别跟那些毫无责任心、成天游手好闲的人以及他们的孩子在一起，他们不会管你，让野狗把你吃掉。待在附近安全的地方，以便有人看着你。”优素福的爸爸希望他跟住在附近的印度店主的孩子们一起玩，但当他试图靠近他们时，那些印度孩子会向他扔沙子、奚落他。“滚开，滚开。”他们对他大喊，并朝他的方向吐唾沫。有时，他跟一些在树荫或屋檐下消磨时光的大男孩坐在一起。他喜欢跟那些孩子在一起，因为他们总是讲笑话啊、大笑啊。他们的父母外出打工，要么为修建铁路的德国人干活，要么在终点站做计件工作，要么为旅行者和商人当帮手。他们只是干一份活才拿一份报酬，有时根本没活可干。优素福曾经听那些孩子说，如果他们干活不够出力，德国人会把他们吊死，如果年龄太小不好吊，就砍掉他们的头。德国人天不怕地不怕。他们为所欲为，谁也挡不住。有个孩子说，他爸爸曾经看到一个德国人把手伸进熊熊大火却没有烧伤，简直像个幽灵。

身为他们父母的那些打工者来自各地，包括卡瓦以北的乌萨姆巴拉高原，高原以西的广阔湖区，以及南部饱受战乱的大草原，还有很多人来自海滨。他们嘲笑自己的父母，模仿调侃他们的劳动号子，比较着他们带回家的那些恶心、泛着酸臭气味的故事。他们为父母的家乡编造名字，都是些他们用来互相咒骂和挖苦的古怪和令人不快的名字。有时他们会打架，将彼此掀翻在地，拳打脚踢，闹得个鼻青脸肿。可能的情况下，稍大的孩子会找份工作，当仆佣或帮人跑腿，但多数时候，他们无所事事，东游西荡，等待自己变得强壮，好谋上一份成年人的工作。只要他们允许，优素福就坐在他们身边，听他们谈话，帮他们跑腿。

他们用闲聊或玩牌来打发时间。正是从他们那儿，优素福第一次听说婴儿是住在阴茎里。男人想要孩子时，就把婴儿放进女人的肚子，那里有更多的空间供他（她）生长。不只他一个人对这个故事表示怀疑，随着争论的升温，阴茎被掏出来比大小。过了一会儿，婴儿被忘到脑后，阴茎本身变得有趣起来。大男孩们骄傲地展示自己，并逼着小男孩们露出自己的小鸡鸡供他们取笑。

有时他们玩基潘德①。优素福太小，得不到击球的机会，因为年龄和力量决定击球的顺序，但只要允许，他就会加入外野手的行列，在满是灰尘的空地上狂追一块被击飞的木头。有一次，他爸爸看到他和一群大呼小叫的孩子在街上狂奔，追赶一个基潘德，便不满地狠狠瞪了他一眼，还给了他一巴掌，要他回家。

优素福给自己做了一个基潘德，并更改了玩法，这样他就能自己玩。他的更改包括假装自己也是所有其他球员，其

① 一种类似板球的运动。

好处在于他可以随心所欲，击多少次球都行。他在家门口的路上来回追赶，兴奋地大喊，试图接住他刚刚尽力击向高空、好让自己有时间跑到它下方的那个球。

2

因此，在阿齐兹叔叔启程这天，优素福打着那枚十安那硬币的主意的时候，对自己浪费几个小时并未感到不安。下午一点，爸爸和阿齐兹叔叔一起回了家。当他们在通向他家的石路上缓缓而行时，他能看到他们的身体在清澈的光线下闪烁。他们一言不发地走着，在酷热中低着头，耸着肩膀。在客房最好的地毯上，午餐已经为他们摆好。优素福自己在最后的准备工作中也帮了忙，调整了部分餐盘的位置以获得最佳效果，并从疲惫的妈妈那儿得到一脸感激的笑容。待在客房的工夫，优素福趁机对那顿大餐侦察了一番。两种不同的咖喱，鸡肉和羊肉末。最好的白沙瓦米饭，拌有酥油而闪闪发亮，还点缀着葡萄干和杏仁。香喷喷、圆鼓鼓的面包以及蛋糕和点心装满了盖着布的篮子。淋了椰子酱的菠菜。一盘水豆。几块在做完饭菜后的余烬中烤得黑乎乎的鱼干。面对如此盛宴，与平时的粗茶淡饭如此不同，优素福简直馋得要哭。妈妈对这种表现皱起眉头，但他一副可怜相，又让她忍俊不禁。

两个大男人坐定后，优素福拿着铜壶和盆走了进去，左臂上还搭着一条干净的亚麻毛巾。他慢慢地倒水，让阿齐兹叔叔和他爸爸相继洗了手。他喜欢阿齐兹叔叔这样的客人，非常喜欢。他一边这么想，一边蹲在客房门外，等候差遣。他倒是很乐意留在房间里观看，但爸爸烦躁地瞪了他一眼，把他赶了出来。只要有阿齐兹叔叔在，就总是会发生什么事情。尽管他在旅店住宿，却总是在他们家用餐。这意味着在他们吃完后，常常会剩下一点有趣的食物，除非他妈妈眼明手快，那些食物往往会落到某个邻居家里，或进入某个衣衫褴褛的乞丐的肚子——他们有时一边低声诵念赞美真主，一边来到他们家门口。妈妈说，把食物送给邻居和有需要的人比自己贪吃更仁慈。优素福看不出这有何意义，但妈妈告诉他，美德本身就是奖赏。听她严厉的口气，他知道自己只要再多说一句，就又得聆听长篇大论的说教，而他从《古兰经》老师那儿已经听得够多了。

其中有一个乞丐，优素福不介意与他分享剩餐。他名叫穆罕默德，身型干瘦，声音尖细，身上散发着臭肉味。一天下午，优素福发现他坐在他们家旁边，从外面的残墙上抓起一把把红土在吃。他的衬衣脏乎乎的，下身的短裤破烂不堪，优素福从未见过那么破的裤子。他的帽檐因为汗渍和污垢变成了深褐色。优素福看了他几分钟，仔细回忆是否见过看上去比他更脏的人，然后给他端来一碗剩下的木薯。穆罕默德一边感激地呜咽一边吃，吃了几口之后告诉他，他的人生悲剧在于大麻。他曾经很富有。他说，有灌溉农田和一些牲口，还有爱他的妈妈。白天，他在肥沃的田地里勤勤恳恳劳作不懈；到了晚上，他坐在妈妈身边，她会唱赞美真主的歌曲，给他讲大千世界的精彩故事。

但是后来他邪魔附体，难以自拔，为了大麻抛弃了妈妈和田地，现在他四处流浪，挨揍，吃土。在多年的漂泊中，他再也没有吃过像他妈妈做的那么美味的食物，也许直到现在，直到吃上这块木薯。他们靠在屋子的侧墙上，他跟优素福讲起自己的旅行故事，尖细的声音有了生气，年轻的瘦脸显出一丝笑意，咧嘴笑的时候露出里面的断牙。“我是反面教材，以我为戒吧，小朋友。我请求你，远离大麻！”他每次出现都不久留，但优素福总是很高兴见到他，听他讲述最近的冒险经历。他最喜欢听穆罕默德讲述维图南面的那些灌溉农田，以及他在那些快乐岁月里的生活，也喜欢听穆罕默德第一次被关进蒙巴萨疯人院的故事。“*wallahi*①，不瞒你说，年轻人。他们把我当疯子！你能相信吗？”在那里，他们往他嘴里塞满了盐，如果他想吐出来，他们就扇他耳光。只有当他静静地坐着，盐块在他口里融化并腐蚀他的内脏时，他们才让他安宁。穆罕默德谈起那种酷刑时，既不寒而

① 斯瓦希里语，感叹词，意为“天啊”“老天作证”。

栗，又饶有兴趣。他还有一些优素福不喜欢的其他故事，比如曾经看到一条瞎了眼的狗被石头砸死，一些被遗弃的孩子受尽虐待。他提到在维图曾经认识的一位年轻女子。他说他妈妈希望他成亲，然后，他傻傻地笑了。

优素福起初想把他藏起来，以免妈妈把他赶走，但只要她一露面，穆罕默德就感激涕零地又是讨好，又是奉承，结果成了最讨她喜欢的几个乞丐之一。“尊敬你妈妈吧，我恳求你！”他会当着她的面抽泣。“我是反面教材，以我为戒吧！”优素福的妈妈后来告诉他，智者、先知或苏丹将自己装扮成乞丐，混在普通人和不幸者之中，这并非闻所未闻。对他们以礼相待总是最好的。但每当优素福的爸爸出现，穆罕默德就起身离开，口里念叨着奉承恭敬之语。

有一次，优素福从爸爸的夹克口袋里偷了一枚硬币。他不知道自己为什么那样做。当爸爸下班回家正在冲洗时，优素福把手伸进那件挂在父母房间钉子上的散发着汗味的夹克里，拿了一枚硬币。他不是蓄意的。后来查看硬币时，才发现原来是一个银卢比，他不敢去花。令他意外的是，事情居然没有被发觉，他很想把它放回去。有好几次，他想把它送给穆罕默德，但又担心乞丐会说些什么或者指责他。一个银卢比是优素福所拥有过的最多的钱。于是他把它藏在墙脚的一个缝隙里，有时用棍子挑出它的一角玩弄。

3

阿齐兹叔叔下午待在客房里午睡。在优素福看来，这像是一种令人恼火的拖延。爸爸也像每天餐后那样返回自己的房间。优素福不明白人们为什么要午睡，仿佛这是必须遵守的法律。他们称之为休息，有时连妈妈也那样，回到他们的房间并拉上窗帘。他尝试过一两次，觉得无聊透顶，乃至于担心自己再也起不了床。第二次时，他觉得死亡应该就是如此，躺在床上无法入睡却不能动弹，犹如惩罚一般。

阿齐兹叔叔睡觉时，优素福被要求收拾厨房和清扫院子。如果他想在处理剩餐上有任何发言权，这就不可避免。令他惊讶的是，这回妈妈居然留下他独自处理，而她自己则去跟爸爸说话。她通常会严格监督，将真正的剩菜与可以再当一餐的饭菜区分开来。他把食物胡搅一气，该清除的清除，能保留的保留，刷锅洗盘，打扫院子，然后走到后门边的阴凉处，坐在那儿守着，感叹自己不得不承受的负担。

当妈妈问他在干什么时，他说在休息。他不想流露出自负的神气，但听起来却适得其反，妈妈不由得笑了。她突然朝他张开双臂，把他搂在怀里抱了起来，他使劲乱踢想挣脱。他讨厌被当成小宝宝一样对待，她明明知道这一点。他强压怒气扭动身体，双脚寻找着院子光秃秃的地面所带来的尊严。就他的年龄而言，他身材瘦小，正因如此，她总是这样——把他抱起来，捏捏脸颊，搂在胸前湿乎乎地亲几口——然后把他当孩子似的笑话一顿。他已经十二岁了。让他不解的是，这一次她没有放开他。以往只要他奋力挣扎，她就会松开，在他跑走时还给他的屁股来一巴掌。现在她搂着他，把他按在她高耸而柔软的胸前，既不说话也不笑。她后背的汗还没有干，身上散发着烟火和疲惫的气息。过了一会儿，他停止挣扎，任妈妈把他搂在怀里。

他第一次有了不祥之感。看到妈妈眼中的泪水时，他吓得心脏狂跳。他以前从未见过妈妈流泪。邻居去世时，他见过她呼天抢地，仿佛天都要塌下来了，也听过她一脸恳切地祈求万能的真主保佑生者，但从未见过这种无声的泪水。他以为是爸爸干了什么，是他对她说了难听的话。也许是为阿齐兹叔叔做的饭菜不够好。

“妈妈。”他恳求道，但是她不让他说话。

也许爸爸说起了他的另一个家庭是多么好。优素福听到他生气时这样说过。他曾经听到他对她说，那个女人是塔伊塔丘陵背面的一个山区部落成员的女儿，她娘家的人住在一座四处冒烟的茅屋里，穿着臭烘烘的山羊皮，认为五只山羊加两袋豆子对任何女人都是个好价钱。“如果你出了事，他们会从自己养的女儿中再卖一个像你这样的女人给我。”他说。她不能仅仅因为是在沿海地区的文明人中长大就装模作样。他们吵架时，优素福很害怕，感到他们尖刻的话语刺进他心里，并想起其他男孩讲过的暴力和遗弃的故事。

是妈妈跟他谈起过爸爸的第一任妻子，妈妈面带笑容，用讲寓言的语气讲述那个故事。她是来自古老的基尔瓦家族的一名阿拉伯女子，虽不算娇生惯养，却出身体面。他不顾女方父母的反对娶了她——那对高傲的父母认为优素福的爸爸配不上他们。因为虽然他名声好，但凡是有眼光的人都能看出，他母亲却肯定是野蛮人，他自己也不会成大器。虽然名声不能因为母亲的血统而受影响，但他们所生活的世界强加了一些讲求实际的必要内容。他们对女儿有更高的期望，而不是让她成为长着野蛮人面孔的穷孩子的妈妈。他们对他说："先生，我们因为你好心的关注而感谢真主，但我们的女儿年龄太小，还不到考虑结婚的时候。镇里比我们女儿更合适的人选多得是。"

但优素福的爸爸已经见过那个年轻女人，对她念念不忘。他已经爱上她了！爱情使他不顾一切，行事鲁莽，于是寻找各种方式去接近她。他在基尔瓦人生地不熟，只是去那里为雇主送一批陶土水壶，他与一艘帆船的船长成了好朋友，船长开心地支持他追求那个年轻女子，并帮他出谋划策以赢得她。船长说，撇开其他的不谈，这会让她那个自以为是的家庭多少感到伤心。优素福的爸爸与年轻女子频频幽会，最终携她私奔。船长熟悉沿海一线远至北部的法扎、南至姆特瓦拉的所有登陆点，将他们带到了大陆上的巴加莫约。优素福的爸爸在一位印度商人的象牙货栈找了一份工作，先是当保管员，后来做了店员和批发商。八年后，他娶的那个女人计划返回基尔瓦，事先还给她父母写了一封信请求原谅。两名幼子将随她同去，以期父母不再责备。他们乘坐的帆船名为“眼睛号”，离开巴加莫约后就再也不见踪迹。优素福也听爸爸谈起过那个家庭，通常是对什么事生气时或心生失望后。他知道那些记忆令爸爸痛苦，使他怒不可遏。

有一次他们吵得很凶，互不相让，似乎忘了他就坐在敞开的门外，他听到爸爸抱怨道：“我对她的爱不受祝福。你知道那种痛苦。”

“谁不知道呢？”妈妈问，“谁不知道那种痛苦呢？还是你以为我不知道错爱的痛苦？你以为我毫无感觉吗？”

“不，不，别指责我，你别这样。你是我脸上的光，”他喊道，嗓门提高，声音也在颤抖，“别指责我。别又来那一套。”

“我不会。”她对他说，声音变成了嘶嘶低语。

他不知道他们刚刚是否又吵架了。他等着她开口，想知道是怎么回事，一边为自己没法强迫她说出为什么哭而感到懊恼。

“你爸爸会告诉你的。”最后她说，并放开他，转身进屋。眨眼间，她就被门厅的幽暗所吞没。

4

爸爸出来找他。他刚刚午睡醒来，眼睛还因为睡意而泛红。他左脸发红，也许是侧身睡觉的缘故。他撩起汗衫的一角挠了挠肚子，另一只手抚摸着下巴上依稀可见的胡茬。他的胡子长得很快，每天下午睡觉起来都会刮一次。他对优素福露出微笑，然后变成灿烂的笑容。优素福仍然坐在后门边，还在妈妈离开他之处。现在爸爸过来挨着他坐下。优素福揣测爸爸试图装成若无其事，这使他感到紧张。

“小章鱼，你想不想去旅行？”爸爸一边问，一边把他搂过来，他能闻到爸爸身上的男人的汗味。优素福感觉到那条胳膊在自己肩上的重量，很想把脸埋在爸爸胸前，但他克制住了——他这么大了，不该那样。他抬眼看向爸爸的面孔，想读懂他话中的意思。爸爸嘿嘿一笑，把他的身体搂紧片刻，说：“别显得那么高兴。”

“什么时候？”优素福问，并轻轻挣脱开来。

“今天，”爸爸开心地提高嗓门说，然后一边打了个小哈欠一边笑，尽量显出平静的样子，“现在。”

优素福踮着脚站起身，弯了弯膝盖。他有一种想上厕所的短暂冲动，急切地盯着爸爸，期待他的下文。“我要去哪儿？阿齐兹叔叔呢？”优素福问。一想到那枚十安那，就消除了他那突然而潮湿的恐惧。在拿到十安那硬币之前，他不能去任何地方。

“你会跟阿齐兹叔叔一起去。”爸爸说，然后朝他微微苦笑。每当优素福对他说些傻话时，他就是这样。优素福等待着，但爸爸不再说话。过了片刻，爸爸哈哈一笑，作势扑向他。优素福连忙闪开，也笑起来。“你会乘火车走，”爸爸说，“一直到海边。你喜欢火车，对吧？一路到海边你都会很开心的。”优素福等着爸爸再说些什么，想不明白自己为什么会对此行的前景难以心生欢喜。最后，爸爸拍了拍他的大腿，让他去找妈妈收拾几样东西。

出发的那一刻来临时，似乎不太真实。他在屋子的前门与妈妈告别，然后跟着爸爸和阿齐兹叔叔去车站。妈妈没有拥抱和亲吻他，也没有为他流泪。他一直担心她会这样。后来，优素福想不起妈妈当时做了什么或说了什么，但记得她一脸病容或者说茫然，疲惫地靠在门柱上。每每想起离开的那一刻，他脑海中浮现的画面就是他们所走的那条发亮的路和他前面的两个人。最前面，是那个摇摇晃晃的运夫，肩上扛着阿齐兹叔叔的行李。优素福获准拿着自己的小包袱，里面有两条短裤，一件上一次过节时穿过的仍然很新的长袍，一件衬衣，一本《古兰经》，以及妈妈的旧念珠。她把除念珠以外的所有东西用一条旧披肩包起来，然后把几个角系成一个很大的结。她微笑着把一根棍子从结中穿过，好让优素福把包袱扛在肩上，就像运夫们那样。至于那串褐砂石念珠，则是最后才偷偷塞给他的。

他从未想过——一刻也没有想过——他可能会离开父母很久，或者可能再也见不到他们。他从未想过要问什么时候回来。他从未想过要问为什么是陪阿齐兹叔叔一起旅行，或者事情为什么要安排得这么突然。在车站里，优素福看到除了那面有一只愤怒黑鸟的黄旗外，还有另一面旗子，上面有个银边的黑十字架。要是车上有德国高级军官时，他们就挥舞那面旗子。爸爸弯下腰来握住他的手，絮絮叨叨地跟他说话，终于流下了泪水。后来，优素福想不起爸爸对他说了些什么，只记得提到了真主。

火车行驶一段时间后，优素福渐渐失去了新鲜感，于是，已经离家的念头变得难以抑制。他想起妈妈爽朗的笑声，不禁哭了起来。阿齐兹叔叔坐在他旁边的凳子上，优素福愧疚地看着他，但他把自己夹在长凳和行李之间，已经睡着了。过了一会儿，优素福知道自己的眼泪不再涌出，但又不愿失去这种伤感。他擦掉泪水，开始端详他叔叔。这样的机会以后会有很多，但自从认识这位叔叔以来，这是他第一次得以正视他的面孔。阿齐兹叔叔一上火车就摘下了帽子，优素福惊讶地发现他看上去非常严厉。不戴帽子时，他的脸显得更宽更胖，不成比例。当他静静地靠在那儿打盹时，那种引人注目的优雅风度不见了。他身上的味道仍然很好闻。优素福一直喜欢他这一点。喜欢他的味道、薄而飘逸的长袍和丝绸刺绣的帽子。当他走进一个房间时，他的气场犹如某种与身体相分离的东西飘了进来，述说着恣意、成功和胆魄。现在他靠在行李上，胸脯下面挺着圆圆的小肚子。优素福以前没有注意到这一点。他观察时，看到叔叔的肚子随着他的呼吸而起伏，有一次还看到一阵蠕动。

他的皮钱袋像往常一样系在小腹上，皮带从胯部绕过，在大腿根处用皮带扣扣起来，犹如某种盔甲。优素福发现叔叔的钱袋从不离身，即使是在午睡时。他想起自己藏在墙脚缝隙里的银卢比，想到它会被发现，自己做的坏事会败露，不禁哆嗦了一下。

火车里很吵。烟尘从敞开的窗户吹了进来，随之而来的还有火和烧焦的肉的味道。他们一路穿行，右边，是肥沃的平原，在暮色苍茫中有长长的影子。地面有零散的农场和屋舍，紧贴着奔驰的大地。另一边是高高低低的山影，夕阳照在那些山巅上，形成一道道光环。火车走得不慌不忙，一路摇摇晃晃，咣当咣当，艰难地向海滨驶去，有时慢得几乎停止，几乎是在不知不觉中移动，然后突然颠簸一下又向前驶去，车轮发出尖锐的抗议。优素福不记得火车在沿途的任何站点停靠过，但后来知道肯定停过。他分享了妈妈为阿齐兹叔叔准备的食物：点心、煮肉和豆子。叔叔熟练而小心地打开食物，低声说着 *bismillah*①，微微一笑，然后半张开手掌，做出欢迎的手势邀请优素福用餐。吃的时候，叔叔和蔼地望着他，对着他的苦脸微笑。

他无法入睡。凳子的横条很硌人，使他难以睡着，最多只是打个盹，或半睡半醒，想解手而心神不定。半夜里睁开眼睛时，看到那半空的昏暗车厢，他很想大哭。外面是无边无际的黑暗，他担心火车进入太深，无法安全地返回。他试图把注意力集中在车轮的噪音上，但它们的节奏很古怪，只会让他分神和保持清醒。他梦见妈妈是一条他曾经看到被火车车轮轧死的独眼狗。后来，他梦见自己的懦弱裹着满是黏液的胎衣，在月光下闪闪发亮。他知道那是他的懦弱，因为有个站在影子里的人这样告诉他，他自己也看到它在呼吸。

第二天上午，他们抵达目的地，车站内外挤满了吵吵嚷嚷、成群结队的商人，阿齐兹叔叔冷静而坚定地带领优素福穿过人群。走过街道时，他没有跟优素福说话，街上到处都是最近的庆祝活动留下的残迹。棕榈叶还系在门柱上，做成拱形。小道上散落着被踩坏的用万寿菊和茉莉花编成的花环，发黑的果皮乱扔在路上。一名运夫扛着他们的行李走在前面，在上午的炎热中浑身冒汗，哼哧哼哧。优素福被迫放弃了自己的小包袱，因为阿齐兹叔叔指着那个满脸笑容、歪

---

① 穆斯林祷告用语，意为“以安拉（或真主）的名义起誓”“安拉（或真主）啊”。

着身子站在其余行李旁边的人说："交给运夫吧。"运夫走起来一蹦一跳，以减轻受过伤的那侧臀部的负担。路面非常烫，光着脚的优素福但愿自己也能蹦着走，但不用说也明白，阿齐兹叔叔不希望这样。从在街上受欢迎的情形来看，优素福知道他叔叔是个有头有脸的人。运夫高喊着要人们让路："让 *seyyid*① 过去，*waungwana*②！"尽管他衣衫褴褛，形象难看，但没有人跟他争辩。他时不时地歪嘴一笑，环顾四周，优素福渐渐觉得运夫了解一些内幕，而他自己则一无所知。

阿齐兹叔叔的家是靠近小镇边缘的一栋低矮的长条形建筑，与马路相隔几码远，前面有一大片围有一圈树的空地。院子的一角有几棵小楝树、椰子树，还有一棵木棉树和一棵巨大的芒果树。另外还有些优素福不认识的树。在芒果树的树荫下，这么早就已经坐了一些人。主屋的一侧有一堵长长的锯齿形白墙，优素福瞥见墙头有棕榈树和其他树的树冠。他们走近时，坐在芒果树下的男人们站起身，挥手大声问候。

迎接他们的是一个名叫哈利勒的年轻人，他从主屋前的店子里冲出来，喋喋不休地表示欢迎。他毕恭毕敬地亲吻阿

---

① 斯瓦希里语，意为"老爷""主人"。下文均译为"老爷"。
② 斯瓦希里语，意为"先生们"，也指"正人君子""有教养的人"，相当于英语的 gentlemen。

齐兹叔叔的手，如果不是阿齐兹叔叔最后把手抽回去，他会亲吻一遍又一遍。阿齐兹叔叔烦躁地说了句什么，哈利勒默默地站在他面前，双手紧扣在一起，竭力克制住自己不要再去握阿齐兹叔叔的手。他们用阿拉伯语彼此问候和交流信息，优素福则静静旁观。哈利勒大约十七八岁，身材很瘦，神色紧张，嘴唇上刚开始长胡子。优素福知道他们的谈话中提到了他，因为哈利勒转过头来看他，并兴奋地点头。阿齐兹叔叔朝主屋的一侧走去，优素福看到那堵粉刷过的长墙上有一道敞开的门。透过那道门，他瞥见了花园，觉得看到了果树、开花的灌木丛和水的亮光。他正想迈步跟上时，他叔叔头也不回，张开手掌，就那样直直地伸着，独自离去。优素福以前从未见过这种手势，但感觉到了它的斥责，知道这意味着他不能跟随。他看了看哈利勒，发现他正在满脸笑容地打量他。他向优素福招招手，转身返回店铺。优素福用棍子扛起自己的包袱——运夫把阿齐兹叔叔的行李送进屋时，把他的包袱留了下来——跟在哈利勒身后。他已经弄丢了褐砂石念珠，把它掉在火车上了。三个老人坐在店前露台的长凳上，平静地目送优素福从柜台板下钻过，走进店铺。

5

“这是我弟弟，来帮我们干活的，”哈利勒对顾客们说，“他看起来这么瘦弱，因为刚刚从山背后的荒野过来。那儿只有木薯和野草吃。所以他才像个小活鬼。喂，*kifa urongo*①！瞧瞧这可怜的孩子。瞧瞧他无力的胳膊和一脸苦相。但我们会给他吃鱼、糖果和蜂蜜，过不了多久他就会长壮，可以跟你们的哪个女儿成亲了。向顾客们问好，小子。给他们一个大大的笑容。”

最初的几天里，每个人都对他微笑，只有阿齐兹叔叔除外——优素福每天只见到他一两次。每当阿齐兹叔叔走过，人们就连忙上前，如果他允许，他们就亲吻他的手，而如果他显得难以接近，他们就站在一两码外鞠躬致意。面对这些卑躬屈膝的致敬和祷告，他神情淡定，等听了一段时间而不至于显得失礼后，他会给最可怜的奉承者施舍几个硬币，又继续前行。

优素福一直跟哈利勒待在一起，哈利勒指导他的新生活，并打探他的旧生活。哈利勒负责打理店铺，住在店里，对其他事情似乎一概不关心。他全部的精力似乎都投在店里，神色焦虑地四处张罗，口里还飞快而开心地谈及店铺可能面临的灾难——只要他停下来喘口气的话。你这样滔滔不绝，会把自己说吐的，顾客们提醒道。别那么赶急忙慌，年轻人，你会提前干枯的。但哈利勒朝他们咧嘴一笑，继续唠

---

① 斯瓦希里语，意为“半死不活的人”。

叨不停。尽管他的斯瓦希里语很流利，说话时还是带有明显的阿拉伯口音。他设法使自己对语法的随意处理既像是灵感乍现又显得怪里怪气。懊恼和焦急时，他连珠炮似的迸出一串阿拉伯语，逼得客人们默然但宽容地让步。他第一次在优素福面前这样时，优素福看到他这么激烈，不禁笑出声来，哈利勒上前对着他的左脸就是一掌。看到这一幕，露台上的老人们哈哈大笑，前仰后合的，彼此交流着会意的眼神，仿佛一直都知道这种事迟早会发生。他们每天都来，坐在凳子上聊天，笑眯眯地观看哈利勒的古怪行为。没有客人时，哈利勒就一心一意地逗弄他们，让他们对他的胡说八道齐声回应，他会提些难以回避的问题，发表一通想象力丰富的洞见来打断他们低声交流的消息和关于战争的谣言。

优素福的新老师抓紧时间纠正他的很多行为。每天一大早就开始，直到哈利勒说结束才能结束。夜里做噩梦和哭泣很愚蠢，所以再也不能这样。不然有人会以为他中了邪，而把他送到医师那儿，用烧红的烙铁烫他的背。靠着店里装糖的袋子打盹是最严重的背叛。因为没准他会尿湿裤子把糖弄脏。客人讲笑话时，必要时可以笑到放屁，但至少要笑，而绝不可显得无聊。“至于阿齐兹叔叔，首先他不是你叔叔，”他告诉他，“这一点对你至关重要。喂，听我说，*kifa urongo*。他不是你叔叔。”这是哈利勒当时对他的称呼。*Kifa urongo*，小活鬼。他们睡在店前的泥土露台上，白天是伙计，晚上是看守，身上盖着粗花布床单。他们的头挨得很近，身体则隔得很远，这样他们就可以轻声交谈而不会靠得太近。每当优素福翻身靠得太近时，哈利勒就野蛮地把他踢开。蚊子在他们周围飞舞，尖叫着想要吸血。如果床单从他们身上滑落，蚊子就马上群起而攻，享受一顿罪恶的盛宴。优素福梦到自己能看见它们的锯齿尖牙锯进他的肉里。

哈利勒告诉他："你之所以来这儿，是因为你爸爸欠老爷的钱。我之所以在这儿，是因为我爸爸欠他的钱——只不过他已经死了，愿真主饶恕他的灵魂。"

"愿真主饶恕他的灵魂。"优素福说。

"你爸爸肯定是个糟糕的商人……"

"不是。"优素福叫道，他虽然并不知情，却不准备忍受这种冒犯。

"但他不会像我已故的爸爸那么糟糕，愿真主饶恕他的灵魂，"哈利勒继续说道，对优素福的抗议不为所动，"谁也不会。"

"你爸爸欠他多少钱？"优素福问。

"这样问很不妥，"哈利勒好脾气地说，然后伸出手来，为他的愚蠢而狠狠地扇了他一巴掌，"而且不能说他，而要说老爷。"优素福不清楚那些细节，但想不通为阿齐兹叔叔干活来帮他爸爸还债有什么错。等他还清债务，就可以回家了。尽管他们在他离家之前也许本可以告诉他。在他的记忆中，他们从未提过欠债的事，而且与邻居们相比，他们的日子似乎过得挺好。他对沉默了很久的哈利勒这样说。

最后，他柔声说道："我要告诉你一件事。你是个蠢小子，什么都不懂。你晚上哭泣，在梦中叫喊。当他们这样安排你时，你的眼睛和耳朵放到哪儿了？你爸爸欠了他一大笔，否则你就不会在这儿。否则你爸爸就会偿还他，那么你就可以待在家里，每天早上吃奶油点心和馕，对吧？再为你妈妈跑跑腿什么的。老爷这儿甚至不需要你。要干的活儿并不多……"

过了一会儿，他又说了起来，声音压得很低，优素福知道哈利勒并没有指望他听见或理解。"也许你没有姐姐或妹妹，否则他就会带走她。"

优素福沉默良久，以表明他对哈利勒最后那句话并没有不该有的兴趣，尽管他其实很感兴趣。但他妈妈常常训斥他，说他不该打探，不该询问邻居的情况。他心里想，不知道妈妈在干什么。"你得为阿齐兹叔叔工作多久？"

"他不是你叔叔。"哈利勒厉声说，优素福瑟缩了一下，以为又会挨上一记。过了一会儿，哈利勒轻轻地笑了，然后从床单下伸出一只手，擂了优素福的耳朵一拳。"你最好尽快明白这一点，小子。这对你很重要。他不喜欢你这样的小乞丐喊他叔叔叔叔的，他喜欢你亲吻他的手并称他老爷。如果你不懂这个词是什么意思，那么它指的是主人。听见我的话了吗，你这个小混蛋？你要称他老爷。老爷！”

“好的，”优素福马上回答，他的耳朵还在因为刚才那一拳而嗡嗡作响，“但是你还得为他工作多久才能离开？我要待多久？”

“直到你爸爸不再欠债，或者可能直到他死掉，”哈利勒开心地说，“怎么了？你不喜欢这儿吗？老爷是个好人。他不会打你或干类似的事情。如果你对他表示尊重，他就会照顾你，并确保你不会犯错。保你一辈子。但如果你晚上哭泣，还做那些可怕的梦……你必须学阿拉伯语，那他就会更喜欢你。”

6

有些夜晚，他们受到黑暗街道上的流浪狗的侵扰。那些狗成群结队地走动，异常警觉地在阴影和灌木丛中疾行。优素福被它们在路上奔跑的爪子声惊醒，看到它们奔跑时一闪而过的冷酷身影。一天晚上，他从沉睡中睁开眼睛，发现四条狗一动不动地站在马路对面。优素福惊恐地坐起身。最让他害怕的是那种眼神，令他顿时睡意全无。在半月的微光下，它们的目光毫无生气，表达的只是一个道理。他看到它们体内凝聚的坚定而精明的耐心，其目的在于结果他的性命。他突然坐起的动作让那些狗汪汪叫着退去。但第二天晚上，它们又来了，默默地站了一会儿，然后转身离开，仿佛要去筹划什么。夜复一夜，它们不断到来，随着月亮越来越满，它们的迫切之情也越来越明显。它们每天晚上都靠近一点，围着空地，在灌木丛的掩护下嚎叫。它们让优素福满脑子都是噩梦。他感到既恐惧又羞愧，因为他能看出哈利勒对那些狗毫不在意。如果发现它们藏在不远处，他会朝它们扔一块石头把它们赶走。如果距离很近，他会抓几把土撒向它们的眼睛。它们晚上到来，似乎只针对优素福。他梦见它们两腿直立俯视着他，长嘴半张淌着口水，凶残的目光来回打量着他躺在地上的柔软身体。

一天晚上，不出他所料，它们跑了过来，彼此隔得很开，迫使优素福的视线在它们身上来回移动。光线亮如白昼。那条最大的狗靠得最近，站在店前的空地上。它紧绷的身体发出一声长长的低吼，马上得到回应：其他的狗轻声跑拢，在院子里围成一个弧形。优素福能听见它们的喘息，看到它们张大嘴巴无声地咆哮。他毫无预料或者说毫无征兆地拉肚子了。他惊叫出声，看见领头的那条狗吓了一跳。他的叫声惊醒了哈利勒，哈利勒惶恐地坐起身，发现那些狗就在眼前。它们怒吼着，在联合起来准备发动猛攻。哈利勒冲进院子，朝那些发疯的狗大喊大叫，挥舞着手臂，朝它们扔石头还有一把把的土，或其他任何能抓到手的东西。狗群转身就跑，像受惊的小野兽一般呜咽、对吼着。哈利勒在洒满月光的院子里站了好一会儿，用阿拉伯语大声咒骂那些逃走的狗，朝它们挥舞拳头。接着他跑回来，优素福看到他双手发抖。他站在优素福面前，怒不可遏地对他挥舞双拳，并用阿拉伯语飞快地说着，还用各种愤怒的手势阐明自己的意思。然后他转过身，责备地指着狗逃走的方向。

“你想要它们咬你吗？你以为它们是来跟你玩的吗？你比小活鬼还不如，你是个毫无精神的低能儿。你在等什么？说呀，你这个死鬼。”

哈利勒终于住了口，用鼻子闻了闻，然后扶着优素福朝水龙头走去——水龙头安在那个闲人止步的花园的外墙上。主屋旁有个当厕所用的茅棚，但优素福不肯摸黑进去，以免失足掉进无底的臭粪坑。哈利勒伸出一根手指贴住优素福的嘴唇，轻轻拍拍他的头，想让他安静下来，当优素福还是控制不住时，哈利勒又摸了摸他的头发，擦去他脸上的泪水。他帮优素福脱掉衣服，然后站在一旁，等他在水管边尽量把自己冲洗干净。

在那之后的几个夜晚，狗群总是出现，停留在离院子不远的地方，在暗处汪汪乱叫。即使有些晚上他们看不到，却还是能感觉到那些狗在主屋周围徘徊，能听到它们在灌木丛中的声音。哈利勒给优素福讲起狼和豺的故事，说它们偷走人类的宝宝，用狗胸肉和反刍的肉喂养他们，把他们当野兽养大，还教他们说豺狼的语言，教他们捕猎。等他们长大后，它们就让他们与豺狼交配，生出狼人，那些狼人住在深山老林里，只吃腐肉为生。食尸鬼也吃死肉，尤其是人肉，但只吃那些死后没有人为其祷告的人的肉。说到底，它们是出自火的精灵，不可与狼人混淆，因为狼人像所有的动物一样来自尘土。而天使呢——如果你碰巧感兴趣的话——则是出自光，这也是它们不可见的原因之一。无论如何，狼人有时会混在真人中间。

“你见过狼人吗？”优素福问。

哈利勒若有所思。“我不确定，”他说，“但我想也许见过。他们会乔装改扮，你知道。一天晚上，我看到一个非常高的人靠在那棵木棉树上，像屋子一样高，一身白。像光一样发亮……不，像火而不是光。”

“也许那是天使。”优素福说，内心希望如此。

“愿真主怜悯你。你不可能看到天使。他当时在大笑，靠在树上，饥饿地大笑。”

“饥饿地？”优素福问。

“我闭上眼睛默默祷告。你不可以直视狼人的眼睛，否则嘎嘣几下你就完蛋了。当我再睁开眼时，他不见了。还有一次，一个空篮子跟了我一个小时。我停它就停，我拐弯它也拐弯。我继续往前走时，听到一条狗在叫。等我转过身来，却看到那个空篮子跟着我。”

“你为什么不跑？”优素福问，因为敬畏而压低了声音。

“根本没用。狼人跑得比斑马还快，比思想还快。唯一比狼人更快的是祷告。如果你跑，他们会把你变成动物或奴隶。等到 *kiyama*① 之后，等到世界末日之后，真主把所有的人召向**他**之后……等到 *kiyama* 之后，狼人将生活在地狱的第一层，有成千上万的狼人，他们会吃掉不服从安拉的罪人。”

“食尸鬼也会住在那儿吗？”

“也许吧。”哈利勒沉吟良久，回答道。

“还有谁？”

“不知道，”哈利勒说，“但那无疑是应该避开的地方。与此同时，其他层更可怕，所以也许最好是完全避开那里。好了，睡觉吧，否则该干活的时候你就要打瞌睡了。”

哈利勒把店里的业务一一教给他。他向他演示如何拎起麻袋而不伤到自己，如何把粮食倒进桶里而不洒出来。他向他演示如何快速数钱，如何找零，如何辨认硬币，如何区分大钱和小钱。优素福学会了如何从顾客那儿收钱，如何接住钞票以便让它稳稳地夹在手指之间。在教他用勺子量取椰子

① 斯瓦希里语，意为“世界末日”。

油，用一截电线将一长条肥皂切成块时，哈利勒握住他的手不让它颤抖。要是优素福学得好，他就咧嘴一笑以示赞许，要是优素福失了手，他就毫不客气地狠揍他一顿，有时还当着客人的面。

客人们取笑哈利勒所做的一切，但他对他们的笑声似乎毫不在意。他们不停地调侃他的口音，模仿他，然后捧腹大笑。他告诉他们，他弟弟正在教他怎样说得更好。等他字正腔圆了，他会找个肉乎乎的斯瓦希里妻子，过着虔诚的生活。露台上的老人喜欢谈论肉乎乎的年轻妻子，哈利勒也乐得迁就他们。客人们让他重复那些他们认为他会念不准的字词，而哈利勒则尽可能马虎地重复，然后跟他们一起大笑，眼里闪着快乐的光芒。

顾客都是住在附近的人，或者是准备出镇的乡下人。他们抱怨自己的贫穷，抱怨各种物价，所有人一样，对自己的谎言和残忍则保持沉默。如果老人们坐在凳子上，客人们就会停下来跟他们聊聊天，或者叫卖咖啡的给老大爷们来一杯。女顾客们喜欢优素福，一有机会就照顾他，看到他彬彬有礼又眉清目秀的，总是高兴地拿他取笑。其中有个女人，皮肤黑得发亮，表情非常丰富，对他十分着迷。她人称阿朱扎大妈，是个身材高大、看起来很健壮的女人，有着声震四座的大嗓门。在优素福看来，她好像非常老，又笨又胖，不留神时会显出一脸苦相。每次一看到他，她就会不由自主地激动得浑身发抖，把身板挺直，同时发出一声低呼。如果优素福没有看到她，她就悄悄地靠近他，直至近到可以把他紧紧地搂入怀中。然后，当他挣扎乱踢时，她会得意而开心地大叫。要是没法偷偷地靠近，她就兴奋地呼喊着上前，称他为我的丈夫，我的主人。接着，她用赞美和承诺哄骗他，用糖果诱惑他，说如果他跟她回家，她会让他享受到绝对难以想象的快乐。可怜可怜我吧，我的丈夫，她叫道。其他刚好在场的男人会主动请缨，因为他们不忍心看到她痛苦，但她却一脸不屑地拒绝了他们。优素福一看到她就逃，躲进店里最暗的地方，而她则哀求他出来。哈利勒竭尽全力地帮助那个女人。有时他碰巧没有锁上柜台板，她便可以走进店里，在麻袋和坛坛罐罐之间追优素福。有时哈利勒要他去店子旁边的一间库房干点活，而那个女人会藏在一旁等他。只要一截住他，她就大呼小叫地扑向他，她的身体会激烈地颤抖。她身上散发着她所咀嚼的烟草的味道，她的搂抱和呼喊令人很难堪。所有的人似乎都觉得这件事很有趣——尽管优素福看不出这有什么好笑——因此他们总是告诉阿朱扎大妈他藏在哪里。

“她那么老了。”他向哈利勒抱怨道。

“老！”哈利勒说，“爱情跟年龄有什么关系？那个女人爱你，而你却总是使她痛苦。你看不出她是多么心碎吗？你没有眼睛吗？没有感情吗？你这个愚蠢的小活鬼，你这个软弱的小懦夫。你说‘老’是什么意思？看看那身板，看看那屁股……那里有很多好消息。她跟你是绝配。”

“她的头发都花白了。”

“有几根是褐红色……没有花白。你干吗在意头发？一个人的美藏于内在，藏于心灵，”哈利勒说，“而不仅仅是表面。”

“她的牙齿都被烟草染红了，跟那些老头一样。她干吗不从他们中间选一个？”

“给她买一支牙刷。”哈利勒建议道。

“她的肚子那么大。”优素福可怜兮兮地说，想摆脱这种戏弄。

“哎呀呀，”哈利勒嘲笑道，“也许有朝一日，一位苗条美丽的波斯公主会来到店里，邀请你去她的宫殿。弟弟啊，那个了不起的大个子女人爱上你了。”

“她很富有吗？”优素福问道。

哈利勒笑了，突然高兴地拥抱了优素福。“不够富有，无法把你从这个坑里救出去。”他说。

7

他们每天至少见阿齐兹叔叔一次，因为他晚上会来收取当天的进款。他看看哈利勒交给他的帆布钱袋，浏览一下哈利勒记下当天账目的笔记本，然后将两者带回去仔细查看。有时他们见面的次数会多一些，但他只是路过。他总是很忙，上午若有所思地去镇里时从店门口经过，然后又若有所思地回来，多数时候都显得心事重重。对阿齐兹叔叔的心绪不宁，露台上的老人都平静地旁观。优素福现在知道了他们的名字：登博大爷，塔米姆老伯，阿里·马胡塔，但他仍然把他们视为一种奇观。他觉得自己如果在他们说话时闭上眼睛，就无法将他们区分开来。

他无法让自己称阿齐兹叔叔为老爷，尽管每次称叔叔时都会挨哈利勒的狠揍。“他不是你叔叔，你这个愚蠢的斯瓦希里小子。你迟早得学会去亲吻那人的屁股。老爷，老爷，不是叔叔，叔叔。来吧，跟我说，老爷。”但是他没有。如果被迫谈起阿齐兹叔叔，他就说**他**，或者停顿片刻，留下一个空，让哈利勒恼火地去填补。

优素福到达几个月后——他教会了自己不再记时间，这种有悖常理的成功使他明白，一旦对日子不抱希望，一日就可以像一周那么漫长——大家在筹备一趟内陆之旅。到了晚上，阿齐兹叔叔和哈利勒坐在白天被老人们占据的店前凳子上长谈。两人之间点着一盏明亮的灯，将他们的脸变成坦诚的面具。优素福想到自己是懂一点阿拉伯语的，但并不在意。他们查阅哈利勒记录当天生意的小本子，把纸张翻来翻去，把数字累加起来。优素福蹲在附近，听着两人用焦虑的声音交谈，仿佛担心自己的安全。交谈时，哈利勒很不安，用无法抑制的紧张语气说话，双眼急切地发光。有时，阿齐兹叔叔出其不意地笑起来，将哈利勒吓得一跳。在其他时候，他只是漫不经心地听着，不动声色，有点心不在焉。当他开口时，声音很平静，需要时则会毫不费力地变得强硬。

接着，准备工作变得更加紧张，还引发了混乱。包裹和货物在意想不到的时间送达，被搬进主屋旁边的一排库房。店里堆满了麻袋和编织袋。大量不同形状和气味的货物开始出现在露台的角落，覆盖着遮挡灰尘的麻布和帆布。随之而来的是少言寡语的侍从，他们取代占据长凳的老人而坐在那里看守，把对这些被遮盖的商品充满好奇的孩子和顾客赶走。侍从都是索马里人和尼亚姆维齐人，拿着细手杖和鞭子。他们并非真的沉默寡言，而是说着只有他们自己能懂的话。优素福觉得他们看上去凶猛残暴，随时准备动武的样子。他不敢公开地看他们，而他们对他似乎更是视而不见。哈利勒告诉他，*mnyapara wa safari*①，此行的领队，将在内陆的某个地方等待这支队伍。老爷是一位非常富有的商人，不会亲自去组织和管理队伍。通常情况下，领队会从旅程的起点开始，负责雇运夫和集结物资，但他还有事情需要了结。哈利勒说话时还翻了个白眼。那件事不容易，否则他就

---

① 斯瓦希里语，意为“此行的领队”。

会来这儿了。更有可能是某种肮脏的勾当。摆平某个事件，组织走私或解决旧怨——反正是糟烂事。只要牵涉那家伙，就总是有见不得人的事。领队名叫穆罕默德·阿卜杜拉，哈利勒一边说他的名字，一边夸张地发抖。“一个魔鬼！”他说，“铁石心肠，一肚子坏水，既没有智慧也没有怜悯心。但尽管他无恶不作，老爷却对他评价很高。”

“他们要去哪儿？”优素福问。

“跟野蛮人做生意，”哈利勒说，“这是老爷的生活。他来这儿就是干这个的。他去野蛮人那儿，把这些商品全都卖给他们，再从他们那儿买东西。他什么都买……除了奴隶——即使在政府明令禁止之前。从事奴隶贸易很危险，很不光彩。”

“他们要离开多久？”

“几个月，有时几年，”哈利勒笑着说，带着一种自豪和钦佩，“这是贸易。他们没有说行程需要多久吗？他们得四处翻越山岭，直到做完贸易才回来。老爷精明透顶，所以生意总是做得好，很快就会回来。我不认为这是一次只为赚几个零花钱的长途旅行。”

白天，人们来找工作，跟阿齐兹叔叔讨价还价谈条件。有些人带来了前雇主的信件，其中不乏一些老人，在被拒绝时瞪着绝望的眼睛恳求。

然后，一天上午，当周围的混乱变得几乎不堪忍受时，他们出发了。鼓号齐鸣，为他们开路，乐手们的演奏欢快无比、热情四溢。在他们后面，是一队运夫，扛着包裹和麻袋，开心地大声骂着彼此，骂着前来送行的旁观者。走在运夫旁边的索马里人和尼亚姆维齐人，威胁地挥舞手杖和皮鞭，不让好奇的人们靠近。阿齐兹叔叔站在那里，脸上挂着有趣的苦笑，看着队伍从他面前经过。当队伍几乎走出视线时，他转向哈利勒和优素福。有片刻的工夫——与其说是动作，不如说是姿态——他扭头朝花园深处一扇距离很远的门瞥了一眼，仿佛听到有人叫喊。接着，他对优素福微微一笑，伸出手给他亲吻。当优素福朝那只手弯下腰去，闻到一股香水和熏香味时，阿齐兹叔叔伸出另一只手抚摸他的脖子。优素福想起那枚十安那硬币，仿佛突然受到鸡舍和贮木场气味的侵袭。最后，阿齐兹叔叔像是无所谓似的接受了哈利勒咋咋呼呼的告别，伸出手给他亲吻，然后转身离去。

他们目送着老爷离开，直到他走出视线。然后，哈利勒转过身来，对优素福一笑。“等他回来时，也许会带回另一个小男孩。或者是小女孩。”他说。

阿齐兹叔叔离开后，哈利勒的狂乱明显消退。老人们又回到露台，嘀嘀咕咕地分享一些体现智慧的小故事，并调侃哈利勒又可以当家作主了。他负责主屋的所有事务，每天早上都会进去，尽管优素福表示出关注，他却不愿多谈。他付钱给老菜农，那人每天都来，穿过花园门，肩膀被沉重的篮子压得歪斜。上午的某个时候，他给附近的一个男孩一点钱，吩咐他去一趟集市。那孩子名叫基西马马琼古，为别人跑腿，忙着一桩又一桩差事时，口里还哼着小调。他的坚强是装出来的，很滑稽，让大家觉得好笑，因为他瘦弱有病，破衣烂衫，在街上还经常被其他男孩殴打。没有人知道他睡在哪里，因为他没有家。哈利勒也称他为小活鬼。“又一个。早先的那个。”他说。

每天上午，老园丁哈姆达尼都会来照料那些秘密的树木和灌木丛，清理水池和渠道。他从不跟任何人说话，只是表情严肃地干活，诵念诗篇和颂歌。中午，他在花园里净身和祈祷，过了一会儿再默默离开。顾客们说他是一位圣人，掌握秘密的医疗知识。

每到用餐时间，哈利勒就进屋去为他们端来两盘食物，然后再把空盘子送回去。到了晚上，他会把装钱的帆布袋和记账本拿进屋里。有时，优素福在深夜里听到有尖细的声音在说话。他知道那屋里藏有女人。一直都有。他此前最远只走到花园围墙外的水龙头处，但从那里看到绳子上晾有衣物，有颜色鲜艳的束腰外衣和床单，当时还纳闷主屋里那些声音的主人是何时出来晾晒的。也有女客来访，她们从头到脚穿戴着黑色的布依布依①，经过他们身边时，会用阿拉伯

① 东非地区穆斯林妇女穿戴的黑色头巾和长袍。

语跟哈利勒寒暄，并询问优素福的情况。哈利勒答话时并不直视她们。有时，会有一只涂过指甲的手从一层层黑布下伸出来，抚摸着优素福的脸颊。那些女人身上有一股很浓的香味，令优素福想起他妈妈的衣箱。她把那种香味称为合香，告诉他，那是用芦荟、琥珀和麝香制成的，那些名字曾经让优素福怦然心动。

“谁住在里面？”优素福终于问哈利勒。阿齐兹叔叔在场时，他一向不愿多问。除了他们的生活方式所要求的欲望——而那种欲望似乎很偶然，随时可能发生出乎意料的变化——之外，他没有想过要有其他的欲望。阿齐兹叔叔是那种生活的中心和意义，一切都围着他转。优素福不知道如何描述那个圈子之外的阿齐兹叔叔，只是当他外出后，才能再一次开始感觉到他的离开。

“谁住在里面？”他问。他们已经打烊，但仍然待在店里，称量和分装砂糖。优素福把糖舀到秤上，哈利勒则把纸卷成锥状装满。一时间，哈利勒似乎没有听到优素福的重复提问，接着他停了下来，略带怀疑地看着优素福。优素福意识到这是个他不该问的问题，开始担心会挨揍——他犯错之后还是经常会挨揍。但哈利勒看到他忧虑的眼神，微笑地移开了视线。“太太。”哈利勒说着，将手指贴在嘴唇上，阻止优素福再问。他警告地瞥一眼店铺的后墙，然后两人又默默地分装砂糖。

后来，他们坐在空地对面的木棉树下，提灯的光笼罩着他们。无数的小虫撞向玻璃，为无法扑向火苗而疯狂。“太太疯了，”哈利勒突然说，然后听到优素福低呼一声，不禁笑了起来，“你婶婶。你干吗不叫她婶婶呢？她非常有钱，却是个生病的老太婆。如果你好好地问候她，她可能会把所有的钱都留给你。多年前，老爷娶了她，就暴富了。但她真的很丑。她有一种病。许多年来，医生们经常来看她，学识渊博、留着花白长胡子的学者们为她念经，来自深山的巫医们带来药物，但毫无用处。甚至给牛和骆驼看病的医生也来了。她的病像是心里的一种病痛。不是人类之手所致。你明白吗？有某种可怕的东西触碰过她。她避不见人。”

哈利勒停了下来，再也不肯多讲。优素福感觉到哈利勒说话时，语气从嘲弄变成了痛苦，他想说点什么让哈利勒开心一点。他对主屋里那个发疯的老太婆丝毫不感到意外。这正是他妈妈以前给他讲的故事中的情形。在那些故事中，发疯的原因会是爱错了人，或者为了窃取遗产而着了魔，或者是想报复却未能如愿。在正义得到伸张，诅咒得到解除之前，这种疯病无药可治。他想对哈利勒这么说。别过于担心，在故事结束之前，一切会好起来的。他已经决定，如果真的碰到那位发疯的太太，他要移开目光，默默祷告。他不愿意去想他妈妈，或者想她以前给他讲故事的样子。哈利勒的悲伤让他很难过，为了让哈利勒再开口，他想到什么就马上说了出来。“你妈妈以前给你讲故事吗？”他问。

“我妈妈！”哈利勒吃了一惊，说道。

过了一会儿，哈利勒还是没有再说，优素福问：“有吗？”

“别跟我谈她。她走了。像所有其他人一样。所有人都走了。”哈利勒说。然后，他用阿拉伯语飞快地说着，看起来像是要揍优素福。“都走了，你这个蠢小子，你这个小活鬼。所有人都去了阿拉伯。他们把我撇在这儿。我的哥哥们，我妈妈……所有的人。”

优素福的眼睛湿润了。他很想家，感到被抛弃了，但极力控制住自己不哭。过了一会儿，哈利勒叹了口气，然后伸出手，给优素福的后脑勺来了一拳。“除了我弟弟。”他说，优素福发出自怜的哀号，他哈哈大笑起来。

星期五下午，他们通常会关店一两个小时，但这会儿阿齐兹叔叔不在，优素福问哈利勒他们能否去镇里消磨一下午。在炎热的白天里，他瞥见过大海，也听顾客们谈论过随一天的渔获而来的奇观。哈利勒说他在镇里不认识任何人，并且一共只看到过港口两次，第一次还是在深夜下船被送进老爷怀抱的时候。

他说，即使过了这么久，他也不认识任何可以拜访的人。他从未进过任何人的屋子。每个节日，他都跟老爷一起去主麻[1]清真寺祷告，有一次还被带去参加过一场葬礼，但不知道是谁的葬礼。

“那我们就应该去转转，”优素福说，“我们可以去港口。”

“我们会迷路的。”哈利勒紧张地笑着说。

“不会。”优素福坚定地说。

“天啊！你真是个勇敢的弟弟，”哈利勒说着，拍了拍优素福的背，“你会照顾我的，对吧？”

他们离开店子不久就碰到几位顾客，跟他们寒暄了几句。两人加入街上的人流，被裹挟进清真寺做主麻祷告。优素福不由得注意到，哈利勒不确定怎样的言行才得体。后来，他们走到海边看帆船和小舟。优素福以前从未如此靠近过大海，大海的辽阔无边使他一时说不出话来。他原以为海边的空气是清新、带有咸味的，没想到却充溢着粪便、烟草和原木的气味。另外还有一种刺鼻、腐烂的气味，后来发现是海藻。海滩上搭着一排排的架子，再往远处，架子的主人——渔民们——躺在遮阳篷下，或围在做饭的火堆旁。他们说自己正等着看涨潮。那大约会在日落前两小时发生。渔民们为他们腾出位置，哈利勒毫不拘束地坐到他们中间，并拉着优素福坐在他旁边。在两个黑乎乎的锅里准备的食物原来是米饭和菠菜。它们被盛在一个旧圆盘里，供大家分享。

---

① 阿拉伯语 Juma 的音译，意为“聚会”。伊斯兰教定星期五为聚礼日，教徒于此日正午后在清真寺举行集体礼拜。

两人离开后，哈利勒说："我曾经住在这儿以南沿海的一个渔村里。"

这个下午，他们到处转悠，对自己胆敢去做的每一件事情都乐得大笑。他们一路闲逛，买了一根甘蔗和一筒坚果，然后停下来看一群男孩玩基潘德。优素福问哈利勒他们要不要加入，哈利勒自负地点点头。他并不清楚该如何玩，但在这几分钟里，他认真观摩，了解了大概。他把自己的袍子卷进一块缠腰布里，像疯子似的狂追基潘德。男孩们大笑着为他喝彩。他积极跑动，第一时间拿到球棒，把它交给优素福，优素福带着高手的随意和自信，一次又一次击中得分。对每一次得分，哈利勒都鼓掌，当优素福的球终于被接住时，他将优素福扛上肩膀，走出球场，而优素福则挣扎着要下来。

回家的路上，他们看到那些狗开始在临近傍晚的街道上蠢蠢欲动。在日光下，它们的身体看上去溃烂不堪、骨瘦如柴，皮毛也十分肮脏。在月光下曾经那么残忍的眼睛，白天里却湿乎乎的，还凝结着白色的东西。成群的苍蝇在它们身上发红的伤口周围嗡嗡叫。

基潘德赛后，优素福的英勇表现被传颂给顾客。哈利勒一次又一次地讲述，把优素福的事迹不断夸大，而把他自己的角色描述得越来越像小丑。他对客人们总是这样，极尽搞笑之能事，特别是如果有女孩或年轻女人在场。所以，当阿朱扎大妈听到这个故事时，比赛已经变成了一场尸横遍野的大屠杀，优素福凯旋，而他的小丑则在他身边跳跃着唱赞歌。伟大的优素福，受真主保佑，杜尔·古尔南再世，歌革和玛各①的诛杀者！当那些想象的敌人在优素福挥舞的刀下纷纷倒毙时，阿朱扎大妈总是适时地惊叹和鼓掌。而当故事讲完后，不出优素福所料，阿朱扎大妈发出一阵欢呼并朝他扑来。客人们和露台上的老人都起哄大笑，怂恿着阿朱扎大妈。他无处可逃。她抓住他，把他拖到木棉树旁，激动得浑身颤抖，他好不容易才挣脱开来。

“你跟阿朱扎大妈讲的那些玛约革是什么人？那是个什么故事？”优素福后来问道。

哈利勒先是挥了挥手没理睬他，这天晚上他已经去过主屋，正在想着心事。接着他说：“杜尔·古尔南是一匹会飞的小马。如果你能抓住它并在丁香木的火上烤熟，把每条腿以及翅膀上的肉都吃一块，就会被赋予控制巫师、魔鬼和食尸鬼的力量。然后，如果你愿意，就可以命令他们从中国、波斯或印度为你带来一位美丽苗条的公主。但付出的代价是你得成为歌革和玛各的囚徒——终生囚徒。”

优素福静静地等待着，将信将疑。

“好吧，我跟你实言相告，”哈利勒咧嘴一笑，说道，

① 宗教传说中黑暗力量的统治者，在世界末日会召集各种邪恶的力量争战。

“不忽悠了。杜尔·古尔南是指有两只角的人……征服者伊斯坎德尔，他在战斗中打败了全世界。你听说过征服者伊斯坎德尔吗？他在征服世界的过程中，有一次到了世界的边缘，遇到了一些人，并从他们口中得知，在他们的北边住着歌革和玛各，是不会说话的野蛮人，总是劫掠邻居的土地。于是杜尔·古尔南修建了一堵歌革和玛各既爬不过也挖不穿的墙。那堵墙就是世界边缘的标志。墙外住的是野蛮人和魔鬼。”

“那堵墙是用什么做的？歌革和玛各还住在那儿吗？”优素福问。

“你怎么能指望我知道？”哈利勒不耐烦地说，“你就不能让我清静一下吗？你只想听故事。好了，让我睡一会儿。”

阿齐兹叔叔外出期间，哈利勒对店里的兴趣有所减弱。他越来越频繁地去主屋，即使优素福晃进花园，他也不会那么生气。除了靠近屋前露台的那个大门之外，花园完全封闭。即使隔着一定距离，花园里的宁静和凉爽也是显而易见的，优素福初到这里就为之着迷。他叔叔不在时，他走进墙内，发现花园被分成四个部分，中间有个水池，还有渠道流向四个方向。每个部分都种有树木和灌木，有些还开着花，有薰衣草、指甲花、迷迭香和芦荟。灌木丛之间的空地上长着三叶草和其他的草，还点缀着一簇簇百合花和鸢尾花。在水池的那一边，通往花园尽头的地方，地面升高成为一个台子，上面种有罂粟、黄玫瑰和茉莉花，零零散散，形成自然生长的样子。优素福想象到了晚上，香味飘到空气中，让他晕乎乎的。兴奋之下，他仿佛听到了音乐声。

在花园的有些地方，零星种着橘子树和石榴树，优素福在树荫下走动时，觉得自己像个闯入者，带着愧疚之情闻着花香。树干上挂有镜子，但位置太高，优素福无法看到镜中的自己。他们躺在店铺前的土台上时，谈论起花园和它的美。谈起这些的时候，优素福虽然没有说出口，但心里无比希望能被久久流放在那片宁静的树林里。哈利勒告诉他，石榴集所有水果之大成。它既不是橙子，也不是桃子，也不是杏子，却包含每一种水果的元素。石榴树是丰饶之树本身，树干和果实就像勃发的生命一样坚实而丰满。哈利勒从花园里大胆地摘下一枚果子，把那没有汁液的硬籽递给优素福，以证明他的说法。这枚果子尝起来丝毫不像橙子，反正优素福不喜欢。他也从未听说过桃子。“杏子是什么？”他问。

“不如石榴好吃。”哈利勒说，显得有些烦躁。

“既然那样，我就不喜欢杏子。”优素福坚定地说。哈利勒没有理睬他。

他无疑在主屋待了很长的时间。优素福只要有可能，就走进花园，尽管有人要他离开时他也知道。他听到主屋的庭院里有人提高嗓门在抱怨，知道那是针对墙这边的他。是太太。

“她看到你了，”哈利勒告诉他，“她说你是个小帅哥。你在花园里走动时，她通过树上的镜子观察你。你看到镜子了吗？”

优素福以为哈利勒会笑话他，就像拿阿朱扎大妈的事情说笑那样，但他表情严肃而痛苦，一副心事重重的样子。

“她很老吗？”他问哈利勒，试图激起他的调侃，“我是说太太。她很老吗？”

“是的。”

“还很丑？”

“是的。”

“还很胖？”

“不是。”

“她疯了吗？”优素福问，并饶有兴趣地看着哈利勒越来越心烦意乱，“她有仆人吗？谁做饭？”

哈利勒给了他几巴掌，然后对着他的脑袋狠揍了一拳。他强行把优素福的头摁在他的双膝之间夹了一会儿，然后突然把他推开。“你是她的仆人。我是她的仆人。我们都是她的奴隶。你不用脑子吗？你这个愚蠢的斯瓦希里小子，你这个没用的白痴……她病了。你瞎了吗？你死了都比活着强。你要让各种事情不断地发生在你身上吗？离我远点！”哈利勒吼道，他的嘴角泛着白沫，瘦削的身体因为强压着怒火而颤抖着。

第二章

山乡小镇

1

他的第一次内陆之旅来得很突然。他已经习惯了这种意外。准备工作如火如荼之际，优素福才发现自己要随行。旅途的补给堆积在店铺后部以及露台上。一袋袋散发着香味的枣子和干果码放在侧边的一间库房里。蜜蜂和黄蜂被编织草袋中渗出的香气和甜美的水分所吸引，从栅格窗钻了进来。还有一些货物散发着兽蹄和兽皮的气味，被匆匆搬进主屋。它们形状粗笨，盖着麻布。*Magendo*①，哈利勒低声说。边境走私。赚大钱。顾客们扬起眉头，目睹那些盖着麻布的货物的到来，与老人们交换着得意又心照不宣的眼神——老人们虽然从露台的凳子上挪开，却仍然在树下平静地观看，点头微笑，仿佛在参与正在发生的一切。每当优素福被哪个老人缠住时，就得听他们絮絮叨叨，详尽地讲述有关痔疮、排便和便秘——取决于缠住他的是谁——的话题。但如果他能忍受他们谈论每况愈下的身体所遭受的折磨，就又能听到旅行故事，看着老人们因为这些新的筹备工作而激动得忘乎所以。

空气中弥漫着四处奔波的气息，响着发号施令的声音。随着启程的日子临近，混乱的场面勉强止息。阿齐兹叔叔平静而呆滞的笑容，坚毅而冷漠的面孔，要求每个人举止都要有尊严。最后，队伍在一种祥和的气氛中出发，由吹着热闹曲调的号手和敲着颂扬节拍的鼓手开道。街上的人们静静地站着，目送他们经过，表情克制，微笑挥手。他们谁也不会想去否认这次内陆之行正是他们向往的，要说些什么使得这种旅行显得必要的话，他们也都心知肚明。

这种出发的场面优素福见得多了，也就渐渐能够享受准备过程中的急迫和忙乱。他和哈利勒得给运夫和护卫打下手，取这搬那，眼观六路，计好数目。阿齐兹叔叔自己很少事必躬亲。具体细节都一手交给他的领队穆罕默德·阿卜杜拉。那个魔鬼！每当阿齐兹叔叔为某次长途旅行做好准备后，就会派人把领队从内陆的某个地方找来。他总是会来，因为阿齐兹叔叔是一位有钱的商人，有实力为自己的远行提供所需的一切，而无需向印度放贷人借贷。为这样的人干活很有面子。穆罕默德·阿卜杜拉雇了运夫和护卫，跟他们谈好利润分成。也是他一直盯着他们。他们大多来自沿海地区，远至基利菲、林迪和姆里马。领队令所有人都心怀畏惧。他怒目圆瞪、凶神恶煞的样子，他眼睛里冷酷的光芒，

---

① 斯瓦希里语，意为“走私货”。

对任何惹恼他的人而言都只意味着会带来痛苦。哪怕是最简单、最普通的手势，他也表现得深知这种力量并乐在其中。他身材高大，看上去很强壮，走动时挺着肩膀，仿佛随时准备应对挑战。他的脸颧骨很高，凹凸不平，充斥着不安的冲动。他拿着一根用来表示权威的细竹杖，烦躁时会挥来挥去，发火时就抽在某个偷懒者的屁股上。据说他是个冷酷的鸡奸者，人们常常可以看到他心不在焉地摩挲着裆部。据说——通常是穆罕默德·阿卜杜拉不肯雇用的人说——他挑选的运夫都是那些愿意在旅途中为他趴下身子的人。

有时他会带着一种可怕的微笑看着优素福，并略感开心地摇着头。*Mashaallah*①，他会说。真主的奇迹。每到这时，他的眼神就因为快乐而柔和起来，并难得地咧嘴而笑，露出因为咀嚼烟草而变色的牙齿。当他强忍这种欲望时，会发出沉重的叹息，笑着念叨起一首关于美之本质的歌曲中的词儿。就是他对优素福说他得跟他们一起出行，使得如此简单的指示也带有威胁意味。

在优素福看来，这是对他近年来渐趋平静的樊笼生活的一种不受欢迎的打断。不管怎么说，他在阿齐兹叔叔的店里并没有不开心。他已经完全明白，自己在这里是作为人质，他被抵押给阿齐兹叔叔，以确保他爸爸偿还欠债。不难猜测

---

① 阿拉伯语，意为“真主的奇迹”或“按真主意愿”，也可表惊叹，意为“真主啊”。

他爸爸这些年借了太多的钱，就算卖掉旅店都还不起。也可能是他运气不好。还可能是他愚蠢地花掉了他原本没有的钱。哈利勒告诉他，这就是老爷的手法，以便他一旦有任何需要，手头就有人可以差遣，就可以吩咐他们按要求行事。老爷如果急需要钱，就会牺牲一些债主来筹集。

或许有朝一日，等他爸爸有起色了，就会来赎他。他一有机会就为爸妈哭泣。有时，想到他们的形象在他的记忆中变得越来越模糊，他会感到恐慌。每当他们的声音或拥有的某种特质——妈妈的大笑，爸爸勉强的笑容——重现，他就觉得安心。倒不是说他很想念他们，反正随着时间的流逝，他想得越来越少，而是说与他们的分离是他人生中最难忘的事。所以他反复回想那一幕，并为自己的失落而难过。他想起那些他本该了解或本可以询问他们的事情。那些令他提心吊胆的激烈争吵。离开巴加莫约后那两个淹死的男孩的名字。那些树木的名称。如果当初想到问他们这些问题，也许他就不会觉得自己这么无知，这么危险地漂泊无依。他完成交给他的工作，对哈利勒唯命是从，并开始依赖这位“哥哥”。只要允许，他就去花园干活。

他对花园的喜爱打动了每天上下午都来照管花园的哈姆达尼老头。老人很少说话，如果一定要他停止诵念赞美真主的诗篇——有些是他自创的——并听别人讲话，他就会很恼火。每天上午，他不跟任何人寒暄就开始干活，把桶里装满水，一边沿着小路往前走，一边用手把水舀出来，仿佛除了这个花园和这份工作，其他的一切都不存在。阳光太过毒辣时，他就坐在一棵树的荫头下，翻阅一本小书，口里念念有词，身体轻轻摇晃，沉浸在狂热的信仰中。下午祷告之后，他洗脚离开。哈姆达尼老头有时允许优素福打下手，但并不指挥他干什么活儿，只是不赶他走而已。到傍晚夕阳西下时，优素福就独享花园。他修剪，浇水，在大树下和灌木丛间漫步。夜幕降临之际，墙外那个抱怨的声音仍然响起，要赶他走，有时候，他在暮色中还听到渐浓的叹息和断断续续的歌声。那个声音令他心生悲伤。有一次，他听到一声长长的、饱含渴望的叫喊，这使他想起他妈妈，他不禁在墙边驻足，一边吓得发抖，一边侧耳去听。

优素福已经不再询问关于太太的情况。那些问题令哈利勒很生气。这不关你的事，你不该问一些没用的问题。你会带来……*kisirani*①……厄运的。你想要我们都倒霉吗？他知道哈利勒的怒火要求他不再打探她，尽管他不由自主地注意到顾客们出于礼貌而问候主人家时彼此交流的眼神。下午在镇里闲逛时，哈利勒和优素福看到那些前墙空无一物的寂静大屋，里面住的是一户户富有的阿曼人。“他们只把女儿嫁给他们兄弟的儿子，”一位顾客告诉他们，“他们病弱的后

① 斯瓦希里语，意为“厄运”“预兆”。

代被关在巨大的城堡中，从来没人提起。有时，你可以看到那些可怜的人把脸贴在屋子顶楼窗户的栅格上。只有真主知道他们是如何不解地打量我们这个痛苦的世界。也可能他们认为这是真主对他们父辈罪孽的惩罚。”

他们每周五都去镇里，去主麻清真寺祷告，在街上玩基潘德、踢足球。路过的人们大声对哈利勒讲话，说他是快要当爸爸的人了，不该跟小孩子一起玩耍。他们大声说，别人会谈论你的，会说些难听的话。一天，有个老太婆停下来看了会儿球赛，等哈利勒靠近，她便朝地上吐了口唾沫，转身离去。黄昏时分，他们信步走到海边，如果还有渔民没有出海，就跟他们聊天。渔民给他们递烟，哈利勒接受了，但他们不给优素福。渔民们说，他长得太帅，不能抽烟。这只会糟蹋他。吸烟是魔鬼的事，是罪孽。但除了这样，穷人还有什么活法呢？优素福想起乞丐穆罕默德曾经跟他讲过的悲惨故事，他如何失去母爱，还有维图南边的那片灌溉田地，所以对不让他抽烟并未觉得不公。渔民们讲述他们的冒险经历，讲述在海上遭遇的天灾和磨难。他们平静地谈起魔鬼，它们化身为不寻常的暴风雨，从朗朗晴空中突然向他们袭来，或者化身为熠熠发光的大黄貂鱼，从黑沉沉的海面上一跃而起。他们任由彼此，相互讲述着那些与强大的猛敌搏斗的令人难忘的战斗故事。

然后，他们在小餐馆外看人玩纸牌，或者买点小吃当街享用。有时，为纪念某个节日或庆祝某种好运的露天舞会和音乐会会一直持续到凌晨。优素福在镇里觉得很惬意，很想经常去，但感觉到哈利勒并不自在。哈利勒最大的快乐就是站在店铺的柜台后，用浓重的口音与顾客们说笑。他与他们共处时的快乐是由衷的。他们开心地调侃他，嘲弄他，他也同样开心地对他们的调侃和嘲弄报以大笑，也以关注和同情的态度倾听他们讲述自己的艰难，以及没完没了的病痛。阿朱扎大妈告诉他，她如果不是已经钟情于优素福，就会考虑他，尽管他神经兮兮，又骨瘦如柴。

一天晚上，他们去老镇的中心，那里正在举行一场印度婚礼的庆典，他们不是受邀的客人，跟那些没有沐过足的人群聚在一起，观看盛大的婚礼仪式。客人们华丽的锦缎长袍和金饰令他们大开眼界，男人们戴的鲜艳头巾也让他们拍手叫绝。空气中弥漫着颇有年头的浓重气味，屋前的马路上摆着铜罐，香火的浓烟从铜罐里飘出，盖住了从马路中间穿过的阴沟的气味。陪同新娘的队伍由两名男子带领，他们提着一盏绿色的大灯笼，形如一座多圆顶、洋葱状的宫殿。新娘的两侧是两列年轻男子，他们口中念念有声，一边向街道两旁的人群洒玫瑰香水。其中一些年轻人颇有些尴尬。人群感觉到这一点，大声说些作弄笑骂之语，让他们更加不自在。新娘看上去很年轻，是个娇小玲珑的姑娘。她从头到脚穿戴着缀有金线的丝绸婚纱，一举一动都金光闪闪。她手腕和脚踝上沉重的镯子发出暗淡的光芒，大耳环像光影一般在面纱后闪烁。当她转身走进新郎家那扇窄门时，灯笼的亮光照出她低眉颔首的轮廓。

然后，一盘盘食物被端到街上，有三角饺、甜奶球①和巴旦木布丁，让围观者一饱口福。音乐一直演奏到深夜，弦乐和打击乐为清晰明了的美妙歌声伴奏。屋外的人群中，谁也听不懂歌词，但他们还是留在那儿倾听。夜越来越深，歌声也越来越忧伤，直到最后，外面的人再也无法忍受歌声所传达的悲切，开始默默散去。

2

穆罕默德·阿卜杜拉在优素福身旁停下，用一只感觉非常粗糙的手捏起他的下巴，说："*Kijana mzuri*②。"小帅哥。优素福摇头挣脱了，感到下巴还在抽动。"你要去。老爷要你明天上午准备好。你要跟我们一起去做买卖，去了解文明的样子与野蛮的样子的区别。你该长大了，该看看世界是什么样子……而不是在肮脏的店子里玩耍。"他说话时，脸上浮现出一丝笑容，这捕食者的怪笑让优素福想起噩梦中

① 原文 ladhoo，印度著名的传统甜品，圆球状，甜度非常高，有音译为"拉度"或"拉杜"。

② 斯瓦希里语，意为"小帅哥"。

那些在街巷里潜行的狗。

优素福去找哈利勒寻求同情，但哈利勒对他的运道却不肯表示出怜悯或难过。他哈哈大笑，在优素福的胳膊上擂了一拳，样子像是开玩笑，优素福却觉得很痛。“你想坐在这个花园里玩耍吗？像哈姆达尼那个疯老头那样念颂歌？那儿有很多花园。你可以向老爷借一把锄头。他会带上很多，去跟野蛮人交换。那些野蛮人喜欢锄头。谁知道为什么？我听说他们还喜欢干仗。不过这些你都知道，不需要我告诉你。你就是那个野蛮地方的人。有什么好怕的？你会很开心的。只需要告诉他们你是他们的一个王子，是回家准备娶妻的。”那天晚上，哈利勒有意回避他，一直忙于店里的事务，或者跟运夫们聊个不停。当他们躺在垫子上准备睡觉，他再也无法躲避优素福时，不管优素福想提什么问题，他都以玩笑应对。“也许你在旅途中会遇到你的一位祖父。那将是激动人心的事情……还有各种奇特的景象和野生动物。要不就是你担心外出期间有人会抢走阿朱扎大妈？放心吧，我的斯瓦希里弟弟，她终生都是你的。我会告诉她，你离开之前曾为她哭泣，因为你担心到了野蛮人那儿，就不会有人捏你的鸡巴。她会等你的，你回来时，她会来为你唱歌。你很快就会成为一位富商，会像老爷那样穿着绸衣喷着香水，肚子上挂着钱袋，手腕上戴着念珠。”他说。

“你这是怎么了？”优素福恼怒地问，因为受伤和自怜，声音颤抖着。

“你想要我干什么？哭吗？”哈利勒笑着问。

“我明天就要走了，跟那家伙和他的强盗们一起旅行——”

哈利勒用手捂住优素福的嘴巴。他们在店里的后部，睡在那里，因为店前的露台已被穆罕默德·阿卜杜拉和他的手下占据，他们还把空地边的灌木丛变成了露天厕所。哈利勒将一根手指贴在唇上，轻嘘一声以示警告。优素福还想再说，哈利勒对着他的肚子就是一拳，痛得他叫起来。他觉得自己似乎被放逐了，觉得被指责为背叛，他无法理解的背叛。哈利勒把他拉近，搂了他很久才松开。“这对你更好。”他说。

第二天上午，盖着麻布的包裹全被装进一辆旧货车，这批货单走，进入内陆后队伍会跟它们会合。卡车司机名叫巴克斯，有一半希腊血统和一半印度血统。他留着黑色长发，胡子修剪得整整齐齐。他父亲在镇里经营一家小型装瓶和制冰厂，有时把卡车和儿子出租给商人们。巴克斯坐在驾驶室里，车门开着，柔软肥胖的身体舒服地靠在座椅上。从他口里滔滔不绝地吐出一串脏话，说话的声音却很温和，表情也很严肃。在骂人的间隙，他唱了几段情歌，抽了一支雪茄。“请善待我一次，你们这些狗娘养的。我最大的愿望莫过于整天坐在这里摸你们的屁屁，但我还有别的货要运，伙计。

所以你们能不能加把劲，别再互相闻屎了。

> 我只要想到真理，就看到你的面庞，
> 而所有其他面孔，不过是假模假样。
> 我只要梦到幸福，就感到你的爱抚，
> 只见其他人眼里，一概是妒火正旺。

哎呀呀！如果哪位王公听到我唱歌，肯定会把他最喜欢的妞儿赏给我一夜。这地方有一种怪味。我肯定能闻到烂鸡巴的味道，但也许是他们给你们的食物。喂，老哥！这儿的人给了你什么？你背上流淌的汗里有很多油。你要去的那个地方的人就喜欢肥肉，伙计，所以要当心你的屁股，别放错了位置。来吧，兄弟，别在那儿挠痒。让别人帮你好了。反正也不管用。这种伤只有一种药可治。到这堵墙后面来，给我按摩吧。我会给你五安那。”运夫们不断起哄，被司机满口脏话逗得捧腹大笑。在商人面前居然用这种语言！当他一时语塞，他们就问候他父母来奚落他，用胡言乱语影射他的孩子。“来吸我的鸡巴。”他一边说，一边捂着裆部，接着又是一通污言秽语。

旅途要带的其他物品将由运夫们用一辆很长的推车拖到火车站。直到最后一刻，阿齐兹叔叔还在跟哈利勒小声交代，哈利勒在他身边恭敬地点头领命。运夫们三五成群，懒洋洋地站在那儿聊天、争论，不时会突然爆发出一阵阵大笑和掌声。

“好了，带我们下乡吧。”阿齐兹叔叔终于说道，做出出发的手势。鼓手和号手马上演奏起来，领着队伍急切开拔。穆罕默德·阿卜杜拉走在他们几步之后，昂首挺胸，手杖在空中挥成一个好看的弧形。优素福帮忙推车，眼睛紧盯着那些一不小心就可能轧着脚的木轮，与运夫们一起发出有节奏的喘息声。看到哈利勒在最后一刻对阿齐兹叔叔的手亲了又亲，似乎只要有机会他就会把它全部吞下去，优素福不禁感到羞耻。哈利勒总是如此，但今天上午优素福尤其讨厌这样。他听到哈利勒喊了句斯瓦希里什么的，但他没有回头。

阿齐兹叔叔殿后，时不时地停下来，与街上围观者中几位要紧的熟人道别。

3

运夫和护卫们乘坐三等车厢，他们摊手摊脚地坐在板条木凳上，仿佛在自己家里一般。优素福跟他们在一起。其他乘客不堪他们的吵闹和粗野，纷纷转移到别的车厢或退到角落。穆罕默德·阿卜杜拉从另一个车厢来看他们，不屑地听着他们满腹的牢骚和无知的谈话。车厢里又挤又暗，散发着泥巴和木柴烟的味道。优素福闭上眼睛，不禁想起自己的第一次火车之旅。他们坐了两天一夜，经常停车而很少加速。起初，两边的土地上长满棕榈树和果树，透过路边的植被，他们可以看到小农场和种植园。每当火车停下时，运夫和护卫们就拥上站台看热闹。有些人以前走过这条线，认识车站的员工或站台的小贩，所以抓紧时间叙叙旧。他们受托给前方的人捎个口信或礼物。在其中一个小站，在午后炎热的寂静中，优素福仿佛听到了流水声。下午三点左右，火车停在卡瓦，他紧张地默默坐在车厢的地板上，以免被人看见而让他父母难堪。后来，随着地势上升和火车转而向东，树木和农场越来越少。草原断断续续地变成繁茂的灌木丛。

运夫和护卫们争争吵吵恶语相向。他们不停地谈论食物，为各种当时吃不到的美食争执不休，坚称各自家乡的佳肴是天下第一。等到争得彼此都饥肠辘辘、暴躁不堪，就又争起其他的事情：某些词的真正含义啦，某个大商人的女儿收到的嫁妆有多少啦，某位大船长的勇气啦，欧洲人对生皮的解释啦。他们针对不同动物——公牛，狮子，大猩猩——的睾丸的重量激烈地争论了半个小时，但仍然达不成共识，每一种动物都有支持者。他们为自己睡觉的空间受到挤占而争吵不休。他们骂骂咧咧咕咕哝哝，推开别人而给自己腾出位置。随着怒气越来越大，他们的身体散发出刺鼻的气味，既有带着尿骚的汗味，也有难闻的烟草味。很快就开始交手。优素福用双臂捂着头，抵着车厢的侧壁，只要有人靠近，就拼命踢开。深夜里，他听到喃喃低语，然后是轻声走动。过了一会儿，他辨别出悄悄爱抚的声音，后来还听到轻柔的笑声和满足的耳语。

天亮后，他望向窗外，仔细观察着乡村景色，留意它的动静变化。在他们的右边，远处又出现了山丘，看上去草木繁盛，颜色深暗。山顶上的空气能见度低，灰蒙蒙的，似乎隐藏着某种承诺。火车正在驶过的干旱平原上，光线清澈。随着太阳升起，空气中渐渐有了沙尘。枯萎干旱的平原上仍然覆盖着一片片枯草，但雨水会把它变成郁郁葱葱的大草原。一丛丛奇形怪状的荆棘树点缀着平原，零星地露出地面的黑岩石加深了它的色彩。一股股热气和蒸汽从炙热的土地上升起，涌进优素福口里，让他喘不过气来。在一个他们停了很久的车站，一棵孤零零的蓝花楹树正繁花盛开。淡紫和深紫色的花瓣落在地上，犹如一块绚丽的地毯。树旁是一座两间的铁路仓库，门上挂着生锈的大锁，粉刷过的墙上溅有红泥。

有好几次他想起了哈利勒，想到他们的友谊，想到自己突然而生气地离开，他不禁感到难过。但哈利勒看到他离开似乎还有点高兴。想起卡瓦还有生活在那里的父母时，他问自己，当时能否有另一种选择。

下午晚些时候，他们在一个小镇下了车，小镇位于一座山顶还有积雪的大山脚下。空气凉爽宜人，光线柔和，犹如辽阔水域所映照出的暮色。阿齐兹叔叔一下车，就像老朋友一样跟印度站长打招呼。

“莫洪 · 西德瓦，*hujambo bwana wangu*①！希望你身体健康，希望你的孩子和孩子的母亲都平安。*Alhamdulillahi rabi-1 alamin*②，我们还有何求？”

“*Karibu*③，阿齐兹先生。欢迎，欢迎。希望你全家都好。有什么消息？生意如何？”矮胖的站长说，并摇着阿齐兹叔叔的手，难掩激动和快乐。

“我的老朋友，不管真主选择如何赐福我们，我们都心存感激，”阿齐兹叔叔说，“但是别管我了，跟我讲讲这里的近况吧。但愿你事事顺遂。”

站长的办公室是一座棚子般的低矮建筑，两人一边朝那儿走去，一边笑眯眯地寒暄，在谈正事之前都极尽礼数。屋顶有一面大黄旗，在微风中猎猎飘扬，使旗子上那只愤怒的黑鸟越发显得怒不可遏。运夫们对视一笑，明白他们的老爷是去跟站长谈价钱，以便减少运费。片刻之后，站长的办事员出现了，靠在墙上，一副漫不经心的样子，仿佛是散步的人停下来观赏风景。他也是印度人，是个又矮又瘦的年轻

---

① 斯瓦希里语，意为“你好，先生”。
② 阿拉伯语，意为“一切赞颂，全归真主——天地的创造者”。
③ 斯瓦希里语，意为“欢迎”。

人，竭力不引起任何人的注意。运夫们看到他那副模样，便相互挤眉弄眼，故意对他评头论足。与此同时，他们在穆罕默德·阿卜杜拉和护卫们的注视下卸下货物，将它们堆在站台上。

“留点神，你们这些可耻的大嘴巴。”穆罕默德·阿卜杜拉吼道，他是以大吼为快而大吼，还威胁性地在空中挥着手杖。他带着不屑的笑容环顾众人，叉开双腿，心不在焉地隔着缠腰布摩挲着自己。“我警告你们，别偷东西。谁叫我逮住了，我就会把他的屁股劈成几瓣。待会儿我会给你们唱摇篮曲，但现在给我精神点。我们是在野蛮人的地盘上。他们不像你们是用懦弱的泥土做成的。他们什么都偷，包括你们的命根子——如果你们不把缠腰布系好的话。快点儿，快点儿！他们在等着我们呢。”

一切准备就绪后，他们带着各自被分配的东西列队出发。走在商队最前面的是他们傲慢的队长，他挥舞着手杖，对惊讶的路人怒目而视。这是个看上去空荡荡的小镇，但由于蜷缩在大山下，而有了一种神秘而阴郁的气氛，仿佛这里是悲剧的现场。两名戴着珠链的勇士从他们身旁走过，身上涂成了赭色，十分光滑。他们身体前倾，紧绷而急切，兽皮鞋啪嗒啪嗒地踩着路面，合着挥舞的长矛的节拍。他们既不左顾也不右盼，眼里有一种近乎献身般的笃定和坚毅之色。他们的头发被编成紧密的辫子，用泥土染成红色，就像他们斜裹在从肩膀到臀部再到膝盖的软皮束卡①一样。穆罕默德·阿卜杜拉转过身，轻蔑地看着自己的队伍，然后用手杖指着大步前进的勇士。“野蛮人，”他说，“一个顶你们十个。”

“想想看，真主居然创造出这样的生物！他们看上去就像是用罪恶做成的，”一名运夫说，那个年轻人总是最先开口，“他们看上去不是很邪恶吗？”

“他们怎么让自己看起来那么红？”另一名运夫问，“肯定是因为他们喝的血。这是真的，对吧？他们喝血。”

“瞧瞧他们长矛上的刀片！”

“他们知道怎么用，”一名护卫压低嗓门说，他时刻留意队长恼怒的目光，“它们也许看起来就像棍子上的笨刀，却有很大的杀伤力。特别是在久经操练之后。打仗和捕猎，就是他们一直干的营生。要成为合格的勇士，他们必须猎获一头狮子并把它杀死，然后吃掉狮鞭。他们每吃一条狮鞭，就可以再娶一个妻子，吃的狮鞭越多，在部落中的威望就越大。”

“得了吧！你在戏弄我们！”听众们一边叫，一边嘲笑他，不肯相信这么离奇的故事。

“这是真的，”护卫争辩道，“我亲眼见过。问一问去过

---

① 原文shuka，东非马赛男子的传统装束，通常是两块红色或蓝色格子布，一块用于遮羞，一块斜披在一边肩膀上。

那些地方的人。真主作证，我说的是实话。他们每杀死一个人，就割下他身上的一部分放在一个专门的袋子里。”

“为什么？”那名年轻而多话的运夫问。

“你对野蛮人问为什么？”穆罕默德·阿卜杜拉转身看了年轻人一眼，厉声说道，“因为他是野蛮人，这就是为什么。他就是那样。你不会问鲨鱼或蛇为什么要攻击。野蛮人也一样。他就是那样。你最好学会在搬东西的时候走快一点，说少一点。你们简直是一群哭哭啼啼的娘们儿。”

过了一会儿，护卫说：“这与他们的宗教有关。”

“这种生活方式不体面。”年轻的运夫说，惹得穆罕默德·阿卜杜拉久久地吓人地瞪着他。

另一名来自科摩罗的护卫说：“就算野蛮人吃掉一千条狮鞭，文明人也总是能击败野蛮人。他可以用知识和计谋战胜他。”

没过多久，商队就抵达目的地。这是一家位于一条车道尽头的店铺，车道旁边就是离开小镇的主路。店前是一片圆形空地，周围环绕着高大的面包树。店主是个又矮又胖的男人，穿着肥大的白衬衫和宽松的裤子。他稀疏的胡子修剪得很整齐，像他的头发一样，已经有些花白。他的外表和语言都表明他来自海滨。他在他们中间忙碌地走动，坚定而不容置疑地发号施令，穆罕默德·阿卜杜拉试图出面帮他传达指令，但是他没有理睬。

4

山下空气清新，光线带有一丝紫色，是优素福未曾见过的。清晨，山顶被云雾笼罩，但随着阳光的增强，云雾消散，山顶凝固成冰。大山的一侧，平原延展开去。以前来过这儿的一些人告诉他，山的背后生活着浑身抹着泥土的勇士民族，他们牧牛，喝自家牲口的血。他们视战争为荣耀，以自己的暴力史为自豪。要衡量他们的首领是否伟大，就看他们在袭击相邻部落时掠得多少牲口，从他们家中劫得多少女人。不打仗时，他们就像妓院的头牌一样专心致志地装饰自己的身体和头发。遭受他们长久迫害的，有住在山坡上——那儿有雨水可以浇灌土地——的务农者。这些人每周来镇里几次，兜售自己的农产品，他们看起来鲁莽而笨拙，不像是那种经常出远门的人。

一位路德派牧师曾教过他们如何使用铁犁，还教过他们怎样做轮子。他对他们说，这是来自他的上帝的礼物，上帝派他到这个山区，让人们的灵魂得到救赎。他告诉他们，工作是上帝的圣令，用以抵偿人类自身的恶。在礼拜时间以外，他的教堂还是学校，他在那里教他的会众读书写字。由于他的坚持，所有人都皈依了那位拥有如此务实的牧师的上帝。牧师禁止他们一夫多妻，并叫他们相信，对着他为他们带来的新上帝发誓，比他们以父母的方式所发的任何誓言都更具有约束力。他教他们赞美诗，给他们讲各种故事，什么盛产水果和奶油的绿色山谷啦，妖精和野兽出没的森林啦，白雪皑皑的山坡啦，还有整个村庄在冰冻的湖面上滑行的故事。牧牛者世代掠夺务农者，现在又多了一个鄙视他们的理由。说他们不仅像动物和女人一样刨地，还唱着被征服者的悲伤的歌曲，四下弥漫，玷污了山野的空气。

在白雪覆顶的大山的阴影之地，雨水稀少，尘土飞扬，不仅生活着勇士部落，还住着一个富有传奇色彩的欧洲人。据说他富甲天下。他学会了动物的语言，能跟它们交谈并指挥它们。他的王国占地广阔，他自己住在悬崖上的铁宫殿里。宫殿也是一块强大的磁铁，敌人一旦靠近它的防御工事，装在套子里或紧握在手中的武器就会被吸走，他们就这样被缴械俘虏。欧洲人对野蛮部落的酋长很有影响力，对他们的残忍和不屈不挠倒也钦佩。在他看来，他们是高贵的民族，坚定，优雅，甚至美丽。据说欧洲人拥有一枚戒指，可以召唤地精们为他效劳。在他的领地以北有狮群出没，它们对人肉具有无法抑制的渴望，但从来没有接近过欧洲人，除非得到召唤。

来自海滨的店主名叫哈米德·苏莱曼，商队的货物堆在他的店铺里，优素福则跟大伙儿一起坐在面包树下听这些故事。店主的家乡是蒙巴萨以北一个名为基利菲的小镇。优素福知道它在维图以南不远，因为乞丐穆罕默德告诉过他，他在基利菲穿过一条深水沟时差点淹死。他说，如果他真的死了，从大麻的可耻束缚中得到解脱，反倒是好事。但他说这话时却带着愧疚咧嘴一笑，露出里面的断牙。

哈米德·苏莱曼和蔼可亲，把优素福当亲戚一般对待。阿齐兹叔叔离开之前跟他说了些什么。优素福看到他说话，还看见他望向自己。叔叔没有任何解释，只是拍拍他的头，吩咐他留在哈米德身边。他心情复杂地目送他们离去。躲开穆罕默德·阿卜杜拉的威胁是一种解脱，但是前往内陆湖区的旅程已经激起了他的兴趣。而且，与四处漂泊的运夫们为伴，他感到出奇地自在，他们没完没了的故事和粗俗的笑话也让他非常着迷。

哈米德的妻子麦穆娜也来自海滨，来自蒙巴萨以北很远的拉姆岛。她说话的口音不同，却声称拉姆人说的斯瓦希里语比海滨任何别的地方都要纯正——是原汁原味的斯瓦希里语，随便问谁都行。在她眼里，拉姆岛本身简直完美无缺。跟她丈夫一样，她也胖乎乎的，为人亲和，只要附近有人，她似乎就无法静静地坐着。她有很多问题要问优素福。他出生在哪儿？他的父母出生在哪儿？他别的亲戚住在哪儿？他们知道他在哪儿吗？他最后一次去看他们是什么时候？最后一次看其他亲戚呢？难道从来没有人教过他这类事情是多么重要吗？他有未婚妻吗？为什么没有？他打算什么时候成亲？难道他不知道如果等得太久，别人会以为他有毛病吗？在她看来，他年龄已经够大了，尽管外表可能具有欺骗性。他多大了？优素福竭尽全力地回避这些问题。很多时候，对这些他以前从未想过的问题，他能做的最好反应就是沮丧地耸耸肩，或者羞愧地垂下目光。他觉得自己应付得很好。麦穆娜对他的回避怀疑地哼哼鼻子，她的眼神表明，他迟早都得老实交代。

他的职责跟以前在店里一样，只是要干的事情没有那么多，因为这里的生意没那么火。除了店里，他早上和傍晚还得打扫空地。他把掉在树下的面包果捡起来，堆在一个篮子里，集市里有个人每天会来收。破损的果子被他扔进后院。他们自己从来不吃面包果。

“感谢真主，我们还没有那么穷。”麦穆娜说。

哈米德解释说，这里曾经是来自内地的商旅的一个落脚站。当时他们自己都还没有来这儿居住谋生，小站很繁荣。面包果是给运夫和奴隶吃的，在荒野长途跋涉之后，他们饥不择食。并不是说他觉得面包果有什么问题。在老家的时候他们也常吃，用椰子酱烹制，配上炸沙丁鱼。天知道，他们现在吃的虽然不是面包果，却也不过是粗茶淡饭，但优素福不能以为这就是鄙视它的理由。只是面包果会让人想起奴役，尤其是在这片地方。

他们在主屋为优素福安排了一个小房间，请他与他们一起用餐。屋子里的灯通宵都亮着，天刚擦黑，他们就闩门关窗。他们告诉他，这是为了防范野兽和窃贼。哈米德养了鸽子，它们住在屋檐下的鸽箱里。有的晚上，令人不安的寂静会被一阵拍翅声打破，第二天早上，院子里会有残留的羽毛和血迹。鸽子是纯白的，长着长长的大尾羽。凡是颜色不同的幼鸟都会被哈米德弄死。他开心地谈论这些鸟儿，谈论笼中鸟的习性。他称自己的鸽子为天堂鸟。它们在屋顶和院子里昂首阔步，带着无所顾忌的气势和傲慢的姿态，仿佛对它们而言，展示自己的美比安全更重要。但在其他时候，优素福觉得在它们的眼中看到了一丝自嘲。

有时，夫妻俩听优素福说话，会交流一个眼神，这使他觉得他们对他的了解胜过他自己的。不知道阿齐兹叔叔告诉了他们什么。他们起初觉得他的举止有些古怪，尽管并没有跟他明说。他们常常对他的话将信将疑，仿佛怀疑他的动机。当他描述他们在抵达小镇之前经过的那片干涸的土地时，他们有些恼火，他感觉自己像是做了件不礼貌或不友好的事情似的，令他们意识到自己就生活在这些难以回避的约束之下。

“你对这有什么好惊讶的？这些地方到处都是干的。也许你指望绿油油的梯田和小溪。嗯，事实并非那样，”哈米德说，“这里离山很近，至少很凉爽，有时会下雨，虽然不像在山坡上那么多。但情况就是如此。”

“是的。”优素福说。

“我不知道你期望什么，”哈米德朝优素福皱着眉，继续说道，“一年到头除了雨后的几周，在这样的高地上，到处都是那样。但你应该看看那些干涸的平原在雨后的样子。你应该看看！”

“是的。”优素福说。

“是的什么？”麦穆娜烦躁地说，“是的鬣狗？是的动物？要叫叔叔。”

“但海边是绿油油的，”优素福过了一会儿说，“我们住的地方有个美丽的花园，墙把它围了起来。里面有棕榈树和橘子树，甚至有石榴，还有水池和渠道，还有散发着香气的灌木。”

“唉，我们不能跟那些商人、那些老爷相比，”麦穆娜说，她的嗓门陡然升高，“我们只是可怜的店主。你是幸运儿，但这是真主为我们选择的生活。我们遵**他**之命像野兽一般生活在这里。**他**给了你一座天堂般的花园，却给了我们满是毒蛇和野兽的灌木丛。那你现在要我们怎么办？亵渎神明？抱怨我们受到了不公正待遇吗？”

“也许他只是想家了。”哈米德带着微笑，息事宁人地说。麦穆娜不服气地小声嘟囔，怒目而视，一副本还可以多说几句的样子。

“嗯，一切都是有代价的。希望他很快就会明白这一点。”她说。

优素福本意不是要跟他们比花园，他不吭声了。这里没有哈姆达尼老头一手打理的树荫和鲜花，以及水池和长满果实的矮树，后院外只有被当作垃圾的灌木丛。那里勃发着秘密的生命，散发出腐败物和有害物的瘴气。他们第一天就提醒他靠近那儿时要小心，因为有蛇，他觉得这个提醒是一种预言。他们现在等着他说些什么，解释什么，但他想不出该说什么，只是一言不发地坐在他们面前，徒增他们的不快。

最后他说：“以前我下午经常在花园里干活。”

他们哈哈大笑，麦穆娜伸手摸了摸他的脸。“谁能对你这样的小帅哥生气呢？我在考虑甩掉我的肥老公，嫁给你。但在那之前，也许你可以给我们建一个花园，”她说，与哈米德飞快地对视一眼，“趁他在这儿，我们可以让他干点实实在在的活儿。”

“这里有橘子树吗？”优素福问。他们以为这是嘲讽，又大笑起来。

“你可以给我们造喷泉，造避暑宫殿。花园里会满是关在笼子里的鸟，”麦穆娜说，仍然是那种打趣的口吻，“会鸣唱的鸟儿，不是哈米德的那些只会叽叽咕咕的宝贝鸽子。希望你也在树上挂一些镜子，就像古代的花园那样，可以捕捉光线，观察鸟儿看到自己美丽的身影时晕倒。给我们造一个那样的花园吧。”

“她是个诗人，”哈米德称赞他妻子道，“她家的女人都是。而男人则要么游手好闲，要么是精明的商人。”

“愿真主饶恕你胡说八道。正如你所见，他才是会讲故事的人。哦，他才是，”她笑着指向哈米德说，“你等着吧，等到他开始。你会听得废寝忘食，直到他讲完。只管等到斋月，他会让你通宵不眠。毫无疑问，他才喜欢说笑。”

第二天，哈米德拿着砍刀走到灌木丛边缘，对够得着的树枝一顿猛砍。他大声喊优素福来捡拾砍下的树枝，堆好准备焚烧。“你不是想要花园吗，”他好脾气地说，“嗯，我会帮你清理灌木，你可以为我们造一个花园。动手吧，孩子。我们要把直到那棵荆棘树的所有灌木都清理掉。”起初，哈米德一边挥刀狂砍，一边发出凶狠的叫声，还吵吵闹闹地唱着歌。他说，这是为了把蛇吓跑。但过了一会儿，他的兴奋劲过去了，而麦穆娜却还一直在开心地叫喊，又是鼓劲又是调侃的，这让他时不时烦躁地停下来。如果把一切都交给女人，你认为我们会怎样？他说。仍然住在山洞里，我想。汗水冒了出来，淌下他的面颊。大约一小时后，他有气无力地砍着颤动的灌木，原先的呐喊也变成了喘息。他经常停下来，喘几口粗气，不紧不慢地指导优素福如何堆放砍下的树枝。他斥责优素福的笨拙，优素福被一根尖树枝划伤了手掌，疼得龇牙咧嘴，他就狠狠地瞪着优素福。最后，他绝望地哀号一声，把砍刀扔在地上，气冲冲地返回屋子。“我可不想把这条命搭在那片林子上，”他从妻子身边走过时说，“你起码可以给我们端一壶水吧。”

“那不是林子，只是一点灌木，你这个没用的老头，”她调侃道，在优素福看不见的地方笑着拍了拍他，“你完蛋了，哈米德·苏莱曼。幸亏我给自己找了个新丈夫。”

“稍后要你知道我的厉害。”哈米德喊道。

麦穆娜嘲弄地叫起来。“哎呀呀，别吓唬孩子们。你，放下那可怕的武器，”她朝拿起砍刀的优素福喊道，“我可不想你的血溅到我们头上。就算你的亲戚们没有找上门来，我们的麻烦也已经够多了。你得慢慢习惯灌木和蛇，继续做你的天堂花园梦吧，直到你叔叔回来接你。给你叔叔送杯水去吧。”

5

他得听从他们两个人的使唤。他们需要他时就大声喊叫，如果他磨蹭了，迎接他的就是恶言相向和严厉的眼神。去井里打水。劈点柴火。打扫院子。店里不需要他时，他就去集市买菜和肉。如果派他去镇里，他就可以不慌不忙地在外面晃悠，观看来往的牧民和农民。奶牛哼哧哼哧地走过时，拉下大堆的粪便。它们时不时地摆动潮湿的尾巴，把粪便甩得满处都是。牧民们吁吁有声地赶着它们，偶尔上前用棍子尖捅捅牲口，让它们不要掉队。优素福经常看到涂着红泥的勇士大步走过，他们不管走到哪里都令人瞩目。有时，他会用一根长扁担挑着篮子去印度和希腊商人家里送货，尽量不去想那个以前经常到阿齐兹叔叔家送菜的老人。欧洲农民开着卡车或赶着牛车进镇，采购物资或是做什么神秘的买卖。他们不正眼看任何人，只是带着厌恶的神情走来走去。他回到家里后，可能会被差遣去仓库拿东西，也可能是带哪个孩子上厕所。他们有三个孩子。老大是个女儿，十来岁，本该照顾两个弟弟。可她太忙了，忙着琢磨自己的心事，哪里顾得上。她在屋子和院子里跑来跑去，把门摔得砰砰响，自顾自地微笑。优素福有时得照顾两个小男孩，陪他们玩耍。他们精力充沛，吵吵闹闹，习惯了被大吼大叫。跟他们在一起时，他想起哈利勒跟他在一起的情形，于是尽量耐着性子，但经常难以自制。

他跟哈米德谈起哈利勒，谈起他们以前一起干的工作——店子几乎就是他们俩在打理——以期能给他派些活儿，而不仅仅是跑腿和在商店与库房之间来回打杂，但哈米德只是笑了笑。他说，店里的生意不多，并非所有人都很忙碌。如果没有旅行者和内地的生意，他们会连自己都养不活，更别说赚钱了。“你干的活儿还不够吗？你为什么要多干活？给我讲讲商人的情况，讲讲你的阿齐兹叔叔。他是个好主人吗？”他问，“他是个非常富有、非常好的人，对吧？绝对人如其名①。我可以给你讲讲他的故事，非常令人惊奇的故事。有朝一日我得去他家拜访。我猜那就像宫殿……从你说的花园的一切来看，我敢肯定是那样。他举办宴会和庆祝活动吗？你和哈利勒肯定就像年轻王子一样，十分受宠。”

他们家有三间库房，但其中一间他们从未派他去过，房门一直紧锁。优素福有时在门外逗留，觉得自己能闻到兽皮和兽蹄的气味。走私货，他回忆道。赚大钱。哈米德曾经提到那个满口脏话的卡车司机——按他的说法，那家伙就像从茅坑里爬出来的怪物——送过一批货，优素福猜测这间库房里装的就是之前不能跟他们一起随火车托运的秘密货物。库房在主屋后面围起来的后院里面。院子的对面、围墙以内，是外屋、厨房和厕所。他的房间也在主屋这一头。一天晚上，优素福听见哈米德在那间闲人禁入的库房里。起初他以为是进了贼或是比这更糟的事，接着他听见了哈米德的声音。他很想出去看看，甚至悄悄地打开了自己卧室的门。这是个漆黑的时刻。他站在自己房间敞开的门口，看到库房门底下漏出的灯光。哈米德喃喃低语的声音清晰地传来，使他驻足不前。那声音时高时低，咕咕哝哝地表达着焦虑和恳求。在那间寂静的屋子里，那带着哭腔的声音有些怪异，既可悲又可怕。他想，他本该躺在床上，但愿什么也没有听

① 阿齐兹叔叔的名字 Aziz 在阿拉伯语中意为“亲爱的”“可敬的”“友好的”等，相当于英语的 dear。

到。当哈米德也停下来倾听时，优素福像刚才那样一声不响地闩上门，重新回去躺下。第二天早上，大家只字不提，尽管优素福看到哈米德眼角的余光瞥了他几眼。

许多商人都从小镇经过，如果是海滨地区的人、阿拉伯人或索马里人，就会在哈米德家停留一两天，既整理事务也稍作休息。他们睡在空地的面包树下，分享主人家的食物，并用一些小礼物作为回报。有时，他们卖掉一些货品再重新启程。旅行者们带来新闻，还有旅途中那些关乎胆量和刚毅的令人难以置信的故事。有些人会从镇里跑来与这些旅行者做伴，听他们讲述见闻，其中就有哈米德的一个朋友，一个印度机械师。这位印度机械师总是戴着淡蓝色头巾，开着一辆噪音很大的小货车来到哈米德家，有时会惊到那些商人。他很少说话，但优素福有时看到他在不该笑的时候发笑，引来其他人不解和恼火的目光。深夜里，他们坐在屋前的空地上，在山间的寒气中微微发抖，周围亮着很多盏灯，他们谈论着那些夜晚，动物和不怀好意的人包围他们的营地。要是他们没有装备好武器，如果他们惊慌失措，或者真主没有看顾他们，他们的骨头就会留在满是尘土的荒郊野外，被秃鹰和蛆虫啄食得干干净净。

现在他们不管走到哪里，都发现欧洲人已经捷足先登，安置了士兵和官员，声称他们是来把当地人从一心只想奴役他们的敌人手中解救出来的。听他们这样说，仿佛其他的行当都闻所未闻。商人们谈起欧洲人时充满惊讶，对他们的凶狠无情感到畏惧。他们不费一颗珠子就拿走最好的土地，玩弄手腕逼着人们为他们干活，他们什么都吃，不管是硬的还是烂的东西。他们的胃口既没有节制也不讲体面，犹如一场蝗灾。这也征税，那也征税，否则就把违反者关起来，或者鞭打，甚至绞死。他们修建的第一栋建筑就是监狱，其次是教堂，再次是集市的棚子，确保各种买卖都在他们的眼皮底下进行，便于征税。而且这些都是在他们盖房子给自己住之前。有谁听说过这种事情吗？他们穿的衣服是由金属制成，却不会擦伤他们的身体，他们可以一连几天不睡不喝。他们的唾液有毒。天啊，我敢发誓。如果溅到你身上，会烫伤你的皮肉。杀死他们的唯一方法是刺进他们的左腋窝，其他地方都没有用，但那几乎不可能，因为他们那儿戴着厚重的护甲。

有一位商人信誓旦旦地说，他曾经看到过一个欧洲人倒地而死，然后来了一位同伴，对他吹了一口气，他就复活了。他也看到过蛇这样做，蛇也有毒液。只要欧洲人的身体没有受损或毁掉，没有开始腐烂，他的同伴就可以吹气让他复活。所以即便看到一个死去的欧洲人，他也不会去碰他或拿走他的任何东西，没准他会重新站起来，斥责他。

“别亵渎神明，”哈米德大笑着说，“只有真主才能赋予生命。”

“是我亲眼所见。如果我说谎，愿安拉让我瞎掉，”商人坚持道，四下里看看有没有人在笑，“一个死人躺在那儿，另一个欧洲人趴他身上，往他嘴里吹口气，死人颤抖一下就醒了过来。”

“他如果能赋予生命，就一定是真主。”哈米德坚称。

“愿真主饶恕我，”商人说着，气得发抖，“你为什么要这样说？我根本不是这个意思。”

等商人上路后，哈米德说：“他是个无知的人。他们老家的人都非常迷信。有时候，信仰太多就会使人这样。他想说什么？欧洲人其实是披着人皮的蛇吗？”

有些旅行者碰到过阿齐兹叔叔的商队，会说起他的情况。最后一次听说他是在马隆古山以外的湖区的另一边，在平行的西部大河的上游。他跟曼耶玛人做买卖，生意很好。那一带很危险，但有生意机会：橡胶，象牙，如蒙真主保佑，甚至有一点黄金。阿齐兹叔叔本人捎来口信，请求以他的名义向卖给他日用品和其他商品的商人付款，有一次，他还委托一位返程的商人带来了一批橡胶。他频频传来好消息，使哈米德对带来消息的旅行者都出手慷慨。

6

在斋月及其严苛的饥饿和祷告制度来临前的舍尔班月①，

① 伊斯兰历的第八个月，是迎接斋月的准备期。

哈米德决定去山坡地区的村寨和居民点拜访。这是一年一度的外出，是他向往的旅行，但他让自己相信这也是一种做生意的方式。既然顾客不来找他，他就送货上门。优素福受邀同往。他们从镇里的锡克[①]机械师那里租了一辆货车，那人晚上经常来他们这儿听旅行者讲故事。锡克人名叫哈尔班斯·辛格，但大家都叫他卡拉辛加，他亲自驾车。这样也好，因为这车经常抛锚，开上几英里就会爆胎。卡拉辛加丝毫不害怕这些倒霉事，只是怪路不平，坡太陡。他开心地修着车，好脾气地回应哈米德的挖苦，总是很隐忍。他们彼此很熟悉。优素福去卡拉辛加家里送过几次货。他们饶有兴致地你一句我一句，以斗嘴为乐。两个人都又矮又胖，在某些方面似乎很像。但哈米德说话时笑眯眯的，而卡拉辛加即使没有必要也板着面孔。

“你如果不是这么吝啬，就会买一辆新车，而不至于让你的客人这么遭罪，”哈米德说，他舒适地坐在一块岩石上，卡拉辛加则在捣鼓那辆一身毛病的车，“你从我们这儿偷了那么多钱，准备怎么花？送回孟买吗？”

“别瞎开玩笑，老兄。你想让我招来杀身之祸吗？我哪来的钱？而且你明明知道，我不是从孟买来的。那是狗屎榕

---

① 锡克人也称锡克教徒或锡克教信徒，是信仰锡克教的旁遮普人。

树商人[1]的家乡。那些古吉拉特人渣，他们才有钱，他们的兄弟，那些博赫拉人，才是放高利贷的吸血鬼。你知道他们的钱都是怎么挣的吗？靠放贷和欺诈。以复利向苦苦挣扎的商人放贷，有一丁点借口就取消赎回权。这是他们的专长。人渣！所以求求你，对我客气一点，别把我跟那些虫子混为一谈。”

“但你们不都是一样吗？”哈米德问，“你们都是印度人，都是榕树商人、骗子和撒谎精。”

卡拉辛加显得很伤心。“要不是看在这么多年兄弟的情分上，我肯定会为此揍你一顿！”他说，“我知道你在招我，所以我会控制住自己的。你想看到我干出有失体统的行为，我不会让你得逞。但是朋友，请不要逼我太甚。辛格家的人是不甘受辱的。”

“是吗？谁要你甘心呢？我听说卡拉辛加家的人屁股上都长着长毛。我听过一个故事，说卡拉辛加家有个人拔出一根长毛，把一个惹恼他的人捆了起来。”

“朋友，我是个有耐心的人。但我必须警告你，一旦激起我的怒火，就只有鲜血可以平息了。”卡拉辛加神态哀伤地说。他看着优素福，摇了摇头，希望得到同情。“你有没

---

① 原文banyan，本意为印度榕树，由于树冠覆盖面积大，印度商人往往把树下作为集市场所，从事各种买卖活动，所以这些商人也被称为banyans，故有此译。

有听说过，我发起脾气来会是什么样子？”他问优素福，“就像一头狂野咆哮的狮子！”

哈米德开心地大笑起来。“别吓唬这孩子，你这个毛乎乎的卡菲尔人①。你们榕树商人只会撒谎。一头咆哮的狮子！好吧，好吧，把扳手放下。我不想仅仅因为一个玩笑而让我的孩子成为孤儿。但实话告诉我……我们是老朋友了。我们之间没有秘密。你赚那么多钱都拿来干什么？全都给某个女人吗？我的意思是说，你根本就不花钱。你家里只有几辆破车。你没有任何人需要照顾。你的一切看起来都很寒酸。你只喝廉价的粟酒，还有在自家作坊里酿的那种毒药。你不赌博。肯定是有女人。”

“女人！我没有女人。”

哈米德哈哈大笑。卡拉辛加跟一些女人传过绯闻，但都是他自己起的头，再由别人添油加醋。在那些故事中，卡拉辛加的兴奋劲总是来得很慢，让女人忍无可忍。但一旦来了劲，他就非常持久。

“如果你一定要知道，你这头驴子，我送了一些给旁遮普的兄弟们。以帮忙照管家里的土地。你只关心这些话题。你拿那些钱干什么？什么钱？这不关你的事！”卡拉辛加喊道，砰的一声盖上货车的引擎盖以示强调。哈米德乐

---

① 穆斯林对异教徒的称呼。

得大笑，正要接着说时，卡拉辛加却钻进车里，发动了引擎。

临近傍晚时，他们在山麓丘陵上部的一个小居民点附近停了下来。第二天他们会在这里做些生意，再继续前进。卡拉辛加把车停在一棵无花果树下，旁边就是一条奔涌的山间小溪。小溪两岸是齐膝高的茂密青草。优素福脱掉衣服跳进溪里。水冷得让他尖叫起来，但他坚持了几分钟，很快就感觉到全身开始麻木。卡拉辛加告诉他，小溪是由山顶冰雪融化而成的。这里绿树成荫，草木葱茏，当他们在山间暮色中扎营时，空气中回荡着鸟鸣和潺潺的流水声。优素福踏在散布于溪流中的大石头上，沿着水边走了一段距离。在对岸的开阔地之外，他看到茂密的香蕉林。过了一会儿，他来到一座瀑布前，驻足观看。这里有一种隐秘和神奇的气氛，但总的来说还是宜人和友好的。巨大的蕨类植物和竹子垂向水中。透过水雾，他看到瀑布后面的岩石阴森森的，仿佛一个山洞，藏着宝物，还有从凶残的篡位者那儿逃出来的落难王子。他摸了摸自己，发现衣服都湿了，连内衣都已湿透，但他很乐意站在水雾中，感受着它的拥抱。他相信，只要仔细去听，就能透过瀑布的轰鸣听到一种低沉而起伏的声音，也就是河神的呼吸声。他在那儿静静地站了很久。最后，随着光线迅速消退，蝙蝠和夜鸟的影子在清朗的天空中穿行，他看到哈米德在远处向他招手。

优素福踏着岩石，溅着水花向他跑去，想告诉他那儿有座美丽的瀑布。跑到哈米德面前时，他已经上气不接下气，只能站在那儿气喘吁吁，哑然失笑。

“你都湿了，”哈米德说，他也在笑，拍了拍优素福的背，“过来吃饭吧，趁着天还不太黑，放松一下。晚上这里有点凉。”

“瀑布！”优素福喘息着开口，“很美。”

“我知道。”哈米德说。

在他们的前方，渐浓的暮色中出现了一个人。他穿着带有皮垫肩的深蓝色罗纹套头衫和卡其短裤，这是欧洲人的雇工的制服。他们迎上前，就见他从腿后掏出一根警棍，让他们看到他带有武器。当他们靠近到可以闻到他的气味时，优素福看到他的脸上有着细长斜线般的疤痕，两边各有一条，从眼睛下方直至嘴角。他的衣服近看时很破，散发着烟和动物粪便的味道。他眼里闪着诡异的光，显得愤怒而又可怕。

哈米德举手致意，说 *salaam alaikum*①。那人哼了一声，举起警棍回应。“你们要干什么？”他问，“走开！”

“我们的营地在那边，”哈米德说，优素福不难看出他很害怕，“没事，兄弟。这年轻人去看了瀑布，我们现在正

---

① 阿拉伯语，意为“祝你平安”。

要回营地。”

“你们来干什么？主人不喜欢你们在这儿。不管是扎营，还是看瀑布。他不喜欢你们在这儿。”那人狠狠地瞪着他们，冷冷地说。

“主人？” 哈米德问。

那人用警棍指着优素福刚刚回来的方向。现在他们看到了一座矮屋的轮廓，就在这时，有扇窗户突然亮了起来。那人横眉怒目地盯着他们，等着他们离开。优素福仿佛看到那双眼睛里有悲伤的意味，仿佛已经失明。

“但我们的营地离那儿很远，”哈米德争辩道，“我们甚至不会呼吸同样的空气。”

“主人不喜欢你们，”那人厉声重复，“滚开！”

“你瞧，朋友，”哈米德转而用老练的买卖人的口吻说道，“我们不会给你的主人惹麻烦。来跟我们一起喝杯茶吧，你亲眼看看。”

那人突然叽里呱啦地说了一大串，语气愤怒，说的是优素福听不懂的语言。接着他转过身，大步走进黑暗之中。他们目送他片刻，然后哈米德耸了耸肩，说，我们走吧。他的主人肯定以为自己拥有全世界。回到营地时，他们发现卡拉辛加已经煮了一些米饭和一罐茶。哈米德打开一包枣子，又分给他们几块鱼干，他们把鱼干放在余火里烤着。他们跟卡拉辛加说起那个拿着警棍的人。

“*Mzungu*① 住在那儿，”卡拉辛加说着，心满意足地放了个屁，没有丝毫的难为情，“从南部来的一个欧洲人，为政府工作。我帮他修好了发电机。那台混账机器噪音很大，已经用了很久。我跟他说我可以帮他买一台新的，但他不愿意。他大声叫骂，脸涨得通红，说我想捞好处。也许是想拿一点回扣……这有什么错呢？这是老规矩。但他骂我是肮脏的苦力。肮脏的苦力，偷盗的混蛋。然后他那些狗也汪汪汪地跟着叫了起来。很多狗，体型很大，长着长毛和大牙齿。”

“那些狗。”哈米德轻声说，优素福很清楚他的意思。

“是的，很大的狗！”卡拉辛加说着，站起身来张开双臂，做出龇牙狂吠的样子，“长着黄色的眼睛和白色的皮毛。受过追捕穆斯林男人的专门训练。如果你能听懂它们愤怒的狂吠，那么它们说的是，我喜欢顺从真主的男人的肉。给我送穆斯林男人的肉来。”

卡拉辛加为自己的笑话洋洋得意，一边笑一边拍着大腿。哈米德骂他是疯狂的异教徒，偷盗的混蛋，毛乎乎的卡菲尔，但卡拉辛加并未气馁。每隔几分钟，他就汪汪吠叫几声，然后哈哈大笑，仿佛从没听过这么有趣的笑话。

“别闹了，你这个肮脏的苦力。别太过挑战命运，否则

---

① 斯瓦希里语，意为“白人”或“白色的”。

欧洲人的狗会来袭击我们的……还有两条腿的狗。”见卡拉辛加不肯罢休，哈米德生气地说，“住口，毛乎乎的榕树商人。”

“榕树商人！我警告过你不要这样称呼我！”卡拉辛加说，四下里张望想找样家伙，哪怕一根棍子，一时又很想拿起那罐滋滋冒着热气的茶。“你们穆斯林这么怕狗是我的错吗？这是践踏我血统的理由吗？你每次说这个词，都是对我全家的侮辱。这是最后一次！”

恢复平静后，他们准备睡觉。卡拉辛加把自己的垫子铺在车子旁，哈米德挨着他躺下。优素福躺在可以看到天空的地方，与他们隔着几英尺，既不用闻卡拉辛加的屁，又听得见他们的谈话。他们安定下来，疲惫而满足地叹息着，在友好的宁静中，优素福打起了盹。

“想到天堂会是这样，不是很开心吗？”哈米德对着充满水声的夜空轻声问道，“那些瀑布比我们所能想象的任何东西都要美。甚至比这儿的还要美，优素福，如果你能想象的话。你知道吗，地球上所有的水都源自那里？天堂有四条河流。它们流往东南西北不同的方向，将真主的花园一分为四。而且到处都有水。凉亭下，果园旁，流过阶地，沿着林边的小道。”

“那个花园在哪儿？”卡拉辛加问，“在印度吗？我在印度见过很多有瀑布的花园。那是你的天堂吗？是阿迦汗王朝[1]居住的地方吗？”

“真主创造了七重天。”哈米德说，他没有理会卡拉辛加，把头转向一边，仿佛只对优素福一个人说话。他的声音渐渐柔和起来。“天堂是第七层，它本身又分为七层。最高层是 *Jennet al And*[2]，伊甸园。他们不允许毛乎乎的渎神者住在那儿，即使他们能像一千头野狮那样咆哮。”

“我们印度有这样的花园，有七层八层的，”卡拉辛加说，“是莫卧儿野蛮人建造的。他们常常在露台上狂欢，还在花园里养动物，以便心血来潮时打猎。所以那肯定就是天堂，你的天堂就在印度。印度是一个充满灵性的地方。”

“你以为真主疯了吗？”哈米德问，“把天堂放在印度！”

“是的，但也许他找不到更好的地方，”卡拉辛加说，“我听说原来的花园还在。在这个地球上。”

“卡菲尔人！什么幼稚的故事你都会听。”哈米德说。

“我在一本书上读过。一本宗教书。你会读书吗，你这个小店主，穆斯林狗肉？”

哈米德笑了。“我听说在努赫先知的时代，当真主用大洪水淹没土地时，花园位于大水无法到达的地方，所以完好地保存了下来。所以原来的花园可能还在，但是被汹涌澎湃的大水和一道火焰门拦着，凡人无法进入。”

---

① 伊斯兰教伊斯玛仪派尼扎尔支派王朝的世袭称号。
② 阿拉伯语，意为“伊甸园”。

沉默良久后，卡拉辛加说：“想想看，如果伊甸园真的是在地球上！”哈米德调侃了他一句，但卡拉辛加没有理会。汹涌澎湃的大水和火焰门是很有权威的细节。他是在一个虔诚的锡克家庭长大，伟大的古鲁[①]们的著作在家里的神龛上占据显著的位置。但他父亲是一个宽容的人，还允许象鼻神[②]的铜像、救世主耶稣基督的小画和《古兰经》的小抄本在神龛背后有一席之地。卡拉辛加清楚汹涌澎湃的大水和火焰门这类细节的分量。

“嗯，我听有些人说过伊甸园就在地球上，但我并不相信。即使真在这里，也没有人能进去，更别提榕树商人了。”哈米德坚定说。

7

他们在每一个可能有生意的居民点或村寨停留，这样转了四天后，终于到了政府在半山腰设立的站点奥尔莫罗格。他们这一路花的时间比预期要长，因为货车动不动就抛锚。到了后来，卡拉辛加又有各种理由，但哈米德已经太累了，懒得挖苦他。“行了，行了，别啰嗦了。让我们快点到那儿吧。”他说。奥尔莫罗格是他们的最终目的地。在此逗留一

① 印度教或锡克教的宗教导师或领袖。
② 印度教徒崇拜的智慧之神，也被奉为富贵之神，形象为象头人身。

天后，他们就返回。这里曾经是一个很大的居民点，是那个把身体和头发涂成赭红色的牧牛民族居住的地方，所以才把农牧站建在此处。本指望这个站点会成为示范，能说服游牧勇士们改变嗜血的习性，转而成为奶农。但事与愿违，也许是因为奉政府之命前来改变这个世界角落的官员缺乏耐心。总之，人们很乐意对农牧站听之任之。他们把居民点迁至稍远的地方，而来奥尔莫罗格做买卖。

哈米德通常住在一个名叫侯赛因的桑给巴尔人那里。他经营一家店铺，维持生活倒也足够。进店门处有一台手动缝纫机，他用来为顾客们缝制束卡和围裹式服装。靠墙的柜台上摆着几袋糖和几盒茶，以及其他一些小商品。侯赛因是个瘦高个，似乎习惯了吃苦，正如他货品寥寥的店铺，空空荡荡。他独自住在店铺的后部，所以当他们到达时，他在库房里为他们腾出空间，很期待同他们聊聊天。到了傍晚，他们坐在店外，听侯赛因讲述桑给巴尔。过了一会儿，等他讲过瘾了，他们就聊起了生意，然后静静地看着光线沉下山去。

许久后，侯赛因问："你们有没有注意到这里的光是绿色的？问卡拉辛加也是白问。他从来只关注油乎乎和轰隆作响的东西。朋友，最近有什么计划？你上次来这儿时，说要买一辆公共汽车，开辟一条通往山村的路线。那个绝妙的主意怎么样了？"卡拉辛加耸了耸肩，没有答话，甚至没有转身。他用一个锡杯抿着这一路上一直带在身边的自酿酒。他只是偶尔在他们面前喝酒，但优素福看到过，当他以为四下没人时，就拿起大石瓶猛灌几口。

“但是你瞧，年轻人，优素福！你刚才注意到那光了吗？”侯赛因问，“你长得这么帅，有朝一日会把年轻女人都迷疯的。跟我一起回温古贾吧，我会把女儿嫁给你。你刚才注意到光了吗？”

“是的。”优素福说。他们驾车上山时，他已经注意到光线的变化，很乐意谈论它，就像乐意谈论桑给巴尔一样。听侯赛因谈起桑给巴尔时，他突然决定有朝一日要去那里，去亲眼看看那个奇妙的地方。

“既然你已经答应把女儿嫁给他，你说什么他都会附和，”哈米德笑着说，“但你晚了一步，我们已经让他跟我们的老大订婚了。我没告诉过你吗，侯赛因？”

“你真令人恶心。她才十岁呢。”侯赛因说。

“十一岁，”哈米德说，“正是待嫁之年。”

优素福知道他们在拿他说笑，但对这个话题还是感到不自在。“这儿的光为什么是绿色的？”

“因为山的缘故，”侯赛因说，“如果你一路旅行远至湖区，就会看到世界被群山所环绕，它们使天空泛着绿色。湖对岸的那些山是我们知道的世界的边缘。在那之外，空气带着瘟疫之色，生活在那里的生物只有真主知晓。我们知道东边和北边，东边远至中国，北边远至歌革和玛各的城墙。但西边却是黑暗之地，是精灵和怪物之地。真主派另一位优素福①作为先知去了精灵和野蛮人之地。没准他会把你也派往那儿。”

“你去过湖区吗？”优素福问。

“没有。”侯赛因说。

“但其他地方他都去过，”哈米德说，“这家伙显然不喜欢待在家里。”

“哪个优素福？”卡拉辛加问。当侯赛因说到光和湖区时，他呵呵地嘲笑——童话，又来了，他叫道——但他们知道他无法抗拒先知和精灵的故事。

“将埃及从饥荒中拯救出来的先知优素福，”侯赛因说，“你不知道吗？”

“西边的黑暗之外是什么？”优素福问，卡拉辛加不由得有些恼火，咂了咂嘴。他很想听埃及饥荒的故事，他当然知道那个故事，但还想再听。

“不知道那片荒野有多大，”侯赛因说，“但我听人说过走上五百年才走得到头。生命之泉就在那片荒野里，由大如海岛的食尸鬼和蛇守护着。”

“地狱也在那儿吗？”卡拉辛加问，又转为他惯常的嘲讽口吻，“你们的真主所应许的酷刑室也都在那儿吗？”

---

① 《古兰经》中的人物，穆斯林信奉的先知之一。

“你应该知道，”哈米德说，“那就是你要去的地方。”

“我要去翻译《古兰经》，”卡拉辛加突然说，当其他人不再笑时，他又补充道，“译成斯瓦希里语。”

“你甚至不会说斯瓦希里语，”哈米德说，“更别提读阿拉伯语了。”

“我可以从英文本翻译。”卡拉辛加一脸严肃地说。

“怎么想起干这事儿？”侯赛因问，“我好像从没听你提过比这更白费力气的事情。你为什么想干这事儿？”

“为了让你们这些愚蠢的本地人听到你们所崇拜的真主的咆哮，”卡拉辛加说，“这将是我的奋斗目标。你们知道阿拉伯语版本是怎么说的吗？也许懂一点点，但你们愚蠢的本地兄弟们多数都不懂。所以你们这些本地人才这么愚蠢。嗯，你们如果能懂，也许就会明白你们的安拉是多么的不宽容。那么你们就不会崇拜他，转而投向更好的事情。”

“天啊！”哈米德不再觉得好笑，“我觉得你这样的人以这种不可饶恕的方式谈论他很不妥。也许有人应该给这条毛狗一个教训。我想，要是你下次再来我的店里偷听别人谈话，我就把你的话告诉那些愚蠢的本地人。他们马上就会烧烂你的毛屁股。”

“我还是要翻译《古兰经》，”卡拉辛加坚定地说，“因为我关心我的人类同胞，即使他们只是一帮无知的顺从真主的人。这是成年人的宗教吗？也许我不知道真主是什么，也不记得他的上千个名字和百万个承诺，但我知道他不可能是你们崇拜的那个大恶霸。”

就在这时，一个女人来到店里买面粉和盐。她只是腰上围着一块布，脖子和肩膀上戴着一大串珠子，敞着胸，露着怀。卡拉辛加在她身旁动来动去，发出渴望的声音，饥渴地又是咂嘴又是叹息，她没有理睬。侯赛因跟她说本地话，她开心地笑着，一一作答，还打着手势加以解释，时不时爆发出一阵笑声。侯赛因陪着她笑，哼着鼻子低语着。她离开后，卡拉辛加继续着他的欲望之歌，说他会如何鏖战，直至瘫倒在她身上。“这些野蛮的女人啊，你们闻到母牛粪的味道了吗？看到那对乳房了吗？圆滚滚的，简直让我受不了！”

“她在喂奶。她刚才就说这事呢，说她刚出生的宝宝，”侯赛因说，“你嘲讽我们的真主不宽容，嘲讽我们愚蠢地忍受他，可你却称别人为野蛮人。”

卡拉辛加没有理会这一指责。在哈米德的鼓动下，他开始讲述自己的香艳情事。都是些离谱的故事。他讲起一个漂亮的女人，经过他三寸不烂之舌的蛊惑，同意带他回家，到头来却发现对方是个男人。还讲起一个老太婆，他原以为是拉皮条的，谈好价钱后，却发现她就是他花钱要找的妓女。他跟一位已婚之妇好事正酣，没想到戴了绿帽子的丈夫突然出现在门口说话，害得他差点丢了命根子。他放松身体，绘声绘色，手舞足蹈地把各个角色都表演出来。其间，演到他自己，他就胡须怒张，头巾也直了起来，俨然一个不肯善罢甘休的风流浪子。哈米德好几次都绷不住失声大笑，抱着肚子喘不过气来。卡拉辛加尽可能地折磨他，有意重复那些哈米德显然无法抗拒的场景。对这一切优素福也会笑，但笑得很愧疚，因为他能看出侯赛因不喜欢这些荤段子，但哈米德极尽搞笑扭来扭去的样子又让他忍俊不禁。

后来，夜深了，他们的话风变得温和、悲观，间或打起哈欠也更长、更频繁。

“我担心我们的未来，”侯赛因轻声说，哈米德不禁疲倦地叹了口气，“一切都乱套了。这些欧洲人决心坚定，他们为世界的繁荣而战，却会毁掉我们所有人。如果你以为他们来这儿是要干什么好事，那就太傻了。他们想要的不是贸易，而是土地本身。以及其中的一切……包括我们。”

“在印度，他们已经统治了几个世纪，”卡拉辛加说，“而你们这里还未开化，他们怎么可能如法炮制呢？即使在南非，也只是因为黄金和钻石才使得他们觉得有必要把那里的人杀光并夺取土地。这里有什么？他们不过是争争吵吵，偷这抢那，也许打一场又一场的小仗，等他们累了就会回家。”

“你在做梦，朋友，”侯赛因说，“看看他们是如何瓜分了山上最好的土地。在这儿以北的山区，他们甚至赶跑了那个最勇猛的民族并夺取了他们的土地。他们把那些人当小孩子似的赶走，毫不费力，还活埋了他们的几个首领。你不知道吗？他们只允许那些被他们收为仆人的人留下来。用枪炮打上一两仗，就解决了所有权问题。他们这听起来像只是到此一游吗？我告诉你们，他们决心坚定。他们想要全世界。”

“那就去了解他们是什么样的人。除了那些蛇啊、吃金属的人的故事，你们对他们还了解什么？你们懂他们的语言、他们的故事吗？那么，你们怎么能学会对付他们呢？”卡拉辛加说，“只是牢骚满腹，又有何用？我们也是这样。他们是我们的敌人。这是我们的另一个共同之处。在他们眼里我们是动物，在很长的时间里，我们无法让他们消除这个愚蠢的想法。你们知道他们为什么那么强大吗？因为好几个世纪以来，他们一直在掠夺世界。你们的抱怨不会阻止他们。”

“不管我们能了解什么，也阻止不了他们。”侯赛因淡淡地说。

“你只是害怕他们。”卡拉辛加温和地说。

“你说得没错，我害怕……而且不仅仅是害怕他们。我们将失去一切，包括我们的生活方式，”侯赛因说，“而这些年轻人会失去更多。有朝一日，他们会让这些年轻人唾弃我们所了解的一切，让他们背诵他们的法律及其关于世界的故事，仿佛那是圣言。当他们来记述我们时，会怎么说呢？说我们成了奴隶。”

“那就学会怎么去对付他们，”卡拉辛加叫道，“如果你说的是真的，我们的确即将面临这些危险，那你干吗要待在山上说这些？”

“我该去哪儿说呢？”侯赛因问，对卡拉辛加的怒火一笑置之，“去桑给巴尔吗？在那里，连奴隶都维护奴隶制。”

“干吗说这些丧气话？”哈米德抗议道，“说到底，我们的生活方式又有什么了不起呢？就算没有这些可怕的预测，我们承受的压迫不是也够多的吗？让我们把这一切都交到真主手中吧。也许情况会变化，但太阳照样会东升西落。我们就别说这些丧气话了。”

沉默许久后，侯赛因问：“哈米德，你那位奸诈的搭档最近在干什么？这会儿又给灌了什么迷魂汤？”

“谁？”哈米德不安地问，“你这是在说什么？”

“谁！总有一天你会知道是谁。你的搭档！你上次不是这么说的吗？到时候那家伙会让你一贫如洗，连补衬衣的针线都没有，”侯赛因轻蔑地说，“你说他会让你发大财。他跟你说没有风险。对此毫无疑问。你如果愿意，现在就可以订购丝绸外套了。总有一天会遭报应，你会走投无路。背运倒霉，做生意就是这样。你知道是怎么回事。他已经毁了多少人？他让你不断赊账，等到你入不敷出，他就拿走一切。这就是他的手法，你十分清楚我在说什么。”

“你今天怎么了？”哈米德问，“肯定是因为住在山上，还有那些绿光。”优素福看出哈米德很不安，生气了。他看上去沮丧、冷漠，还朝优素福看了一眼。

“关于你的搭档，你知道我听说了些什么吗？”侯赛因继续说道，“我听说如果他的搭档们无力支付，他就带走他们的子女作为抵押。就像奴隶制时代。这不是正人君子的行事方式。”

“够了，侯赛因。”哈米德生气地说，半转过身，似乎要看着优素福。卡拉辛加似乎也想说什么，但哈米德突然挥手制止他。“这是我的选择，就让我犯傻好了。你们以为这……你们所做的……我们所做的……更好吗？好在哪里？我们辛辛苦苦，冒各种风险，远离亲人……但仍然像老鼠一样受穷受怕。”

“真主告诉我们——”侯赛因开了口，准备引用《古兰经》的话。

“别给我来这一套！”哈米德打断他，但语气温和，几乎带着恳求。

“他总有一天会被逮住的，”侯赛因坚持道，“所有的走私和奸诈的交易都不会有好下场，你也会脱不了身。”

“听兄弟一句，”卡拉辛加对哈米德说，“我们也许并不富有，但起码遵守法律，互相尊重。”

哈米德笑起来。“好吧，我们是多么高尚的哲学家！你是什么时候发现法律的，你这个满口谎言的坏蛋？你说的是谁的法律？你干一点点活就收我们那么多钱……你称之为遵守法律。”他说。从神态和语气看，他想表明犯不着这么紧张了，希望谈话的气氛能变得更幽默一些。“无论如何，我们不想给这个年轻人留下不好的印象。”

优素福这时十六岁，“年轻人”这个词在他耳中听起来有高贵意味，几乎像被描述为身材高大——或者甚至是哲学家——一样好。他确保自己的快乐神态显而易见，所以表现得有点像小丑。三个大人都嘲笑他的愚蠢。于是，谈话安全地越过了为了还债而被迫抵押这个话题。但对于侯赛因所说的哈米德的状况，优素福觉得自己有了几分了解。他渴望出人头地，对阿齐兹叔叔的旅程紧张担忧，一切都在表明他对自己不信任，害怕失败。优素福想起了那间闲人禁入的库房里的喃喃自语，想起了存放在那里的走私货散发出的气味。哈米德当时的喃喃恳求是在祈祷。

8

他们回到小镇几天后，阿齐兹叔叔旅行归来。像往常一样，他的队伍由鼓手和号手开道，在他们身后是穆罕默德·

阿卜杜拉。他们在傍晚时出现，太阳已经落山，正是微风和草叶中的湿气开始重新升起的温和时刻。最先看到他们的是优素福，他当时正在寂静的小道上散步，起初只是路面上的空气有点动静，然后是一阵灰尘，接着听到嗵嗵声和鼓号的齐鸣。他以为会过来一队疲惫不堪、步履蹒跚的旅行者，想等着看一看，但觉得应该跑回去给主人家报个信。

他们得知这是一次艰难的旅程，历经艰难曲折。遭遇过凶险，但好在并未发生冲突。两人身受重伤，一个是被狮子攻击，另一个是被蛇咬伤。他们都被留在湖边的一个小镇，阿齐兹叔叔出了好价钱请一家人照顾。他说，虽然他没有跟他们做过生意，但相信他们会照顾好那两个人。这一路，不少运夫和护卫都相继患病，但感谢真主，不是什么罕见或了不得的病，不过是内地之行的正常遭遇。一天晚上，穆罕默德·阿卜杜拉掉进了沟里，肩膀伤得不轻。他在康复，但伤处仍然很痛，虽然他想掩饰，阿齐兹叔叔说。尽管有各种不顺，生意还是不错，他们一直都明白自己离海滨有多远。阿齐兹叔叔看上去比之前要瘦，但看着也更健康了些，还是一如既往地镇静。沐浴更衣、喷上香水之后，他的样子很难让人相信他已经在外奔波数月。

“河流上游的生意非常好，”阿齐兹叔叔说，“我们在河上根本没花太多时间，真的。明年我们要再去马隆古一趟，趁商贩们还没拥到那里之前。欧洲人——比利时人——很快就会封锁那里。我听说他们越来越靠近湖区了。这帮嫉妒心强、一无是处的穷光蛋，对做生意一窍不通。我了解他们。连德国人和英国人都比他们强，虽然天知道他们也都是恶毒的商人。我们这次带回了一些贵重的货物。”

在哈米德听来，这一切犹如天籁之音，为了证明自己与阿齐兹叔叔是同一个阵营的，他说话时夹杂着阿拉伯词语。监督货物装载的当口，他满脸堆笑，不停地发出赞叹之声。阿齐兹叔叔以低价买来的一袋袋玉米将留在哈米德这里，但树胶、象牙和黄金将乘火车运往海滨。早先抵达的橡胶已经卖给了镇里的一个希腊商人。到了晚上，哈米德带阿齐兹叔叔去库房检查货物，然后他们坐在那儿对着账本低语，计算自己的收益。

阿齐兹叔叔没有久留。他打算在斋月开始之前返回海滨，以便在自己家里斋戒和休息。如果在月底前处理完货物，他就可以支付运夫的酬劳，正好赶上新年，应付节日的各种开销。出发这天——穆罕默德·阿卜杜拉还是状态不好——队伍启程前往车站，优素福没有受邀同行。在他们离开前不久，阿齐兹叔叔把他叫到一旁，给了他一点钱。

“万一你需要什么，”他说，“我明年会回来。你干得不错。”

第三章

内陆之旅

1

阿齐兹叔叔来访后，哈米德很开心。此次旅行的故事令他很兴奋，使他们大家与地平线之外的那个可怕的大世界有了联系。那些数字读起来也令人愉快，留在哈米德库房里的商品给了他一个抓手，让他可以把握随生意而来的好运。哈米德常常不等天黑就走进那间秘密库房，为自己的成功而洋洋得意，有时他没有随手关门，兽皮的浓烈气味便飘到院子里。优素福看到那里堆着很多麻袋和草袋，他认出其中一些是阿齐兹叔叔一行送来的玉米，还有一些是满口脏话的巴克斯用卡车运来的。他看到哈米德围着战利品走来走去，数着袋子自言自语。看到优素福站在敞开的门口，他脸上掠过一丝惊慌，紧接着又是如释重负和怀疑。他皱起眉头，摆出一副茫然而冷漠的凝神苦相，然后狡黠地一笑，走了出来。

“你在这儿干什么？没有活干吗？院子打扫了吗？面包果捡了吗？既然这样，我要你去一趟镇里。谁让你监视我的，嗯？你想看看袋子里有什么，对吧？有朝一日你都会明白的，”他开心地说着，锁上了库房的门，“这是一趟了不起的旅行，我们要感谢真主。每个人都有好运。你是想要什么吗？为什么东张西望的？”

“我——”优素福开口道，但哈米德打断了他，大步走到前面，期待优素福跟上。

“嗯，你不是在找什么东西吧？我很想听听侯赛因现在会怎么说。他仅仅因为自己选择在半山腰上过勉强糊口的日子，就认为任何人如果想为自己谋点什么就是犯罪。嗯，你当时在场！我并非想发大财，但既然在这里生活和做生意，我就不妨干点什么。如果他想表现得像个病态的、不切实际的人，那是他的事。你听到了他的话，那个伟大的理想家。你听到了他的话，对吧？”

“对。”优素福说，对哈米德的咄咄逼人感到不舒服。他想知道袋子里到底是什么。但他不愿意问，因为他感觉到哈米德以为他知道。他猜测放在哈米德库房角落的物品一定非常贵重。

“为你的家人创造更好的生活，这何罪之有？”哈米德问，他的声音因为对侯赛因的蔑视而有些激动，“亲人们共享天伦，这有何大错？我在问你。我只是想为我的家人盖一座小房子，给孩子们找个好丈夫、好妻子，能去文明人的清真寺。如果要求不算过分，我还想晚上跟朋友和邻居们坐在一起喝喝茶，友好地聊聊天……仅此而已！我说过我想杀人吗？或者让任何人成为奴隶？或者抢劫一个无辜者？我只是个小店主，为自己做点事。为自己做一点点小事，真主知道。他现在开始控诉欧洲人。说他们将如何剥夺所有人的财产。说他们是天生的杀手，毫无怜悯之心。说他们将毁掉我们以及我们信仰的一切。当他说腻了这些时，就对我指手画脚。我本可以跟你讲讲他的一两件事，但我只想平静地过日子。只是对我们的哲学家侯赛因来说，像个生活在野蛮人中间的魔鬼还不够好。谁跟他说过他不该随心所欲地过自己的生活呢？但不管你跟他说什么，他都会对你说教、引用《古兰经》。真主告诉我们！你听到了他的话。"

哈米德回想着他的话，有些气愤地喘着气。他低声说了句 *Astaghfirullah*①，真主饶恕我，想到自己听起来可能对经书不敬，不由得打了个寒噤。"我并不是说引用经书有什么坏处，但他那样做是出于恶意而不是虔诚。哦不，我并不是说圣言有任何坏处。那个疯子卡拉辛加要翻译《古兰经》！那是本地的神灵在说话。希望真主知道他是个异教徒和疯子，并怜悯他。"想起那一幕，哈米德不由得笑出声来。

"《古兰经》是我们的宗教信仰，里面包含我们过上美好高尚的生活所需要的各种智慧。"他说着，抬头望天，仿佛期待看到什么。优素福也抬头看去，但哈米德烦躁地嘘了

---

① 阿拉伯语，意为"真主饶恕我"。

一声，不许他分神。“但这并不意味着我们应该用它来羞辱别人。它应该是我们寻求指导和学识的源泉。你应该多阅读它，尤其是现在斋月已经开始。在这个神圣的月份，每一次善举都会使你得到双倍于其他时候的祝福。在升天之夜，全能者亲自告诉过先知这一点。那天夜里，我们的先知骑着飞马布拉格从麦加到达耶路撒冷，再从那里来到颁布伊斯兰律法的全能者面前。根据规定，斋月将是斋戒和祷告的月份，是克己和赎罪的月份。除了克制自己最必要的生活乐趣——食物、水和感官享受——我们还能怎样表达对真主的顺服呢？这正是我们区别于野蛮人和异教徒的地方，他们毫不克制。如果你在此期间阅读《古兰经》，圣言会直达造物主，让你得到洪福。斋月期间，你必须每天为此留出一小时。”

“好的。”优素福说，准备退开。到了这一番说教的最后，哈米德的语气变得亲密起来，期待优素福对他突然爆发的虔诚有所感应。优素福想赶在传道士大发宏论之前逃走，但还是慢了一步。

“我突然想起来，很少看到你阅读，”哈米德一脸严厉和怀疑，“这可容不得胡闹。你想去地狱不成？今天我们一起读经，等你做完午祷之后。”

到了下午，优素福已是又饿又乏，全身无力。他发现斋戒的头三天最难熬，如果没人管，他白天里大部分时间都会静静地躺在一片阴凉处。最初几天过后，他的身体适应了连续数小时不吃不喝，如此，白天的痛苦至少可以忍受了。他原以为山区的凉爽天气可以让这种痛苦变得容易忍受，但事实并非如此。在海边的酷热中，他曾经有过一种与麻木的身体相分离的感觉，也就是将身体抛弃给其疲惫的自身，抵达一种晕晕乎乎的认命状态。这会儿凉爽的空气支撑着他，没有使他虚弱到陷入昏昏欲睡的恍惚之中。他知道下午与哈米德会面时，等待他的将是羞辱。

“你是什么意思？不会阅读吗？”哈米德问。

“我没有那么说。”优素福争辩道。他说的是，他还没有读完《古兰经》，就被送去为阿齐兹叔叔干活了。他妈妈教过他字母表，还教他读过简单的前三章。七岁时，他被送往他们刚搬到的那座小镇的老师那儿接受宗教教育。他们学得很慢。老师并不急于让孩子们完成学业。一旦哪个孩子能从头到尾顺利地阅读《古兰经》，就意味着老师每个月少了一份学费。孩子们预计要上五年的课才能完成学业。这对师生双方都公平。孩子们为老师干杂活，扫屋子啦，搬柴火啦，跑跑腿之类的。男孩们一有机会就逃学，经常挨打。对女孩们则只打手掌心，并教育她们要举止得体。老师教导他们：只有尊重自己，别人才会尊重你。这适用于我们所有人，对女性尤为如此。这就是有教养的意思。从人们记事以来，大家都知道，一直都是这样，小男孩小女孩们挤在老师后院的垫子上，用一副可想而知的勉强和自制的样子诵念着功课。优素福原本会如期毕业，在同龄人和长辈中自认有教养。但他被送走了。

哈利勒教过他数字，但从未提过他们应该阅读经书。他们去镇里时，也去清真寺，优素福应付得很好。祷告时间长了，他也会走神，读到经书中生疏的部分时，他只好跟着其他人的嗡嗡声滥竽充数，但他从未出过丑。他也从来没有不礼貌地留心旁边的人是不是也像他一样混充。这天下午，与哈米德一起坐下时，他知道自己绝无可能装模作样摆脱困境了。哈米德建议他们轮流朗读《雅辛》①。优素福打开书，在哈米德怀疑的目光下翻着书页。

“你不知道《雅辛》在哪儿吗？”他问。

“我没有毕业。”优素福说。*Sikuhitimu*②。“我想我不会读。”

“什么意思？你不会读？”哈米德惊惧地说道。他站起身，从优素福身边退开，不是因为害怕，而是仿佛要避开某种灾难和邪恶的东西。“*Maskini*③！你这可怜的孩子！这是不对的！他们家的人没有教你读书吗？都是些什么人啊？”

优素福重重地叹了口气，为自己的无能和丢脸感到耻

---

① 《古兰经》第三十六章，被视为《古兰经》的心脏。
② 斯瓦希里语，意为“我没有毕业”。
③ 斯瓦希里语，意为“可怜的”。

辱。这样坐在地板上令他很难受，于是他也站起身。他又饿又累，但愿不必经历他知道随后会发生的戏剧性场面，但他并没有像事先担忧的那样对自己的耻辱感觉有那么害怕。

“麦穆娜！”哈米德仿佛感到了痛苦，大声喊他的妻子。优素福开始以为哈米德也受斋戒之累，很快就会坐下来，安静地谈论学习和职责。但他突然大喊大叫，变得歇斯底里。“麦穆娜！过来，过来！天啊！赶快过来。”

麦穆娜一边走一边还在往身上裹一块布，尽管睡眼惺忪，对哈米德的叫喊还是流露出担忧。

“*Kimwana*①，这孩子不会读《古兰经》！”哈米德说着，转向她，一副心烦意乱的样子，“他没有父母，甚至不了解圣言！”

他们仔仔细细地审问他，仿佛为这一刻已经等待很久。他没有想隐瞒任何事情。太太对此是怎么说的？她长什么样？他不知道她长什么样，他从未见过她。不是说她很虔诚吗？他从未听说过。商人没有要他去清真寺吗？没有，商人根本不理他，只是把他留在店里干活。难道他没有想过，如果不祷告，他会赤条条地去见造物主吗？是的，他没有想过，也很少去想造物主。没有圣言，他怎么祷告？除了星期

① 斯瓦希里语，意为“幼稚的”。

五他们去镇里之外，他不祷告。多么肮脏的事啊！随着他们痛苦的叫声越来越大，他们的几个孩子也出来看热闹：老大阿莎快十二岁了，像她爸爸一样肥胖、开朗；儿子阿里继承了妈妈的鬈发和光滑的皮肤；还有老幺苏达，特别爱哭，总是喜欢粘着他姐姐。他们都来加入这悲切的场景，一唱一和，哀叹他的耻辱。麦穆娜把一只手放到太阳穴上，仿佛要摁住，不让它跳。哈米德同情地摇着头。“可怜的孩子！可怜的孩子！你给我们家带来了多大的不幸啊，”他说，“谁能想到这种事情呢？”

“别自责了，”麦穆娜一边说，一边轻轻地呻吟，“我们怎么会知道呢？”

“别难过，”等他们的惊恐到头之后，哈米德对优素福说，“这不是你的错。真主会视我们为罪人，因为我们不知道你是否受过教育。你跟我们在一起已经几个月了……”

麦穆娜想找人分担罪过，问道：“但这么多年来，你叔叔怎么能由着你一直这样呢？”

首先他不是我叔叔，优素福在心里对自己说，他想起哈利勒，竭力抑制住一点点笑的冲动。他但愿可以走开，任他们在那儿悲伤哀叹，但一种无力感让他不得不留在原地。他对他们表现出的震惊和恐惧感到恶心。他觉得这是一场刻意而滑稽的表演。

“你知道我们这些来自海滨的人自称为 *waungwana*

吗？”哈米德问，“你知道那是什么意思吗？意思是有教养的人。我们就是这样称呼自己的，尤其是在这里，身处魔鬼和野蛮人中间。我们为什么这样自称呢？是真主给了我们权利。因为我们顺服造物主，了解并遵守我们对**他**的义务，所以说我们是有教养的。你如果不能阅读圣言或遵守**他**的律法，就跟这些崇拜岩石和树木的人没什么两样。比畜生好不了多少。”

“是的。”优素福说，听到孩子们的笑声，他不禁瑟缩了一下。

“你十五岁有了吗？”哈米德问，他的声音柔和下来。

“上一个开斋节时十六岁。在我们进山之前。”优素福说。

“那得抓紧时间了。在全能者眼中，你已经完全是个成年人了，应该不折不扣地遵守**他**的律法。”哈米德说，俨然变成了救赎者。他闭上眼睛低声祷告良久。最后，他伸出一条胳膊指着优素福，说道：“孩子们，看看他吧。要从他的身上吸取教训。”*我恳求你，远离大麻。我是反面教材，以我为戒吧。*

“让他跟孩子们一起去古兰经学校，”麦穆娜厉声道，直率地看了哈米德一眼，“你用不着那样训斥他，好像他杀了人一样。”

2

这是他们强加给他的屈辱。斋月的每一个下午，优素福都与家里的孩子们一起去老师那儿上课。他比所有的学生都要大很多，其他孩子发疯般地不停取笑他。仿佛有人要求他们这么做，他们除了执行别无选择。老师是镇里唯一一座清真寺的伊玛目，对他怀着同情和友好。优素福学得很快，每天在家里还多花些时间。起初是被羞耻感所驱使，但随后每天的进步令他快乐。老师非常鼓励他，仿佛这正是他的期望。优素福每天都去清真寺，顺服于他疏忽已久的真主面前，表达自己的谦卑。伊玛目当着其他礼拜者的面，给优素福派一些小差事，以示他的信任和赏识。他会派他去取一本他准备念给会众听的书，拿念珠或是香炉。有时，他向优素福提出一些问题，鼓励他展示自己的新学识，有一次还让他爬上宣礼塔，召唤信徒前来祷告。哈米德起初高兴地看着这一切，并跟别人谈起这奇迹般的转变，认为真主不可能看不到他和他妻子在这场拯救中的作用。斋月结束后，优素福的热情似乎也没有减退。在两个月的时间里，他从头到尾读完了《古兰经》，并打算重新再读一遍。伊玛目邀请他一起参加了一次葬礼和一次出生礼。因为上学和去清真寺，优素福便无暇顾及家里和店里的职责，夜深人静时，他还在认真阅读伊玛目借给他的书。过了不久，哈米德开始对这种新的虔诚感到不安。他觉得这是犯痴，叫人可怜。没必要对这种事情太较真。

卡拉辛加有时过来聊聊天，当他流露出这些想法时，卡拉辛加却持不同意见。“让那孩子尽量养成一些美德吧，”他说，“我们的这些感觉不会持续很久。世界很快就会诱惑我们走向罪恶和肮脏。可宗教是一件美丽的事情，纯洁而真实。你不会了解这种精神的东西，但我们东方人是行家。你只是个愚蠢的商人，只知道五次亲吻地面和斋月饿得要死。你不了解冥想、超验或诸如此类的事情。他认为生活中值得费心的不只是一袋袋大米和一筐筐水果，这是好事，但很遗憾他只能求助于安拉的教义。”

哈米德不理会卡拉辛加的挑衅，说道：“但对这个孩子来说有点过了，不是吗？”

卡拉辛加说：“他不算是孩子，几乎是个年轻人了。你想宠坏他吗？他长得那么帅，你会把他惯成一个该死的懦夫的。”

“这孩子很帅，”过了片刻，哈米德赞同道，“但又很有男子气。而且你知道，他对自己的长相毫不在意。如果有人提到他的帅气，他就会走开或转移话题。多么天真无邪！噢，你关于宗教和美德的那些话是什么意思？如果对这些事情我都不了解，你以为像你这样的油猢狲[①]就懂吗？你崇拜大猩猩和奶牛，尽讲些世界是如何诞生的幼稚故事。你跟我们周围那些异教徒没有差别。卡拉辛加，只要想到最后的审判日之后，你毛乎乎的屁股在地狱之火中嘶嘶作响，我有时就为你感到难过。”

“顺从真主的人，当你的沙漠真主为你所有的罪孽而折磨你时，我会在天堂里给看到的一切拧螺丝，”卡拉辛加快活地应道，“在你的真主的眼中，几乎一切都有罪。无论如何，这个年轻人也许只是想学习。他厌倦了被关在你这个垃圾场里。如果他的头里有脑子，现在肯定也快要变成浆糊了。你要他做的只是坐在旁边听你胡说八道，或者为集市收捡那些无用的面包果。在这种折磨下，连猴子都会转向宗教。让他去我那儿吧，我会教他认英语字母，教他修理工作。这起码会是一种有用的技能，而不只是守店子。”

哈米德尽量用派活来分散优素福的注意力，甚至重提在后院建花园的想法，但他也把卡拉辛加的提议告诉了优素福。于是，优素福每周有几个下午都去卡拉辛加的修理间，坐在旧轮胎上，腿上放着一块板子，学习英语读写。他上午在家里干活，下午去卡拉辛加那儿，傍晚去清真寺直至宵礼结束。起初，他很喜欢这种忙碌的新生活，但几周后，他开

---

① 指汽车修理工，含有侮慢或幽默意味。

始找理由不去清真寺，而更多地在卡拉辛加那儿逗留。到这时，他已经可以在板子上慢慢写字，也可以阅读卡拉辛加给他的书，尽管并不懂那些字的含义。他还学会了很多其他的事情。比如换轮胎和洗车，给电池充电和除锈。卡拉辛加向他解释引擎的奥秘，优素福明白了一点，但更喜欢看他奇迹般地让那堆管子和螺栓焕发出生命。卡拉辛加跟他说起他已经离开多年但梦想返回的印度，还有他童年时生活过的南非。南非是个疯人院。各种残酷的幻想在那里都变成了现实。不过，让我跟你讲讲那些欧洲血统的南非杂种吧。他们都疯了。我的意思不仅仅是狂野和残忍，我指的是精神病。炎热的太阳把他们的荷兰脑子变成了糊汤。优素福帮助推车，学习怎样在煤油炉上用旧铁罐煮茶。他被差遣去铺子买零配件，回来时常常发现卡拉辛加趁机飞快地喝了几口酒。心情好的时候，卡拉辛加给他讲各种故事，圣徒啦，战斗啦，坠入爱河的神啦，雕像般的英雄和大胡子恶棍等，优素福坐在一个箱子上听得直鼓掌。他自己扮演不同的角色，有时会要优素福顶替一位沉默的王子或是畏缩的肇事者。他常常想不起重要的细节，于是就肆意改编，以达到搞笑的效果。

晚上，哈米德会叫上朋友或客人，让优素福一起坐在露台上。他被要求在场，递茶，端咖啡，有时也充当他们的笑柄。他们坐在垫子上，围着地上的灯坐成一圈。山里的夜晚变凉或下雨的时候，他会给客人抱来披肩。碍于年龄和身份，优素福与人群稍稍保持距离，听他们讲述姆里马和巴加莫约、马菲亚岛和拉姆岛、阿杰米和沙姆斯以及其他无数个神奇地方的故事。有时他们交头接耳，如果优素福凑得太近，他们就把他赶开。接着他就会看到听者又激动又惊讶地睁大眼睛，最后都绷不住脸放声大笑。

一天晚上，有个来自蒙巴萨的人在他们这儿落脚，给他们讲起他一个叔叔的故事，那个叔叔在俄罗斯人——以前从未有人听说过这个民族——的国家生活了十五年，最近才刚刚回来。他去那里是给一名德国军官当仆人，那位军官曾经驻扎在维图，直到英国人将德国人赶走，军官然后返回欧洲，在他们国家驻彼得堡的使馆担任外交官，那个叫彼得堡的城市就是在俄罗斯人的国家。商人讲的他叔叔的故事听着并不可信。他说，在彼得堡那座城市，太阳一直照到半夜。天气冷时，所有的水都变成冰，河流湖泊上的冰非常厚，你可以驾着载重的马车驶过。寒风吹个不停，有时会变成突如其来的冰暴和石暴。夜晚可以听到风中有魔鬼和精灵的喊叫。它们让自己的声音听起来像痛苦的女人或孩子。谁敢出去帮忙都有去无回。隆冬的几周里，连海面都结冰，野狗和狼在城里的街道上流窜，会吃掉找到的任何活物，不管是人、马，还是别的东西。他叔叔说，俄罗斯人不文明，不像德国人。有一天，他们穿过那片地方，进入一座小镇，发现里面所有的人——男人、女人和孩子——都烂醉如泥，人事不省，*Sikufanyieni maskhara*①。他们的野蛮行为令他叔叔怀疑自己是否到了歌革和玛各的地盘——他们的边境构成了伊斯兰世界的界线。这还不算，还有一个意外在等待着他，也许是最大的意外。住在俄罗斯的很多人居然都是穆斯林！每个城镇！鞑靼人、吉尔吉斯人、乌兹别克人！谁听说过这些名字？那些人也对他叔叔感到意外，他们从未听说来自非洲的一个黑人居然是穆斯林。

真主的奇迹！他们惊叹道，催促蒙巴萨商人接着讲。嗯，他叔叔去过布哈拉市，还有塔什干和赫拉特，在那两个古老的城市里，人们建造了美得不可思议的清真寺，还有人间天堂般的花园。他睡在赫拉特最美的花园里，晚上听到美妙绝伦的音乐，几乎令他心神迷乱。那是秋天，小白菊遍地盛开，藤架上一串串甜葡萄在等待采摘，那些葡萄甜极了，你无法想象它们是从大地上长出来的。那里非常纯净、明亮，人们从不生病，也不变老。

你在给我们讲童话故事呢，他们叫道。不可能真有这样的地方。

真的有，商人说。

会是真的吗？他们问，心里很希望相信。你只是在编故事呢。一个接一个地编，糊弄我们呢。

---

① 斯瓦希里语，意为“我没有跟你们开玩笑”。

我也这样对我叔叔说，商人回答道，不过比较礼貌。这种故事怎么可能是真的?

你叔叔怎么说?他们问。

他说，我发誓。

那就肯定有这样的地方，他们叹息道。

商人说，在旅途中，他们后来穿过一片巨浪滔天的野海，名叫里海。他看到海的另一边有黑油从地下喷涌而出，水中还矗立着铁塔，仿佛撒旦王国的哨兵。天空中火舌乱窜，犹如火焰门。他从那里翻越大山穿越谷地，进入一个他平生去过的最美的地方，甚至比赫拉特还要美。那里到处都是果园、花园和潺潺流水，居民都是有学问的文明人，但他们天性好战，热衷阴谋。所以他们的国家永无宁日。

那个地方叫什么?他们问他。

商人沉吟良久，最后犹豫着说，喀斯喀斯。不等别人再问到其他名字，他飞快地说之后他叔叔就去了沙姆斯，径直返回了蒙巴萨。

3

优素福跟孩子们讲起他晚上从大人们那儿听到的故事。他们玩腻了游戏，就会来到他的房间随意乱翻。自从他被迫与他们一起去伊玛目的学校后，他们就跟他随意起来。起初，他很享受在自己的房间里不被打扰，但随着孤独感的增加，它开始变得像个牢房，他不禁想念哈利勒以及他们一起度过的时光。有时，两个较小的孩子会在他的垫子上相互打闹，兴奋地尖叫，或者假装打仗，扑向优素福。提议他讲故事的是阿莎，他讲的时候，她专注地看着他的脸。那两个则靠在他身上，或者握着他的手，唯有阿莎坐在可以看到他的地方。如果她被叫走，就坚持要他等她回来再继续。一天下午，她独自来听他头一天没能讲完的一个故事的结尾。她在垫子上与他相对而坐，专心地听着。

他讲完后，她眼里含着泪水叫道："你在撒谎。"

慌乱之下他没有答话，她突然探身向前打他的肩膀。他猛地抓住她的手，以为她会像其他人那样扭动着身子挣脱开，谁知她却趁势投进他的怀里。她依偎在他身上，长长地叹了口气，他的胸口感受到她温热的呼吸。慌乱过去后，他感觉到她丰满的身体也柔软下来，他们静静地依偎了一会儿。他感到自己有了反应，羞愧地担心被她发现。

最后他说："会有人来的。"

听到这话，她连忙从他身边跳开，笑了起来。她毕竟只是个孩子，他想。她甚至从未考虑过这个问题。谁会往坏处想呢？他们指望他照看孩子，她也是其中一个孩子。于是他重新张开双臂，她开心地低呼一声，靠进他怀里。

"再跟我说说那个城市的花园。"她说。

“哪个城市？”他问，不敢动弹。

“晚上有音乐响起的地方。”她笑着说，但眼睛警惕地盯着他。她在他身边扭动，让他再次兴奋起来。

“赫拉特，”他说，“晚上在花园里，旅行者听到一个女人唱歌的声音，令他心神迷乱。”

“为什么？”她问。

“我不知道。可能是因为她的声音很迷人。或者他不习惯女人唱歌的声音。”

“他叫什么名字？”

“商人。”他说。

“那不是名字。告诉我他的名字。”她说，一边在他身上蹭着，他抚摸着她柔软丰满的肩膀。

“他名叫阿卜杜勒拉扎克，”他说，“那些话其实不是他叔叔说的。他叔叔是引用了一位诗人的话，诗人几个世纪前在赫拉特生活过，写了不少诗赞颂它的美。”

“你怎么知道？”

“因为他侄子这么说。”

“为什么我们有这么多叔叔？”她问。

“他们不是我们的叔叔。”他说完笑了起来，把她搂得更紧了。

“你会当商人吗？”她问，她的声音在危险地升高，然后爆发出清脆的笑声。

每当她独自来找他时，就那样依偎在他怀里，他起初只是默默地搂着她，不敢突然动弹或过多地抚摸她，以免吓着她。她身上浓重的奶油味让他略感恶心，但他无法抗拒那个蹭着他的柔软温热的身体。她躺在他身边，亲吻他的手，有时还吸吮他的指尖。他挪动双腿，以免她发现自己使他多么兴奋，但他无法确定她看到了什么或是否理解他们正在做的事情。静静地独处时，他常常恨自己，害怕他们的事一旦被发现，不知道自己会有什么下场。他设想了让她不要再来的多种方式，但始终无法让自己开口。

最先产生疑心的是麦穆娜。阿莎执意要把弟弟们赶出优素福的房间，他们就去向妈妈告状，她马上跑来把阿莎赶走了。她对优素福什么也没说，只是站在门口，愤怒地瞪了他很久。然后她对他的态度就冷淡下来，每当他接近孩子们，她就十分警惕。只要有他在场，阿莎就垂下眼睛，她再也没有来过他的房间。哈米德更多地要求他跟在身边，但似乎并不像麦穆娜那样对他感到震惊。他不知道哈米德听说了什么，但从他调侃的言语来看，优素福担忧地猜测他已经认真地考虑起嫁女事宜。

4

很快地，也就是上次旅行一年后，阿齐兹叔叔带着新的队伍如约抵达。与头一年相比，这次的规模更庞大。运夫和护卫已经多达四十五人，比起上世纪浩浩荡荡的商队——犹如随自己的小王公出巡的村寨——虽然不算大，但对商人却是够大的压力。为了让这么多运夫随行，阿齐兹叔叔不得不将一部分利润抵押给其他商人。他们此次带了更多的商品，为此阿齐兹叔叔被迫从海边的印度债主那里借了大笔的钱，这并非他的一贯做法。他们带了铁具：产自印度的锄头和斧头，美国的刀具和德国的挂锁。带了各种布料，印花布、细棉布、白棉布、棉丝交织布、平纹细布、基科伊棉布。还有纽扣、珠子、镜子和可以用作礼物的其他小饰品。哈米德一看到这支队伍，听到举债的消息后，就患上了重感冒。他几乎马上就流泪，鼻塞，脑袋里有什么东西在突突地跳，渐渐变得空空的，只剩下嗡嗡的回声。他仍然是生意的合伙人，一旦失败，他的所有财产和物品都将归属于债主。

穆罕默德·阿卜杜拉仍然是队伍的头儿。尽管在一位有名的巫医那儿领受了一次痛苦的接骨术，他的右肩并没有完全康复。因为疼痛，他无法像以往那样威风而随意地挥舞手杖，所以走路时失去了几分傲慢和威胁。他昂首挺胸的样子现在看上去很夸张，因而显得做作和可笑。在过去，他的咄咄逼人似乎是一种不分青红皂白的恶意，如今却像是一个虚荣的人在故作姿态。他连说话的样子都有了几分不同，有时显得心事重重。阿齐兹叔叔跟他说话时很和气，换做过去可能都不会理他，任他去干自己的事。

运夫人数的增加意味着穆罕默德·阿卜杜拉不得不雇一名监工来协助他。那人名叫姆维尼，来自莫洛哥罗，身材高大，看上去很健壮，在加入队伍的头几天很少开口说话。他凶残的名声为他赢得了“狮子姆维尼”的绰号。他怒目圆瞪，在人群中踱来踱去，似乎要表明自己对这个绰号当之无愧。优素福这一次将随行。阿齐兹叔叔神情愉快、满脸笑容地亲自跟他谈话，说他身边需要一个可以信任的人。“你现在这么大了，不能再留在这儿，”他说，“否则只会惹是生非，跟坏人混在一起。我需要一个头脑精明的人帮我管事。”优素福对这种赞扬感到不解，但明白哈米德已经要求阿齐兹叔叔此行带上他。他无意中听到过他们谈起他。他并没有听清全部内容，因为阿齐兹叔叔习惯于改用阿拉伯语，而哈米德也试图这样。但他听到哈米德在露台上对阿齐兹叔叔说，他是个紧张、难缠的孩子，需要去见见世面。

“紧张、难缠的孩子，”他当时重复道，“要么此行带上他，要么给他找个妻子。他年龄不小了，上个月已经十七岁。瞧瞧他，完全是个大人了。他在这儿无事可干。”

出发前夕，一场暴风雨袭来。先是上午刮起大风，将扬尘和干树丛吹过路面和空地。中午时分，灰尘已经厚得遮天蔽日，一切都被覆盖上一层沙尘。临近傍晚，风突然停歇，周围一片寂静，各种吵闹的声音都被厚厚的浮尘所掩盖。他们试图说话时，口里满是沙尘。接着大风再起，这一次呼啸中还夹带着雨点，肆虐着房屋和树木，袭击着仍然在户外的所有人。

转而就是持续不停的滂沱大雨，时不时传来树木折断的声音和远处雷声的轰鸣。运夫乱成一团，货物到处都是，听那叫喊和惊呼声，很可能是有人受了伤。当白天里的一切都变得黑沉沉，运夫们念着真主之名，哀求他发发慈悲，这让穆罕默德·阿卜杜拉怒不可遏。

“真主干吗要对你们这种白痴生发慈悲？”他大声吼道，声音只有他最旁边的人才能听到，“不过是一场暴风雨而已。怎么就把你们吓成这样了？哎呀，蛇把太阳吃掉了！”他捏着嗓子说，一边可笑地模仿女人扭动着屁股。“哎呀，厄运临头了！这是灾难的征兆！哎呀，我们的路上会有魔鬼出没！你们干吗不唱首歌来驱除巫术？或者吃点某个巫师为你们配制的恶心粉末？你们不会咒语吗？干吗不宰一头山羊，从它的胃里读出天意？你们这些人成天相信魔鬼和征兆。还自称有教养，那么装模作样。来吧，给我们唱首歌驱除巫术。”

“我愿意相信真主，”狮子姆维尼叫道，“这里并非每个人都害怕。”

穆罕默德·阿卜杜拉站在那儿淋着雨，久久地注视他，似乎在仔细咀嚼狮子姆维尼的话，品味他说话时的神态。然后，他不怀好意地一笑，点了点头。暴风雨似乎让穆罕默德·阿卜杜拉恢复了常态，他兴奋地在乱局中走来走去。“快点儿，快点儿，”他冲着运夫们吼道，“如果不想要我给你们的屁股来上几棍，就最好给我打起精神来。看看老爷。他的损失可是你们能比的。你们只有贱命一条，对别人毫无益处。他却有的是钱，还有别人托付给他的财富。他要考虑的不仅是自己的利益，还有你们的利益。他有真主赋予的商业天赋。他还有漂亮屋子等着他回去。他有这么多可能会失去的东西，但有谁看到他像下蛋的母鸡一样满院子咯咯叫？魔鬼！如果你们继续这样大呼小叫，不赶着把那些包裹和物品收好盖好，我就要给你们一百个魔鬼、一千个恶魔。快点儿！”

雨势直到深夜才减弱，到这时，已经有房屋倒塌了，牲口也有被冲走，掉进暴风雨肆虐下泛着泡沫的池塘淹死的。外屋的房顶被掀翻，空地上的一棵面包树折断在地。哈米德说，鸽舍一间都没有受损，真是奇迹。院子里的防风灯一直亮到凌晨，运夫和护卫们通宵干活，尽力挽回些损失。他们肆意地聊着天，偶尔提高嗓门互相挖苦或者大声对骂。他们感叹着周围的混乱和破败，但似乎并不为此而难过。

第二天上午，一切准备就绪，阿齐兹叔叔发出信号。“好了，”他说，“带我们下乡吧。”领队走在最前头，尽管肩痛在身，还是昂首挺胸，带着有良好教养者的不屑与傲慢。他很难摆出以往那种架势了，他心里清楚，但在雇来的这帮乌合之众和路过的野蛮人面前，他但愿自己足够威风。为了让这支队伍显得更有气势，有两名小号手为鼓和大号角伴奏，俨然一支小型乐队。最先吹响的是大号角，那悠长庄严的音调不禁让众人生出一种隐隐的悠远的情愫，接着，其他乐手也加入进来，给前往内地的旅行者们提振士气。

哈米德站在露台上目送他们离开，看上去有些担心有些焦虑。优素福想起侯赛因说的哈米德被拖下水的话，不知道哈米德这会儿是不是也在想这个事。优素福想象山上的隐士从高处俯瞰着他们，为他们的愚蠢摇头叹息。哈米德的两个小儿子站在他身边，但阿莎和麦穆娜都不在。卡拉辛加也不在，优素福原本希望他来为他们送行。他去看过他，告诉过他出行的事，卡拉辛加热情地赞扬旅行的价值，还给了他一堆古怪的建议。别忘记每周往耳朵里滴一滴油，以防虫子在里面产卵。优素福想象他直到最后一刻才戏剧性地出现在泥泞的路上，驾驶货车突突突地朝他们驶来，然后跳下车，向走过的他们敬礼。每逢重要时刻，卡拉辛加总是会敬礼。优素福想起运夫们曾经嘲笑他的头巾和稀疏的胡子，心里想，也许他不来更明智。

第一天，他们走得并不远，能完全走出小镇的视线就足矣。忙乱了一个夜晚，运夫们叫苦连天，但穆罕默德·阿卜杜拉用怒吼和威胁让他们继续前进。下午三点左右，他们停步扎营，评估眼下的境况，为下一步做准备。暴雨使泥土变得潮湿并沉积下来，地面因为吸收了水分而变得松软膨胀。灌木和树在清澈的光线下闪闪发亮，矮树丛中传来鬼鬼祟祟的啪嗒声和急促的脚步声，仿佛大地本身正在苏醒。他们在一个小湖附近扎营，湖边留有动物乱七八糟的足印。

起初，优素福试图躲在运夫中间，与阿齐兹叔叔保持距离，这其中的原因他并没有细想。但刚刚出发不久，穆罕默德·阿卜杜拉就找到他，要他去队伍的后部，在那里，商人拍拍他的脖子，友好地一笑，算是跟他打了招呼。根据阿齐兹叔叔派给他的差事，他很快明白这里就是他的位置。从第一个下午歇脚之后，他就负责照料商人的起居。为他铺垫子，帮他打水，然后坐在一旁，等待正在准备的食物。阿齐兹叔叔似乎没有注意到人群嘈杂而高涨的情绪，他的目光平静地凝视着乡村，仿佛风景的每一个特征都呈现出来，期待他的关注和审视。

营地扎好后，领队来到阿齐兹叔叔这里，与他在垫子上相对而坐。阿齐兹叔叔不情愿地把目光从乡村移开，说道："当你看着这片土地时，心里会充满向往。这么纯净明亮。你禁不住会觉得它的居民不知疾病和衰老为何物。他们知足，日子充满了对智慧的追求。"

穆罕默德·阿卜杜拉嘿嘿一笑。"如果有人间天堂，那就是这里，就是这里，就是这里。"他嘲讽地唱道，令阿齐兹叔叔忍俊不禁。

他们很快就开始用阿拉伯语交谈，一边争论不同路线的优点，一边用手指着方向。优素福在营地里走动，经过整齐堆放着的商品，以及围着小火堆和各自行李的一群群人。在到达这里后的短短几小时内，营地已经变得像个小村寨。有些人喊住他，请他一起喝茶，或邀他参加一些不太体面的活动。最大的一个人群围在狮子姆维尼身边，他靠在麻袋上，周围的人则倾身聆听他讲德国人的故事。他不无钦佩地讲起他们的严厉和铁面。他说，每一次犯错都会受到惩罚，不管受害者如何求情或承诺改正。

“在我们看来，如果罪犯有悔改之意，我们就觉得很难处罚他，特别是如果判刑很重的话。人们会再三来为他求情，我们都有亲人，他们会难过。但德国人却恰恰相反。罚得越重，他就越坚定，越不饶人。而他的处罚总是很重。我觉得他们喜欢惩罚。一旦他对你做出判决，哪怕你求情到说肿了嘴巴，德国人还是会站在你面前，神情冷漠，毫无愧色。等他听腻了你的话，你就知道自己别无选择，只能受罚。正因为这样，他们才能做出我们看到的一切。他们不为任何事情所动。”

随着夜色渐深，各种动物纷纷来到水边觅食和饮水，空气中充满了它们的吼叫声。优素福感到恐惧和不舒服，难以入睡。在这夜深人静之际，他们停留在寒冷的山坡上，饥饿的动物在吼叫，近到可以一跃而至，真是令人难以置信。然而，除了被挡在堆放的货物之后的护卫之外，其他人似乎都睡着了。优素福想，也许他们并没有睡着，只是默默地躺在那儿，内心焦虑不安。

5

他们从高海拔的山区下来时，周围的环境每天都在变化。随着乡野越来越干旱，居民点也变得稀疏起来。几天后，他们就下到了高原，队伍每走一步都扬起沙尘。零星的灌木纠缠错结，奇形怪状，仿佛生存是一种折磨。想到正在进入的恶劣环境，运夫们的歌声和士气也枯竭了。但看到远处巨大的动物群时，他们又兴奋起来，为辨识它们争得不亦乐乎。在最初的几天里，优素福的胃很不舒服，因为疲惫和发烧，全身疼痛。荆棘划伤了他的脚踝和手臂，身上到处都是虫咬的痕迹。在如此恶劣的环境里，他不知道生命是怎么活下来的。晚上睡着后，动物的叫声吓得他做起噩梦，以至于早上醒来，他常常无法确定自己到底是睡了一整夜，还只是躺在那儿惊恐地缩成一团。不过，他们见到了平原上星星点点的人和居民点。这些人看起来像灌木一样干瘪，他们身体的每一个特征都缩小了，以适应最基本的生存所需。阿齐兹叔叔吩咐他们每经过一个居民点都送一份小礼物，借此表达善意并获取信息。

优素福渐渐明白他们为什么尊称阿齐兹叔叔为老爷。不管面对什么情况，他总是让自己看起来淡定从容，每天按时祷告五次，保持一副有趣的超然模样。他最多只是对拖延这种事皱个眉，或者在补救某个事故时不耐烦地杵在那里。他很少说话，通常只跟穆罕默德·阿卜杜拉交流，一天的行程结束后他们会长谈。但优素福觉得他对当天旅途中发生的所有重要事情都心中有数。优素福常常注意到，他看到运夫们的滑稽举止时会兀自发笑，有一次他在晚祷后把优素福叫到他的垫子上，把手放在他的肩上。“想你爸爸吗？”他问。优素福无言以对。阿齐兹叔叔等了片刻，面对优素福的沉默，他悠悠地笑了。

领队将优素福置于自己的羽翼之下。每当他认为优素福应该长见识的时候，就把会优素福叫到身边，向他解释这一路上的蛊惑逗引。运夫们对优素福说，走不了多久，领队就会把他搞到手。“他喜欢你，但谁会不喜欢这样的小帅哥呢？你妈妈当初肯定是受到了天使眷顾。”

“你给自己找了个丈夫，美人儿！”狮子姆维尼说罢，哈哈大笑，摆出一副失恋的样子哗众取宠，“我们其他人怎么办？你太美了，那个丑八怪不配。今夜晚些时候来给我按摩吧，我会让你明白什么是爱。”这是狮子姆维尼第一次这样跟他说话，优素福惊得皱起了眉头。

狮子姆维尼在运夫和护卫中间很有人缘，他的身边总是围着一小群人，俨然一个朝廷。首席朝臣是个矮胖子，名叫恩尤恩多。带头大笑和赞美的总是他，逮着机会就忠心耿耿地跟在狮子姆维尼身边。当穆罕默德·阿卜杜拉和狮子姆维尼站在一起时，恩尤恩多就站在领队看不到的地方模仿他，逗引其他运夫哈哈大笑，并瞪着那些对他的表演视而不见的人。优素福知道穆罕默德·阿卜杜拉一直在留意狮子姆维尼，并在阿齐兹叔叔面前嚼舌。现在他们晚上交谈时，要求优素福跟他们一起坐在垫子上，尽管他一有机会就溜走，去听运夫们唠嗑。穆罕默德·阿卜杜拉对优素福不懂阿拉伯语感到恼火，但是会把他们谈话中有趣的内容大致翻译出来。

一天晚上，他看着坐在狮子姆维尼周围的那群吵吵闹闹的人，说："好好看看那个大嘴巴，我抓着他的一个大把柄，他一旦知道就得吃不了兜着走。他杀了一个人，所以才入我们伙的。他想赚一笔来偿命，要么就是来自寻一死，如果真主愿意的话。还不是我发话，他才捡回一条小命。否则被害者的家人就会把他交给德国人来复仇。要知道德国人会把他绞死的，而不是对他吐唾沫。他们就爱干那种事情。如果有人送来一个杀人犯，他们在准备绞架时会兴奋得眼睛发亮。他带着这个故事来找我，我就同意带上他了。现在好好看看他。我对这个狮子姆维尼有一种感觉。他的眼睛里有暴力，有疯狂。他老想生事。看起来野心勃勃，但我认为他是在自讨苦吃。这一路会让他露出真相。在野蛮人中待上几个月，最能发现一个人的弱点。”

穆罕默德·阿卜杜拉还跟他讲述了他们从事的这些生意。“这就是我们来到人世的目的，”穆罕默德·阿卜杜拉说，“做贸易。我们前往最干旱的沙漠和最黑暗的森林，不管是跟国王还是跟野蛮人贸易，不管我们是生是死。对我们来说都一样。你会看到我们所经之处，有些人还没有领受过做买卖的好处，他们活得跟烂虫子一样。没有人比商人更聪明，没有哪种行当比贸易更高贵。是贸易给了我们生命。”

他解释说，他们的货主要是布和铁器。光布料就有细棉布、棉丝交织布等。随便哪一种都比野蛮人自己穿的臭山羊皮要好。这是说如果他们还穿衣服的话，因为真主使异教徒变得无耻，以便信徒能认出他们并决定如何应对。在大湖的这一边，集市上到处都是卖布的，铁器也有需求，尤其是农民。他们真正的目的地是大湖另一边的曼耶玛地区，在幽暗的绿色山乡的腹地。在那里，布料仍然是最常见的交换物品。野蛮人不为钱而交易。他能用钱干什么？他们还带了些衣服、缝衣针、锄头、刀具和烟草，以及一批藏得很严实的火药和子弹，他们带上这些是准备作为特别的礼物送给那些比较难对付的苏丹。“当其他办法全都行不通时，火药和子弹总能奏效。”领队说。

他们的方向是往西南直到湖区，商人们对那一带非常了解，但那里已经处于欧洲势力阴影之下。目前在那里的外国佬其实很少，所以人们生活得还算自在，但他们知道欧洲人随时都会来。“毫无疑问，那些欧洲人非常叫人吃惊。”穆罕默德·阿卜杜拉说，并看向阿齐兹叔叔，希望得到证实。

“相信真主吧。”商人安抚道，他眼睛发亮，对领队的紧张感到好笑。

“我们听说过那么多关于他们的故事！他们在南方进行的战斗，他们制造的精美军刀和奇妙的、百发百中的枪支。听说他们可以吃金属，可以对土地施展魔法，但我无法相信。他们如果可以吃金属，为什么不能吃掉我们和整个地球？他们的船航行到了所有已知的海域之外，有的船有一座小镇那么大。你见过他们的船吗，老爷？几年前我在蒙巴萨见过一艘。是谁教他们做这些东西的？我听说，他们建造的房屋是用大理石做地板，光可鉴人，以至于你忍不住要把衣服撩起来几英寸，生怕被打湿似的。不过，他们看上去像没有皮的爬行动物，长着金色的头发，就像女人一样，也像一个恶作剧。我第一次见到一个欧洲人时，他正坐在森林中间，坐在一棵树下的椅子上。我以为自己面前是一个魔鬼，不由得低声诵念全能者的名字。但过了一会儿，我明白那可怕的家伙就是人们到处传说的那个侵略者。”

“他说话了吗？”优素福问。

“不是凡人能听懂的语言，”穆罕默德·阿卜杜拉说，

“也许他咕哝了什么。我看到他的嘴里冒出烟雾。可能他们是精灵，因为真主用火创造了他们。”

优素福意识到领队在捉弄他，还看到阿齐兹叔叔的嘴角泛起笑意。“如果精灵建造了金字塔，那为什么不能建像城镇一样大的船呢？”商人问。

“但谁能解释他们为什么大老远地来这儿呢？”穆罕默德·阿卜杜拉说，“仿佛地球本身裂开而把他们扔了出来。也许等他们灭掉我们后，地球会重新裂开，再把他们吸回去，吸到位于世界另一边的老家去。”

“你开始像老太婆一样说话了，穆罕默德·阿卜杜拉，”商人说着，在垫子上伸了个懒腰，准备休息，“他们来这里的原因跟你我一样。”

6

他们尽量在居民点附近扎营，这样就可以换取食物，省下自己的粮食。越往乡下走，他们为面粉或肉付出的代价就越高。旅程的第八天，他们在一片小树林附近扎营。自出发以来，他们第一次受命要建一道围栏，以防野兽的侵袭。运夫们不满地抱怨——每天的行程结束后，做任何事情他们都会抱怨——说树林里有蛇出没。狮子姆维尼手持弯刀，在缠绕错结的树林里开出一条小道，令其他人感到羞愧，于是跟着动起手来。他们砍倒灌木，把死树枝拖出来筑起一道约四英尺高的围栏。他们离位于前方渡口的姆卡塔村不远了。商人听说有商队遭到过河边村民的袭击，所以不愿冒任何险。第二天上午，他派队伍前方的两个人去给姆卡塔的苏丹送礼。商人对最卑微的村长以苏丹相称，对他说话也恭恭敬敬。

他的礼物是六块布料和两把锄头，但是被退了回来，对方还捎信说，姆卡塔苏丹要求商人把所有的货物都交给他过目。这样他就可以亲自挑选与他身份相符的礼物，特别是如果这些礼物是作为贡品，目的是请求他高抬贵手，允许从他的地盘经过。阿齐兹叔叔对苏丹的要求哈哈一笑，将礼物加倍。队伍这时停留在距离村寨不到半英里处，好奇的孩子们在远处注视着他们。信使回来了，传话说，姆卡塔苏丹仍然不满意。他对他们说过他是个穷人，不想被逼得做出以后会后悔的事情。商人再一次把礼物加倍。“告诉苏丹我们都很穷，”他说，“但让他记住，天堂的大部分居民也是穷人，而地狱的大部分居民都很贪婪。”

就这样来回传信，直到既顾全了面子又满足了贪婪，这一天剩下的时间就过去了。临近傍晚，他们来到河边，正站在岸边的空地上时，看到水里有个女人正受到鳄鱼的攻击。村民和旅行者们连忙奔向那片搏斗得水花四溅的水域，却为时已晚。村民们愤怒地指着鳄鱼逃向的对岸，为死去的女人伤心欲绝，在浅滩和河岸上痛哭。她的亲人们悲痛地跳进水中，被其他人强行拉了起来，还有些人则警惕地盯着水面，生怕出现更多的鳄鱼。

这是一条大河，但在姆卡塔这里很浅。宽阔而泥泞的河岸吸引了成群的动物和鸟儿。他们一整夜都听到水里和灌木丛中传出各种声音，有些运夫像受到袭击一般尖叫，来吓唬彼此。姆卡塔苏丹宰了两只山羊，邀请商人带上几名陪同去赴宴。用餐期间，他一直阴沉着脸，没有做出热情好客的表示，自顾自随意地吃着，任由客人自便。苏丹是个瘦削的男人，花白的头发剪得很短，在火光映照下，他的眼里布有血丝，泛红。他艰难地说着斯瓦希里语，还带着费解的口音，但优素福认真地听，还是能听出个大概。“你们带来了灾难，”他说，“今天被鳄鱼攻击的那个女人是受到过佑护的，水和鳄鱼都伤害不了她。像她这样的人竟然受到攻击，这是前所未有的事情，我活到这把年纪都没有发生过。我也没有听说在我们这一代人之前发生过。”他喋喋不休地跟他们谈那个女人，在跳跃的火光中，他的目光在他们身上转来转去。其他村民都没有跟他们说话，尽管他们的声音在火光边缘嗡嗡不停并慢慢变响。优素福看到阿齐兹叔叔在苏丹说话时礼貌地向前倾身，不时点点头表示同情或赞同。“许多人都打这里过河，”苏丹接着说，“但只有你们给我们带来了噩运。如果你们离开时不把它带走，我们的生活将随波逐流，无法无天。”

“相信真主吧。”商人温和地说。

“我们得看看明天能做些什么，来弥补你们所造成的损失。”苏丹在让他们离开时说道。

“肮脏野蛮的混蛋！”穆罕默德·阿卜杜拉说。两个人举着火把走在他们一行的两侧，大家都高度警惕。“一定要保持清醒，否则不等天亮你们的鸡巴可能就没了。我们善良的东道主想向他肮脏的神灵献祭，没准他心里想的就是半夜里把你们的命根子割下几条扔去喂鳄鱼。愿真主保佑我们免遭噩运。”

“没准这跟其他的魔法一样有效，谁知道呢？”阿齐兹叔叔后来对优素福说，看到他对亵渎神灵突然有了兴趣，不禁笑了。

当天晚上，优素福梦见他噩梦中的大狗再次光临。它清清楚楚地对他说话，还笑着，张开长嘴，朝他闪着一口黄牙。然后它趴在他敞开的肚子上，寻找他最心底的秘密。

黎明时分，他们的营地爆发出尖叫和绝望的哭嚎，他们发现鬣狗袭击了一个熟睡的运夫，撕掉了他的大半边脸。剩下的那半张脸血肉模糊，血和黏稠的液体淌了下来。那人痛得在地上疯狂打滚。人们从四面八方跑来看，一些孩子拼命挤进人群之内，好看得更清楚。苏丹也来了，走到一旁站了一会儿，回来宣布他已经满意了，因为被亵渎的东西已得到昭雪。商队头一天给他们的村寨带来了噩运，野兽们被派来将它带走，所以旅行者们现在可以离开了。只是希望他们不要再借道这里了。他看着优素福说，他原本以为交给他们的会是这个年轻人。苏丹说，对那个命丧大河的女人而言，他会是合适的抵偿，因为她深受爱戴。

两个人坐在受伤的运夫旁边，一边哭一边按着他，商队的其他人则被村民们赶着涉水过河。等到该带伤员过河时，苏丹却不让他走。商人送了一份又一份礼物，但苏丹就是不肯让步。伤者是他们的了。这片土地把他交给了他们。

当天下午，那人在无休止的呻吟中突然死去，伤口上满是从脑袋里流出来的东西。他们马上把他埋在一个离村子很远的地方。苏丹说，村里那些不受欢迎或做尽坏事的死者就埋在那里，他们不想让那些不得安宁的灵魂在他们的生活中徘徊。当最后一批旅人在黄昏时分过河时，苏丹和村民们聚集在岸边的树下，吵吵嚷嚷地催他们快走。河马和鳄鱼浮在水面上，眼神警觉，暮色渐浓的对岸传来怪异的鸟叫。

当天晚上部署了更多的护卫，生着大火堆给大家壮胆。商人在垫子上坐了许久，为他们失去的那个人默默祷告。他从自己的盒子里拿出一本小《古兰经》，借着挂在树枝上的灯的光，为死者诵念《雅辛》。领队和狮子姆维尼走到大伙儿中间，不时粗声大气地，试图让他们摆脱恐慌。优素福马上就睡着了，但不停地做梦。他醒过两次，每次都几乎失声惊叫，吓得他连忙在黑暗中环顾四周，看是否有人注意到。队伍准备天一亮就启程，领队对每一个人大喊，要他们留神。“你昨晚被蛇咬了吗？”他轻声对优素福说，“还是做了龌龊的梦？留神点儿，年轻人。你不再是小孩子了。”

当他帮阿齐兹叔叔为启程做准备时，商人轻咳一声拦住他。“你昨晚又闹了，”他说，“苏丹的话让你担心了吗？”

优素福惊得说不出话来。又！又闹了！他觉得仿佛被人发现了一个无可救药的弱点。难道他们都知道那些在夜里把他的自我从他身上夺走的恶狗、野兽和无形的空洞吗？也许他经常惊叫失声，大家都嘲笑他。

“相信真主吧，”商人说，“他给了你一种天赋。”

河对岸土地肥沃，居民更多。这派绿意盎然的景象起初让他们很兴奋。鸟儿在灌木丛中跳跃走动，清脆而不知疲倦的歌声穿透了一天中凉爽的时光。古树矗立在他们上方，将柔和的光投在下面树荫里的灌木上。但亮闪闪的灌木丛中藏有带刺的攀缘植物，缠绕着有毒的藤蔓，怡人的树荫下到处都是蛇。他们日夜都被虫咬。衣服和皮肉被荆棘划破，不断有人患上怪病。现在，他们几乎每天都要向苏丹交纳越来越多的贡品，以获准通行。商人尽量不参与谈判，只是独自在无聊的沉默中等待，让穆罕默德·阿卜杜拉和狮子姆维尼去为了通行与他们讨价还价。有时，苏丹们似乎更乐意激怒领队和他的监工，根本就不想谈事情。在优素福看来，那些人似乎急于表达对来客的厌恶。

他们的第一个目的地塔亚里镇只有几天的路程，这里的人们明白，只要想法使点绊子，就能叫旅队破财，所以他们期望自己的善意得到丰厚回报。食物有的是，只要出高价。商人隔天都购买鸡肉和水果，他知道如果不买，运夫们就会从村民那儿偷，结果只会引发摩擦，少不了还得干上一仗。

山背面的武士们袭击过这里，长矛和木棍上沾满鲜血，还劫走了牛群和女人。从河边出发的第七天，他们抵达一个两天前遭袭的村寨。到达之前，他们就感觉情况不妙，只见大白天里烟雾四起，黑色的鸟儿在空中盘旋。等到了那片狼藉的村寨后，他们看到那里只剩一些幸存者，也都受了伤，残肢断臂的，蜷缩在树荫下。房子的屋顶都被烧毁。活下来的人无不痛失亲人，其中很多人被袭击者掳走了。遇袭期间，有些年轻人带着些孩子逃走了。谁知道他们能否回来？溃烂肿胀、令人惊骇的伤口叫优素福于心不忍。面对这种痛苦，他觉得生不如死。他从未见过或想象过这种场面。烧毁的茅屋里、灌木丛边以及树下，到处都是尸体。

穆罕默德·阿卜杜拉想要他们尽快离开，以防染病或袭击者杀回马枪。狮子姆维尼去找商人，说他们应该掩埋死者，他起初站得太近，令商人不由得后退了两步。“剩下来的人都废了，干不了这事儿。”狮子姆维尼说。

“那就把他们留给野兽好了，”穆罕默德·阿卜杜拉叫道，他几乎无法抑制自己的怒火，“这不关我们的事。大部分尸体已经腐烂，被吃掉了一半……”

“我们不应该弃之不顾。”狮子姆维尼低声说。

穆罕默德·阿卜杜拉眼睛一直看着商人，说：“他们会让我们染病的。让他们的兄弟来干这令人恶心的事情吧。他们都藏在灌木丛里呢。等他们回来，就会装神弄鬼来吓唬我们，说我们玷污了他们的死者。这跟我们何干呢？”

“我们是他们的兄弟，源于我们所有人的祖先亚当的同一血脉。”狮子姆维尼说。穆罕默德·阿卜杜拉惊讶地笑了笑，但没有说话。

“你顾虑什么？”阿齐兹叔叔问。

“死者的尊严。”狮子姆维尼瞪着他说。

商人笑了起来。“很好，”他说，“埋掉他们。”

领队说：“如果这不是个犯傻和危险的主意，就让真主往我眼里喷狗屎吧！让真主将我碎尸万段吧！既然你希望如此，老爷……但我看不出有何必要。”

“你从什么时候起开始害怕迷信了，穆罕默德·阿卜杜拉？”阿齐兹叔叔轻声问道。

领队委屈地飞快看了商人一眼。“好吧，动作快一点，”他对狮子姆维尼说，“别冒险，别逞强。这些野蛮人对彼此一贯都是如此。我们不是来这儿扮演圣人的。”

“优素福，跟他们一起去吧，去看看人性是多么卑劣和愚蠢。”阿齐兹叔叔说。

他们在村子的边缘挖了一个浅坑，诅咒命运不该要他们出席这可怕的仪式。村民们看着他们干活，时不时漫不经心地朝他们的方向吐唾沫，但似乎并不是出于恶意。然后，当他们抬起那些残尸扔进坟坑时，叫人担心的一刻来到了。村民们哭得撕心裂肺，直到坟坑渐渐填满。完事后，狮子姆维尼站在坟坑旁瞪着那些村民，眼里充满嫌恶。

第四章

火 焰 门

1

三天后，队伍到达塔亚里镇外的河边。即使隔着一定距离，优素福也能看出那是一座比较大的镇子。大家放下行李货物，兴奋地大叫着冲进河里。他们互相泼水，像孩子似的打起水仗。有些人的行程会在此结束，即将解脱的心情感染了其他人。清洗干净后，运夫们神清气爽，回到货物旁，脸上还挂着笑容。快到了！领队和狮子姆维尼在队伍边来回走动，扶正货物，命令大家保持队形。鼓手和小号手开始给乐器热身，短促、戏谑地奏了几下，大号角手则以深沉的抗议作为回应。一切就绪，他们的演奏变得更有节奏，旅行者们伴着雄浑高亢的进行曲大步前进，进入镇子。闲人们和正好经过的路人站在路旁观看，人们又是挥手又是鼓掌，或者将手拢在嘴边喊些听不太清的话。镇子周围的土地十分干旱，期盼着雨水的滋润。阿齐兹叔叔像往常那样在队伍中殿后，旁若无人。他们一起走在队伍扬起的令人窒息的漫天灰尘中，他时不时地用手帕捂住鼻子遮挡灰尘，他对优素福说话了。

“瞧他们那兴奋劲儿，”他面无表情地说，“就像一群走到水边的无知的野兽。我们都是这样，都是被无知所误导的鼠目寸光的家伙。有什么好兴奋的？你知道吗？”

优素福觉得自己知道，因为他也有同感，但是他没有答话。后来，他们找到一栋出租屋，里面有个院子可供众人休息，也便于看守货物。安顿下来后，阿齐兹叔叔对优素福说：“我当年第一次来到这个镇子时，掌管它的是桑给巴尔苏丹的阿拉伯人。他们来自阿曼，或者如果不是阿曼人，就是阿曼人的仆人。阿曼人都很有天赋。非常能干。他们来到这里建起自己的小王国。从桑给巴尔不辞遥远来到这儿！有些人甚至走得更远，进入马隆古以外的深山老林直至大河。他们在那里也建立了自己的王国。嗯，距离不算什么。想当年，他们高贵的王子从马斯喀特远道而来，使自己成为桑给巴尔的主人，那他们为什么不能？他们的苏丹赛义德靠岛上的水果致富。他建造了宫殿，里面养着马匹、孔雀和绝色佳人，都是从世界各地买来的……从印度到摩洛哥，从阿尔巴尼亚到索法拉。他派人去各地选美，开出大价钱。据说他跟她们生了一百个孩子。如果他自己知道精确的数字，我会感到惊讶的。让那么多人井然有序，你能想象有多麻烦吗？他肯定担心那么多小王子长大后，有朝一日想从他身上咬下一块肉来。他自己手上沾有一两个被谋害的亲戚的血。既然他们的苏丹能做出这一切，得到的还只是荣誉，那他们为什么不能？

“来到这里的显贵们把小镇分为若干个区，各自占山为王。首先是坎耶聂，属于一个名叫穆希纳·本·赛勒曼·埃尔-乌鲁比的阿拉伯人。镇子的第二个区被称为巴哈勒尼，掌管它的阿拉伯人名叫赛义德·本·阿里。第三区名为鲁菲塔，属于姆维涅·姆伦达，那人来自海滨的姆里马。第四区名为姆克瓦尼，属于阿拉伯人赛义德·本·哈比卜·埃尔-阿菲夫。第五区是博马尼，拥有它的阿拉伯人名叫塞蒂·本·朱马。第六区是姆布加尼，拥有它的阿拉伯人是萨利姆·本·阿里。第七区是切姆切姆，属于一个名叫朱马·本·迪纳的印度人。第八区是恩甘博，拥有它的阿拉伯人名叫穆罕默德·本·纳瑟尔。第九区是姆比拉尼，属于阿拉伯人阿里·本·苏丹。第十区是马约洛，属于名叫拉希德·本·萨利姆的阿拉伯人。第十一区是奎哈拉，属于名叫阿卜杜拉·本·纳西布的阿拉伯人。第十二区是甘聂，属于阿拉伯人塔尼·本·阿卜杜拉。第十三区是米姆巴，属于法哈尼·本·奥斯曼，那人曾经是一个阿拉伯人的奴隶。还有一个区是伊图鲁，属于名叫穆罕默德·本·朱马的阿拉伯人，他儿子是哈米德·本·穆罕默德，人们也叫他蒂普·蒂普。我猜你听说过他。

“现在有传言说，德国人要把他们的铁路一直修到这里。如今是他们制定法律，一切由他们说了算，尽管自从埃米尔·帕夏和普林齐到来后，其实一直都是这样。但在德国人到来之前，这个镇子是前往湖区的必经之路。”

商人停顿片刻，看优素福是否会说什么，但优素福没有开口，于是他继续说道：“你会想：为什么那么多的阿拉伯人在这么短的时间里来到了这儿？他们最初到来时，从这一带购买奴隶就像从树上摘果子一样容易。他们甚至不用亲自去抓捕，尽管有些人以亲自出马为乐。有那么多的人为了一点小饰品就急于卖掉自己的亲人和邻居。到处都有市场开放，不管是在南部还是在欧洲人种植甘蔗的海岛，不管是在阿拉伯还是波斯，以及苏丹们在桑给巴尔新建的丁香种植园。有的是丰厚的利润可赚。印度商人借贷给那些从事象牙和奴隶贸易的阿拉伯人。印度的放贷人是商人。只要有利可图，他们都肯放贷，不管别人做什么生意。就像其他外国人一样，只不过他们让放贷人代理。总之，阿拉伯人拿到了钱，从附近某个野蛮的苏丹那儿买了奴隶，要奴隶在地里干活，为他们建造舒适的房屋。小镇就是这样发展起来的。”

“对你叔叔的话要好好听。”穆罕默德·阿卜杜拉说，仿佛优素福走神了一般。他在阿齐兹叔叔讲述期间加入进来，这急切的打断是让他留心商人这番话的客观公正。优素福想，他不是我叔叔。

“人们为什么叫他蒂普·蒂普？”优素福问。

阿齐兹叔叔微微耸了耸肩，说：“不知道。反正德国人埃米尔·帕夏来到这一带时，去见了塔亚里的苏丹。我忘了苏丹的名字。他是阿拉伯人可以施加影响的对象，所以被他们立为苏丹。埃米尔·帕夏有意显得对苏丹极为蔑视，以挑起他开战。这是他们的手法。他要求苏丹悬挂德国旗帜，宣誓效忠德国苏丹，并交出所有的武器大炮，因为那一定是他从德国人那儿偷来的。塔亚里苏丹竭力避免战争。他平时很喜欢打仗，总是与邻居交战。他的阿拉伯盟友们在于己有利时支持他，但所有人都听说了那些欧洲人发动战争的残忍方式。塔亚里苏丹按要求悬挂了德国旗帜，向德国苏丹宣誓效忠，并向埃米尔·帕夏的营地送去礼物和食物，但不愿放弃枪炮。到这时，他已经失去了阿拉伯人的支持，被认为背叛了他们。他做出了太多让步。因此，埃米尔·帕夏离开后，他们就开始密谋除掉他。

“他们没有等太久。在埃米尔·帕夏之后来了德国指挥官普林齐，他立即发动战争，杀死了苏丹和他的孩子，以及所能找到的他的所有部下。他先是把阿拉伯人踩在脚底，然后把他们赶走。他们被外国人极尽践踏，甚至不能再强迫自己的奴隶在农场干活。奴隶们四处躲藏或逃走。阿拉伯人没有了食物和舒适的生活条件，别无选择只好离开。有些去了鲁姆巴，有些去了乌干达，有些回到桑给巴尔的苏丹那儿。另外还有些茫然无措的人留了下来。现在印度人接了手，认德国人为领主，对野蛮人随意摆布。”

“千万别相信印度人！”穆罕默德·阿卜杜拉愤怒地说，“只要有利可图，他会把亲娘卖给你。他对金钱贪得无厌。你看到他时，他是一副可怜相，但为了钱，他愿意去任何地方做任何事情。”

阿齐兹叔叔对领队摇摇头，劝他说话不要过激。“印度人知道如何跟欧洲人打交道。我们别无选择，只能与他们合作。”

2

他们在塔亚里并未久留。这个镇子像座令人困惑的迷宫，狭窄的小巷四通八达，冷不丁地就冒出干干净净的小院和广场。黑魆魆的街道上空气散发着私密而污浊的气味，就像在拥挤的房间里一般。废水形成的细流从房屋门槛外几英寸之处流过。到了晚上，当他们睡在出租屋的院子里时，蟑螂和老鼠爬到他们身上，啃咬长茧的脚趾，或者钻进装粮食的袋子里。领队新雇了一批人，以取代那些约定不再走的运夫，几天后，他们重新出发。离开塔亚里后，他们行进的速度很快。一场小雨让人凉快下来，人们不禁唱起了歌，并加快了步伐。即使是那些因为旅途劳顿而体力不支的人也觉得在渐渐恢复元气。他们常常要快步穿过灌木丛，对那些久病未愈者而言，不管是歌声还是笑话都无法减轻他们的痛苦，但同伴们现在对他们的呻吟报以同情的微笑，而不是陷入沉默。

几天后，他们知道已经临近湖边。前方的光线因为下面的水汽而显得更迷蒙，更柔和。一想到湖，大家就更开心了。所经的村寨和居民点，人们站在那儿，带着会心的笑容注视他们，但看到他们快活的神情，不禁也笑得灿然起来。有些人在村子里兴奋地追女人，还有个人挨了一顿狠揍，需要商人出面用礼物来重建友好。晚上，他们扎好营地，并用灌木搭建了一道围栏，以防野兽的袭击，然后成群地坐在一起讲故事。领队提醒优素福不要跟那些人坐在一起，说他的叔叔不赞成。他们会把你教坏，穆罕默德·阿卜杜拉说，但优素福没有理会。他觉得自己此行在一天天地变得更强壮。大家仍然取笑他，但态度越来越友好。当他晚上跟他们坐在一起时，他们为他腾出位置，让他参与聊天。有时一只手会抚摸他的大腿，他发现后就会坐得离它远一点。乐手们如果不是太累，就会奏起喧天的鼓号，大家会跟着唱起歌、打起拍子。

一天晚上，大家都兴奋过了头，领队也受到感染，走进围着篝火的圈子里跳起舞来。前进两步，优雅地弯腰，再后退两步，手杖则在头顶挥舞旋转。号手用一种装饰音添油加醋，音调一个升高，犹如突然的欢呼，狮子姆维尼忍不住面向夜空哈哈大笑起来。领队伴着新乐句转啊转，以一个漂亮的姿势停止，赢得一片喝彩。

优素福看到，领队快跳完时皱了皱眉，他知道不只他一个人注意到了这一点。但穆罕默德·阿卜杜拉淌着汗，脸上始终挂着笑容。“可惜你们没有一睹我以前的风采，”他大声说，一边稍稍喘气，一边朝大家挥舞手杖，“我们常常手持白刃而不是棍子跳舞。四五十个人同时跳。”

他自摸了几下，然后在大家的叫喊和口哨声中走到火光之外。他刚走几步，恩尤恩多就一跃而起，手持拐杖开始模仿领队的舞蹈。乐手们开心地重新奏乐，恩尤恩多则在火光中腾跃，前进两步，蹒跚地后退两步，然后夸张地弯腰，做出下流的姿势。他把棍子猛转了几圈，然后突然停下，双腿岔开，慢慢地抚摸着自己的裆部。“谁想看点东西？不比以前了，但仍然是东西。而且仍然管用。”恩尤恩多喊道。当大家都被这嘲讽的表演逗得捧腹大笑时，领队站在火光的边缘注视着他们。

3

湖边小镇笼罩在一片令人难以置信的柔光中，这是一种紫罗兰色，构成湖岸的巨崖和山峦给它镶上了一层红边。船只停泊在水边，沿岸有一排褐色的小屋。大湖向四面伸展开去，此情此景，令众人深受震撼，连声音都不由得压低了。旅行者们按惯例等在镇外，直到获准进入。附近有一座神殿，周围有蛇、大蟒和野兽出没。只有神灵允许，人们才能安全地行至神殿，并平安地离开。在他们等待期间，穆罕默德·阿卜杜拉指着离他们歇脚处不远的一片小树林，跟他们解释。“那是他们的神居住的地方。只要是够疯狂的东西，野蛮人都相信，” 他说，“跟他们说这个或那个是幼稚之举，只会是白费口舌。你无法跟他们争论。他们只会没完没了地给你讲迷信的故事。”他说，他们上次旅行曾经从这座小镇经过，就是从此地过湖去另一边的。这也是他们返程时留下两名伤员的地方。他们当时停留时正是最为干旱的季节，比起带着伤员踏上苍蝇为患的旅程直到塔亚里，他们觉得把伤员留在这里更安全。优素福想起这件事在哈米德家的露台上听起来是多么叫人惦念，多么文明体面。他记得阿齐兹叔叔说那两个人被留在湖边的一座小镇，托付给了一些他以前从未跟他们做过生意的人，但相信他们会照料伤者。湖边杂乱的房屋，连同一直传到这镇子边缘的烂鱼的腥臭味，给这种解释赋予了不同的意味。优素福瞥了领队一眼，看到他眼中现出揣摩和警惕之色，继而泛起愧疚，明白无误地知道那两个人当初其实是被抛弃在这里的。

恩尤恩多作为信使被派往镇里，因为他自称能说本地人的语言。阿齐兹叔叔说，他记得苏丹会说斯瓦希里语，但也认为先用他自己的语言跟他交流会更礼貌。恩尤恩多从镇里的苏丹那儿带回了欢迎的消息。恩尤恩多报告说，苏丹对礼物很满意，但他最希望的是再次见到老朋友。不过，在他们进镇之前，他想告知一个令众人感觉如同遭受晴天霹雳般的消息。四天前的晚上，苏丹的妻子去世了。

商人表达了悲痛，并请向苏丹转达他和商队全体成员的哀悼。他让信使带去了更多的礼物，请求允许他们亲自前去吊唁。再次等待期间，大家谈起了礼敬死者的风俗，特别是如果死者恰好是苏丹的妻子。有个人说，首先，他们并不总是埋葬死者，有时会在他们还有气的时候就把他们丢在灌木丛，好让野兽吃掉他们。他们把那些人带进灌木丛，任由鬣狗和豹子把他们拖走。他们认为触碰尸体会带来噩运，哪怕是亲生母亲的尸体。在某些地方，要是这时遇见陌生人，他们会见一个杀一个。想想看，如果苏丹正悲在头上，不想做生意，谁知道他们会搞出什么花样、魔法和献祭呢？有些风俗是保留尸体数周，把他们放在陶盆里或者大树下。大家朝附近的小树林看去，其中一人说："他们没准把发臭的尸体就放在那儿。"

恩尤恩多终于回来了，为他们带来了进镇的许可。商人吩咐大家安静地行进，既不奏乐也不喧哗，以示对苏丹丧妻的尊重。这是一座小镇，共有二三十幢小屋，每三四幢一片地散布着。空气中弥漫着烂鱼的臭味。沿着水边是木桩支撑的木台，上面搭着草棚，有些台子上铺着帆布和垫子，拖出水的大独木舟被放在台子下的阴凉处。在那里玩耍的孩子们跑了出来，注视着队伍默默地行进。

大家按吩咐聚集在一处，等待商人完成谈判。过了一会儿，有些人开始走动，寻找那些显然有意回避的镇民。在寂静中，人们很容易就能听到寒暄声，于是更多的人开始离去。苏丹又传话，说现在可以见商人及其属下，但前来传令的那个一脸怒气的老人指示，只允许四个人去见苏丹。心情沉痛的苏丹见不了太多的人，也听不得喧哗。领队和恩尤恩多陪同阿齐兹叔叔前往苏丹的住所，随行的还有优素福。阿齐兹叔叔说，带上这个学生，好让他学一学如何跟本地的主人们打交道。他们走近一片临水的建筑群——这里的小屋比其他地方都要多，然后被带进一幢较大的房子，这里还有个带顶棚的门廊。室内光线昏暗，门边燃烧的火堆让屋里烟雾缭绕。唯一的光来自门口，当他们被带至一侧时，房间里稍稍亮了一点。苏丹身材魁梧，披着一块褐色的布，腰间系着一根草绳。他上身紧绷的肌肉在暗淡的光线下发亮。他坐在一张没有靠背的凳子上，双肘搁在大腿上，双手紧握着一根雕花粗木棍，棍子拄在叉开的两腿之间。这一姿势使他显得急切而专注。他的左右两边各站着一个年轻女人，上身赤裸，各拿着一个酒瓢。他的身后也站着一个女人，同样赤裸着上身，拿着一把编织扇在苏丹的肩膀上方扇来扇去。在她身后光线更暗之处，站着一个年轻人。在苏丹两侧地上的垫子上，各坐着六位长老，有几个光着上身。房间里的烟雾使优素福喘不上气来，还流了流泪，他不明白苏丹和他的侍从如何能安然忍受。

苏丹面带微笑地说了几句话后，恩尤恩多翻译道："他说欢迎你。你来得不是时候，他说。但朋友登门总是要欢迎的。"随着他的一个手势，他右边的女人把酒瓢送至苏丹的唇边，他连喝了几大口。女人向商人走来，优素福看到她的胸脯上有些小疤痕。她身上有烟味和汗味，那是一种熟悉的、令人激动的气味。"他说你现在可以喝点啤酒。"恩尤恩多难掩笑容地对商人说。

"不胜感激，但我不得不谢绝。"商人说。

"他问为什么，"恩尤恩多笑着说，"这是上好的啤酒。你怕里面有毒吗？他已经帮你尝过了。你不相信他吗？"苏丹接着又说了句什么，长老们哈哈大笑，乐得合不拢嘴。商人看着恩尤恩多，恩尤恩多摇摇头。他的神态很含糊，也许是没有听懂，或者觉得最好不要翻译。

"我是个商人，"阿齐兹叔叔看着苏丹说，"是贵镇的客人。要是喝了酒，搞不好会撒泼闹事，一个经商的客人不该这样。"

"他说是因为你的神不让你喝。他知道这一点。"恩尤恩多说，苏丹和他的手下又大笑起来。恩尤恩多考虑良久才翻译苏丹的下一句话。他脸上的笑容消失了，开口时小心翼翼，以示他在努力忠实地传达。“他问是怎样残忍的神才不让人喝酒的？”

“告诉他是严苛但公正的神。”商人马上说。

“他说很好，很好。也许你偷偷地喝酒。现在把你的消息告诉我。”恩尤恩多说，而苏丹则示意客人们坐到地上的垫子上。“你生意还好吗？这次带来了什么？他说你可以看出他并没有索要贡品，对吧？他听说大人物说过，不许再索要贡品。所以他不想犯下勒索的错误，以免大人物后来听说了而惩罚他。他问你知道他说的是哪个大人物吗？”苏丹一边问，一边短促地嘿嘿笑着，笑得身体发颤。“是德国人，那就是大人物。据他所知，那就是现在的新国王。他前不久从这附近经过，向所有人宣布他是谁。他们听说德国人长着铁脑袋。这是真的吗？而且他的武器轻而易举就能摧毁全镇。他说，我的人民想和平地做生意、过日子，不想给德国人找麻烦。”苏丹接着又补充了一句什么，听得他的侍从再一次大笑。

“你能帮助我们过湖吗？”商人一看到机会连忙问道。

“他问你过湖去见什么人。”恩尤恩多说。苏丹身体前倾，一副评判的姿态，似乎指望答案会证明商人的愚蠢或鲁莽。

“查图，马隆古的一位苏丹。”阿齐兹叔叔说。

苏丹重新坐直，鼻子轻哼了一声。“他说他知道查图。”恩尤恩多说。他们看着苏丹，示意再要一些啤酒。“他说已经告诉你他妻子刚刚去世。他说他仍然无法埋葬她，他的内心充满了不安。”

过了一会儿，苏丹接着说了下去。他说无法埋葬他妻子，因为没有裹尸布。自她死后，他心中的火就熄灭了，他想不出从哪儿弄裹尸布。“他说给他一块裹尸布。”恩尤恩多对商人说。

“对一个要埋葬妻子的人，你难道连裹尸布都不给吗？”那个一直站在后面阴暗处的年轻人说。他走上前来面对着商人，无需恩尤恩多的翻译而直接跟他说话。他的左腿溃烂肿胀，走上前时是拖着那条腿的。他的脸上毫无表情，眼里却闪烁着热情和理解。优素福现在能够区分活人身上烂肉的异味和烟雾缭绕的屋子的苦涩味。年轻人说完后，苏丹的几名长老也跟着附和，显出一副难以置信的苦脸。女人们吸吸嘴唇，厌恶地低语着。

“谁需要裹尸布我都会给。”阿齐兹叔叔说，并吩咐优素福去取五卷白棉布。

“五卷！”年轻人担负起谈判的责任，说道。一位长老惊愕地站起身，朝商人的方向吐了一口唾沫，唾沫星子溅到了优素福的光手臂上。“像他这么尊贵的苏丹，只给五卷布。你这样是过不了湖的。你会给你的苏丹五卷布来埋葬他妻子吗？别糊弄人了！他的民众爱戴他，你却这样冒犯他。”

这段话被翻译给他们听时，苏丹和长老们都大笑。苏丹得意得全身发颤。“那是他儿子，”恩尤恩多对商人耳语道，“我听见他说了。”

“商人，你不笑吗？”年轻人问，“要不就是你的神也不让你笑？你最好能笑就笑，因为我觉得你在查图那儿是不会听到很多笑话的。”

他们以一百二十卷布成交。苏丹还索要枪支和黄金，但商人微微一笑，说他们不做那种生意。是不再做了，年轻人说。最后，苏丹允许商人去跟船夫谈，协商价格。“这简直是抢劫。”穆罕默德·阿卜杜拉愤怒地小声说。

“我们去年途经此地时，留了两个人在你们这儿，”商人笑着说，“他们有伤病在身，你们同意照顾他们直到他们康复。他们的情况怎样？都好了吗？”

“他们走了。”年轻人平静地说，脸上却显出轻蔑和不屑。

“去哪儿了？” 阿齐兹叔叔和气地问。

“我是他们的叔叔吗？他们走了，”他生气地说，“出去找他们呀！你以为我不了解你们这些人吗？”

“我把他们交给苏丹照顾。”阿齐兹叔叔说。透过商人的语气，优素福觉得不难判断他已经放弃了那两个人。

"你到底想不想去马隆古？"年轻人问。

他们被带到一个名叫卡坎亚加的船夫那里。那是个肌肉发达的小个子男人，他静静地听取他们的需求，询问数字和重量，目光从他们身上移开而看向湖面。他们带着他回到存放货物和运夫们正在等待之处，好让他自己判断。他说，他们需要搭乘四艘大独木舟过湖，然后他为自己和其他船夫开了一个价，就转身走开，给他们时间考虑。好在价格非常合理，穆罕默德·阿卜杜拉也急于离开，所以船夫没走几步就被他们叫了回来。

他们将于早上出发，船夫说。而双方谈定的酬劳物品则在出发之前交给他们。

"为什么不马上出发？"穆罕默德·阿卜杜拉问。看到苏丹喝了那么多酒，他感到不安。谁知道一个醉醺醺的野蛮人会梦到什么？

"我的人需要准备，"船夫说，"你们这么急于去查图那儿吗？如果现在出发，我们就得在夜间航行。水上有些时辰不安全。"

"晚上有恶鬼出没，对吗？"领队问。船夫听到挖苦，但没有答话。他说，他们将于早上出发。

"你很会讲我们的语言，"阿齐兹叔叔和蔼地笑着说，"你们苏丹的儿子也是。"

"我们许多人都为斯瓦希里商人哈米迪·马坦加工作

过，他曾经在这一带行商，甚至去过对岸。”船夫不太情愿地说，之后尽管阿齐兹叔叔请求，他也不肯再多说了。

“我们上次在这里时，我记得你们苏丹也说一点斯瓦希里语，但他好像忘记了，”商人说，仍然面带微笑，“时间就这样欺骗我们所有的人。告诉我，我们去年路过时留下的两名伤员……他们怎么样了？有好转吗？”他一边说，一边把他吩咐优素福帮忙取来的一小包烟草和一袋钉子递给船夫。

船夫等了片刻才回答，他的目光逐一打量着商人、领队和来到他们身边的狮子姆维尼，最后注视着优素福。开口之前，他的眼睛微微一亮，透着几分滑头。“他们走了。我想他们没有好转。他们当时待在那个小屋里，浑身发臭。他们给我们带来了疾病。牲口死掉了，鱼也游走了。然后有个年轻人无缘无故地死了。那么年轻。跟他一样大，”他看着优素福说，“大家忍无可忍，说那两个人必须离开。”

船夫走后，狮子姆维尼说：“这里的人会施展魔法。”

“别亵渎神灵，”穆罕默德·阿卜杜拉厉声说，“他们只是无知的野蛮人，相信自己幼稚的噩梦。”

“我们不该把他们留在这儿的。是我的责任，我的过错，”阿齐兹叔叔说，“但对他们或他们的亲人而言，这一个消息现在也没有多大用了。”

“老爷，需要多少事实才能猜到这些畜生会牺牲一切来维持自己无知的生活方式呢？我也会那么干的。你干吗不让他们施展魔法，把我们的两个人带回来？”领队语含轻蔑地问向狮子姆维尼。

狮子姆维尼瑟缩了一下。“我们最好把这个年轻人看牢了，”他看着优素福说，“这就是我的意思。保护好他。别忘了姆卡塔的人是怎么谈论他的，还有船夫刚才看他的神情。”

“他们会干什么？拿他去喂他们饥饿的魔鬼吗？我觉得你把那些臭渔民太当回事了。让他们试试看！”穆罕默德·阿卜杜拉叫道，愤怒地摇着手杖，“你在想些什么？我要抽打那些混蛋，把他们赶到地狱的门口。我要吐在他们身上。我要搞点魔法在他们的臭屁股上，那些肮脏的野蛮人。”

“穆罕默德·阿卜杜拉。”阿齐兹叔叔厉声说。

“大家都留点神，”领队说，表面上似乎没有听到商人的话，却还是降低了声音，“狮子，你给大家解释一下魔法和恶病。你对这一套很在行。这对你别有意义。告诉他们，解手不要去太远的灌木丛，否则鬼魂或魔蛇会咬他们的屁股。让他们远离女人。年轻人，跟紧老爷，别担心。”

“穆罕默德·阿卜杜拉，你那样大喊大叫，会让自己消化不良的。”阿齐兹叔叔说。

“老爷，这是个邪恶的地方，”领队说，“让我们离开这儿吧。”

4

他们第二天出发前，两个运夫打了一架。其中一人从货物中偷了一把锄头，用来支付一个女人的以身相伴。另一个运夫向领队揭发了他的偷窃行为，领队便当着所有人的面宣布，前面那个运夫此行的酬劳将扣除两把锄头的价值。领队在宣告这一判罚时，说了很多脏话。那个运夫并非第一次为了找女人而偷窃，穆罕默德·阿卜杜拉夸张地表现出恨不得拿手杖抽他的样子。其他人则起哄，嘲的嘲，骂的骂，令运夫备觉羞辱。闹剧停歇后，受罚的运夫立时扑向告密者，大家为两人腾出空间，怂恿他们把对方痛殴一顿。一大群人跑来围观，两人在水边的空地上打到哪里，人群就移到哪里，激动地大声喝彩。最后，商人派狮子姆维尼出面调停。他说："我们必须处理好自己的事情。"

等他们准备出发时，上午已经过去了一半。随着登船时刻的临近，他们既兴奋又有一丝焦虑。船夫卡坎亚加亲自码放货物，并指示阿齐兹叔叔和优素福乘坐他的船。"这个年轻人会给我们带来好运的。"他说。船夫们在不断升高的热浪中平稳地划起桨来，他们赤裸的背部和胳膊闪闪发亮。他们让船只保持紧密的队形，近得可以对歌并相互嘲笑。大部分时间里，旅行者们都安静地坐着，不安地看着这浩渺的湖面和这几个手里掌握着他们命运的壮汉。多数人虽然家住海边，却不谙水性。他们的脚愿意一辈子跨越山岭和平原，但遇到哗哗拍岸的浪涛，还是会匆忙退回。

他们航行了近两小时后，天色突然变暗，大风骤起，仿佛凭空而来。“天啊！”优素福听到商人轻轻地说。卡坎亚加喊出风的名字，并大声告诉身边的同伴以及其他的船只。见船夫们高声喊叫拼命划桨，人们明白处境危险了。浪越涌越高，打在脆弱的船上，把人和货物淋得透湿，引得一阵阵紧张的抱怨，人们此刻最关心的仿佛是不被溅湿。一些运夫开始大喊，向真主呼告，祈求还来得及改变路线。领头船上的卡坎亚加改变航向，其他船只紧跟而行。船夫们奋力划桨，用近乎恐慌的叫喊互相鼓励。波浪现在大得可以把船从水面掀起来再摔下去。在优素福看来，独木舟的脆弱似乎突然变得显而易见，在汹涌的湖水中很容易被掀翻，犹如水沟里的小树枝。祷告和哭号此起彼伏，在震天的涛声中时断时续。有些人吓得吐在自己身上。这当口，卡坎亚加始终一言不发，只是单膝跪地，哼哧哼哧地划桨，汗水混着湖水从背上淌下。终于，他们看到远处的一座岛屿。

“神殿。我们可以在那儿献祭。”他对商人喊道。

看到岛屿，船夫们划得更起劲了，他们的乘客则狂呼乱叫地为他们加油。知道自己终于安全后，船夫们爆发出胜利的欢呼和感恩的叫喊。直到船只被拖出水，卸下所有货物之后，他们的乘客才露出笑容。他们避开大风和飞沫，挤到灌木丛和岩石后面，长吁短叹，感慨自己的运气。

卡坎亚加向商人要了一块黑布、一块白布、一些红珠子和一小袋面粉。商人如果想奉献任何其他的东西也行，但不能是金属制品。卡坎亚加说，金属会烫伤这座神殿的神之手。“你也得去，”他说，“祷告是为了你和你的旅程。把这个年轻人也带上。这座神殿的神是彭贝，他喜欢年轻人。我们进入神殿时，你们要在心里反复念他的名字，但不要出声，听我的指令。”

在领队和几个船夫的陪同下，他们在针叶灌木和草丛中走了一小段路。在一片被深色灌木和大树包围的空地上，他们看到一条支在石头上的小独木舟，里面有其他旅行者供奉在这儿的礼物。卡坎亚加让他们跟着他念一些话，并为他们做了翻译：“我们给你带来了这些礼物。我们恳求你让我们此行平安，往返顺利。”

然后他把礼物放在船上，朝一个方向绕了一圈，再朝另一个方向绕了一圈。商人把带来的那袋烟草递给卡坎亚加，船夫把它放在神殿里。当他们回到船上时，风已经停了。

“简直像魔法。”狮子姆维尼嘲笑领队道。

穆罕默德·阿卜杜拉冷冷地瞪了他一眼，难以置信地摇了摇头。“还不算最糟。还没让我们吃恶心的东西或与牲口交配呢，”他说，“好了，我们装船吧。”

他们看到对岸时，正值夕阳西下，斜射的阳光照亮了红色的悬崖，看上去就像一堵火焰墙。他们上岸时已临近午夜，夜空被阴云笼罩。他们把船只拖出水，但卡坎亚加不允许任何人在地上睡觉。他说，谁知道黑暗的陆地上有什么在行走？

5

第二天早上天刚亮，船上的货一卸完，卡坎亚加和他的同伴们就离开了，把旅行者和他们的货物留在沙滩上。很快就有人一个个地出现，问他们有何贵干。谁带他们来的？一路走了多远？要去哪里？目的何在？优素福和狮子姆维尼被派往镇里去找管事的人，这个镇子似乎比他们此前离开的湖对面的那个要大。他们被带到一个名叫马林博的人家里，发现他刚刚睡醒。这是个瘦老头，脸上皱纹很深，皮肉松弛。他的屋子看起来与附近的房屋没什么两样，带路的女人走到门前，不拘礼节地直接敲了门。马林博见到他们很高兴，既好奇又热情。尽管他态度很好，优素福还是看得出来他很警惕，猜测他是个老于世故的人。恩尤恩多为他们做翻译，但其实并不需要。

“查图！”马林博说着，不经意地露出一丝会意的笑容，然后又小心地抑制住。“查图这个人可不好对付。我希望你们是认真的。他可不好糊弄。我们这儿距离他的镇子只有几天的路程，但从不随便去那儿，除非他召唤。如果他觉得不自在了，就会很凶，但他很在乎民众的利益。哦，我可不想住在那儿。朋友，我告诉你们，查图的镇子不喜欢陌生人。”

“他听起来像个蠢货。”狮子姆维尼说。

马林博哈哈一笑，小心翼翼地听着这个玩笑。

“他做生意吗？”狮子姆维尼问。

马林博耸耸肩。“他有象牙。如果想做就会做。”

他同意提供一名向导，并帮他们存放一些货物，直到他们返回。“我以前跟商人打过多次交道，”他说，“不用给我任何布。没有这些布你们怎么做生意？你们就是靠它来疏通道路的。给我两支枪，这样我就可以派我儿子去猎取象牙。你有丝绸吗？给我丝绸。我给你派的向导对这一带很熟悉。现在不是好时候，因为雨季来了，但你如果给他足够的酬劳，就完全可以信赖他。”

大湖的这一边树木茂密，地势更陡。马林博的镇里虽然人更多，但一脸病容的人也更多。晚上，蚊子成群来袭，疯狂地叮咬他们，有些人又痛又恼地大叫。他们与马林博谈妥后，就没有必要再留在镇里。他要了刀和锄头，还有一包白棉布，作为帮他们看管货物的报酬，等他们回来时再全部交付。蚊群的疯狂肆虐让大家巴不得快点离开。阿齐兹叔叔也急于出发。他们被迫一路散财，货物量已经大减，却几乎没做任何生意。但阿齐兹叔叔说，剩下的还有不少，会有赚头。他们千里迢迢来到这红崖背后的马隆古地区，就是为了这个目的。

第二天一早，他们启程前往查图的地盘。马林博为他们找的向导是个身材高大、沉默寡言的男子。对他们他既不说话也没有微笑，在他们收拾行李货物时只是站在一旁等候。他们行走在山乡小径上，穿过浓密的植被上山。奇异的植物拦截着他们，划破他们的脸和脚。密密麻麻的虫子在他们的头顶盘旋。当他们停下来休息时，虫子也停在他们身上，寻找缝隙和嫩肉下嘴。在马隆古的首日结束时，病倒了几个人。他们遭遇到铺天盖地的蚊子，挨到天明，脸上满是血痕和蚊虫叮咬的印记。第二天他们加速行进，迫不及待要走出这片山林。他们整夜都听到林中有撞击声和咆哮声，众人挤在一起壮胆，提防水牛和蛇。撒尿不要走得太远，狮子姆维尼调侃道。领队吆喝着要大家跟上，一边朝掉队的人挥舞手杖，一边用怒骂威慑林中的声音。地势升高使得行进艰难。狮子姆维尼和恩尤恩多跟在向导后面，遇有险情就大声提醒。只有恩尤恩多能听懂向导的话，他翻译时经常搞恶作剧，让领队很恼火，其他人则被逗得大笑。一天的行程结束后，向导很少说话，只是坐在恩尤恩多旁边。

到了第三天，一些人病情加重了，其他人也显出体力不支的迹象。病得最厉害的不仅吃不下东西，大小便都失禁了。同伴们轮流抬着他们发臭的身体，尽量不理会他们神志不清的呻吟，努力躲避从他们身上流出的发黑的血。在陡坡上，大家匍匐在地拖着他们的病躯，一次只能挪动几英尺。第四天，有两个人死了。大家迅速将他们埋葬，等待了一个小时听商人默念《古兰经》中的一章。众人现在都痛苦不堪，身上有创口在溃烂，虫子深深地扎进去产卵，吸吮新鲜的血液。惊恐之余，大家深信向导是在把他们带向死亡，于是忍着痛还得尽量留意他。领队经常斥责向导，并带着毫不掩饰的厌恶怒视着为他们翻译的恩尤恩多。他们去年走的不是这条路。他要带他们去哪儿？别胡闹了，好好地问这些问题。

雨后走那条路不安全，恩尤恩多翻译道。

第五天早上，他们发现又死了两个人，于是所有的目光都投向向导——他正和恩尤恩多坐在一起，等待开启当天的旅程。穆罕默德·阿卜杜拉大步走到向导跟前，把他拽起来，在运夫和护卫们的叫好声和鼓动声下，用手杖一下接一下地抽打他，痛击之下的向导缩着身子一个劲地求饶。恩尤恩多试图阻拦，但穆罕默德·阿卜杜拉的手杖在他的脸上飞快地抽了两下，惊得他连忙退开。我的眼睛！领队又回到向导身边，棍子一下下地抽在向导裸露的身体上，抽得他终于在地上打滚哭嚎。但领队并不罢休，其他人也手持木棍和皮鞭开始逼近。

狮子姆维尼连忙跑到领队身边，抓住他的手臂，试图用自己的身体保护大声哀号的向导。“不能打了！不能再打了。”他恳求道。穆罕默德·阿卜杜拉喘着粗气，脸上和胳膊上都是汗水，拼力在狮子姆维尼周围又抽了几下。

“让我打这条狗！”他叫道，“他想把我们害死在这片森林里。”

“他说只要一天。明天我们就会离开这座地狱了……”狮子姆维尼一边说，一边把领队拉到一旁。

“他是个撒谎的野蛮人。还有恩尤恩多这个蠢货，不但没有盯着他……这家伙一直在骗我们。去年我们走的不是这条路。”穆罕默德·阿卜杜拉说。他猛地甩开狮子姆维尼，回到倒在地上的向导身边，又是一顿猛抽。当狮子姆维尼再次冲上来时，穆罕默德·阿卜杜拉双眼冒火地转向他。

“你这样做不公平。”狮子姆维尼说着，退开了几步。

领队一言不发地瞪着他，脸上淌着汗水。商人从人群中走出来，拉着穆罕默德·阿卜杜拉的胳膊，对他简单地轻声说了几句。然后他示意优素福上前，吩咐他去张罗把早上死去的两个人埋掉。并为他们念《雅辛》。他们穿过渐渐变得稀疏的森林，一整天都听到前方向导的呻吟声。恩尤恩多在向导身后默默地艰难地行进，脸上因为挨的那两下红肿着。众人不停地说笑，摇着头，既为自己的鲁莽感到难为情，又忍不住要拿遭殃的向导取乐。领队那样抽他！他们说。瞧见了吗，那个穆罕默德·阿卜杜拉是动物，是杀手！至于恩尤恩多，则本该知道领队早晚会收拾他。

第六天上午十点左右，他们到达一片开阔地，一直休息到下午，才启程前往查图的小镇。当他们的队伍走近，经过耕地和小谷仓时，看到人们迅速跑开。尽管很累，乐手们还是奏响曲子，昭告队伍的到来，众人强打精神。穆罕默德·阿卜杜拉大摇大摆地走在乐手们后面，像往常那样神气十足，指不定有好事之徒猫在灌木丛中偷窥呢。

迎接他们的是苏丹的长老代表，还有一大群嘻嘻哈哈的民众陪同。长老们将他们带至一片很大的空地，周围是盖着茅草屋顶的长型矮屋。长老们说，厚实土墙后面的大屋子是查图的住所。在这里歇会儿，人们会来卖食物给你们的。

"问一下我们可否去拜会苏丹。"商人对恩尤恩多说。

"他问为什么？"恩尤恩多在与长老的头目交谈后说道。那位头目身材矮小，头发灰白，交谈时眼睛看了看恩尤恩多受伤的脸。他说话时带着愤怒而咄咄逼人的威严，还有一种明显的厌恶。恩尤恩多告诉商人，长老名叫姆费珀。

"上次我们路经这里时，从你们的镇子附近经过，所以久仰你们苏丹的大名。我们这次来，给他带了一些礼物，还想跟他和他的民众做生意。"阿齐兹叔叔说。

恩尤恩多翻译这段话有困难，便向向导求助。人群围拢过来，想听听他们的交谈，姆费珀瞪了他们一眼，他们连忙退开。几番沟通后，恩尤恩多说："姆费珀问你们给他带来了什么？最好是值钱的东西，因为查图是一位高贵的统治者。他说，你们那些小饰品他根本瞧不上。"恩尤恩多说完咧嘴一笑，暗示姆费珀说的不止这些。

商人默默地看了他很久，说："我们很愿意呈送给他。这会让我们深感荣幸。"

姆费珀轻蔑地看着商人，笑了两声。他说话很慢，给恩尤恩多留出时间。"他说我们需要休息和药物，而不是生意。他会给我们派医师来。让年轻人把礼物带给查图。他指的是他，优素福。他要他去查图那儿。如果查图满意，就可能也叫你去。我想他是这么说的。"

"每个人都想要优素福。"商人笑着说。

姆费珀没有理会对方想继续跟他讲话就大步离开，但刚走几步，又转身朝向导招手。商人与领队飞快地对视了一眼。镇里的人带来食物与旅行者们交易，马上与他们打成一片，问他们问题，跟他们谈笑。他们说的话无人能懂，除非恩尤恩多在场并愿意翻译，但他们还是设法明白了大概。他们聊镇子的大小、统治者的权力。他们说，要是你们来这里动坏脑筋，就得吃不了兜着走。什么坏脑筋？旅行者们说。我们是商人。是热爱和平的人。我们只在乎做生意。我们把麻烦留给疯子和懒虫。穆罕默德·阿卜杜拉购买了木头和茅草，为病人和货物搭建一座临时的棚屋。他在渐暗的暮色中监督施工，大声吆喝，举止夸张，逗得围观者大笑。然后，他下令将所有的包裹整齐地堆放在棚屋的中央，派人一刻不离地看守。

商人净身和祷告后，把优素福叫到面前，指示他应该带哪些礼物给查图。他说，如果我们在这儿的生意很好，就不枉此行了。穆罕默德·阿卜杜拉认为他们应该等到早上再说，夜间加强值守，静观事态发展。他们只配备了两支枪，也许应该把收起来的枪再拿几支出来备用。商人摇摇头。他急于在天黑前把礼物送到，以免因礼数不周而冒犯苏丹。优素福不难看出阿齐兹叔叔在担心，也可能是有点激动。他说，让我们看看那个姆费珀这样叫唤，是为自己还是为他的主人。狮子姆维尼将陪同优素福，他连忙收拾好货物，并挑选了五名运夫走过空地把它们搬到查图家里。恩尤恩多也得去帮他们翻译。因为又被委以重任，他又雀跃起来。但同伴们都取笑他，说他翻译时胡编乱造。他不时地摸摸脸上的伤痕，颇不以为然。

他们未受盘问就走进了查图家带有围墙的院子。进院子后，他们等人过来引导，很快就有两个年轻人来到他们面前，自称是查图的儿子。屋子外面坐了一些人，有几个人漫不经心地看了看他们。孩子们跑来跑去，沉迷于自己的游戏。

“我们给苏丹带来了礼物。”优素福说。

“还有老爷的问候。这一点也告诉他们。”狮子姆维尼坚定地补充道，好像在批评优素福。

两个年轻人陪同他们走向其中一所屋子，它与其他屋子的区别在于前面有个宽大的露台。几个男人坐在露台的矮凳上。姆费珀和其他长老也在其中。他们朝那儿走去时，一个瘦个子从矮凳上起身，微笑着迎候他们。待他们走近后，他走下露台，朝他们伸出一只手，口里说着欢迎之词。他似乎很高兴见到他们。优素福听过不少关于查图的传闻，对这种友好与随和不禁感到意外。他陪同他们走到露台，听着狮子姆维尼通过恩尤恩多转达的商人过于恭维的问候，显得有些不安。有时他对恩尤恩多所说的话感到惊讶，甚至怀疑。

“他说愧不敢当，”恩尤恩多说，“至于礼物，他感谢我们的慷慨。现在他说请坐下，别多嘴。他要我把我们的情况告诉他。”

“别犯蠢了，”狮子姆维尼对他吼道，“我们不是来这儿玩的。告诉我们他说了些什么，别开玩笑。”

“他叫我们坐下，”恩尤恩多挑衅地说，“别对我大吼，要不你自己跟他说去。行了，他想知道我们上这儿来是要干什么。”

“做生意呗。”狮子姆维尼说着，看了一眼优素福，示意他具体解释。

查图笑眯眯地转向优素福，他倚到靠背上，仔细打量他的模样。在查图悠悠的端详下，优素福一时说不出话来。他试图回以微笑，但他的脸却僵住了，他知道自己看起来肯定既愚蠢又恐惧。查图轻声笑了起来，他的牙齿在渐暗的光中发亮。“我们的商人会解释要做什么生意，”优素福最后说，心里有些担忧，“他派我们来只是为了转达他对您的敬意，并请您允许他明天登门拜访。”

这句话被翻译出来后，查图开心地笑了起来。“他说你说得真好，”恩尤恩多说，模仿着查图轻快的神态，“我把措辞全都改了，好让你听起来比实际更聪明，甭谢我。至于商人，他说任何人都可以随时来拜访他。他说，他只是民众的仆人。他想知道你是商人的仆人还是他儿子。”

“是仆人。”优素福说，体会着这种屈辱。

查图不再看他，转而对狮子姆维尼说了一会儿。恩尤恩多费力地翻译这番话，对查图几分钟的话语只说了不到一分钟。“如果一切顺利，他明天会见见商人。向导跟他说起过我们一路穿越森林而来。他说，愿我们的同伴尽快康复。哦，现在听听他说的话。他说照看好这个小帅哥。他就是这么说的。照看好这个小帅哥。要不要我问一下他是否有个女儿待字闺中？也可能是他自己看中了你。狮子，我们如果能把这伙计带回海滨，不被什么人从我们这儿抢走，就算走运了。”

狮子姆维尼向商人做了热情的汇报，说得那么热切真诚，连商人和领队都被打动了。他是多么友好，多么通情达理。商人说，我们在这儿准能做成大生意。我听说他们有很多象牙要卖。大多数人都累坏了，四仰八叉地躺在地上。没过多久，旅行者们的营地就安静下来，护卫们也尽量找个能靠的地方让自己舒服一下。优素福很快就睡着了，却突然在一片喧闹和闪烁的光中醒来。他在吃力地爬一座陡峭的山，突出的岩石和潜行的野兽令他心惊胆战。当他爬到悬崖边缘时，看到面前是汹涌的水，对岸是一堵高墙，上面有一道火焰门。光是疫病的颜色，鸟鸣是瘟疫的预言。一个模糊的身影在他身边出现，轻轻地说，你干得不错。还好没有淌着口水的狗在他身上翻找，他苦涩地想到，意识到自己不那么惊恐地打着颤了。他羞愧自己这一路上在这种寂静时刻居然也会产生这样的恐惧，忍不住看了看周围熟睡的同伴，尽量不去想他们已经如此接近已知世界的边缘。

他重新睡着后，查图的人从四面八方向他们袭来。他们迅速杀死护卫，缴了他们的武器，用棍棒将熟睡的人打醒。没有遭遇任何反抗，一场完美的突袭。袭击者兴奋不已，嘴里奚落挖苦着，把旅人赶到空地的中央。他们点燃火炬，高举在团团乱转的俘虏的头顶，命令俘虏们双手抱头蹲在地上。商队用肩膀扛来的一包包货物被欢笑的男女搬进了黑暗中。猎人们得意地围着他们转，比划出可笑的样子嘲笑他们，还拳打脚踢的，一直闹到天亮。

旅人们彼此大声鼓励，穆罕默德·阿卜杜拉的声音盖过呻吟和哀号，朝众大喊，要他们别泄气。有人哭了。队伍中有四个人被杀了，还有几个受伤了。在晨光中，优素福看到领队也挨了打。他的一边脸上和衣服上都糊着鲜血。“把死者盖上，”穆罕默德·阿卜杜拉说，“让他们体面一点，愿真主怜悯他们。”看到优素福时，他笑了。“至少我们的年轻人还跟我们在一起。如果失去他，噩运就要来了。”

“魔鬼之运，”有人叫道，“瞧瞧从头到尾他都给我们带来了什么运气。瞧瞧我们落得什么下场。我们失去了一切。”

“他们会杀了我们。”另一个人叫道。

“相信真主吧。”商人说。优素福没有起身，只是拖着脚步靠近阿齐兹叔叔。商人笑着拍拍他的肩膀。“别害怕。”他说。

天色越来越亮，镇里的人纷纷跑来看俘虏，一边笑，一边朝他们扔石头。他们就这样死盯着旅人们一个上午，什么事也不干，似乎就等着看这帮挤成一团的家伙会变出什么把戏。囚犯们被迫在原地大小解，这让孩子们和狗别提有多兴奋了。上午过去一半后，姆费珀叫商人去见查图。他说话的声音很大，语气透着轻蔑。“他要他也去，”恩尤恩多指着领队说，“还有昨晚去过的两个人。”

查图重新坐在露台上，身边围着一群长老。院子里挤满了人，个个满脸笑容，喜气洋洋。查图站起身，但没有走近囚犯。他神情严肃，向恩尤恩多招招手，恩尤恩多不情愿地上前。“他说他会慢慢地说，好让我听懂他说的一切，”恩尤恩多告诉其他人，“我会尽力的，兄弟们，但如果我弄错了，也请原谅。”

“相信真主吧。”商人温和地说。

查图厌恶地看了他一眼，开始说话。“他说，”恩尤恩多开口道，然后每说几句就停下来，直到查图接着说，“我们并没有请你们来，也不欢迎你们。你们的意图不厚道，来到这儿只是给我们带来邪恶和灾难。你们来这儿是要害我们。以前也来过一些人，像你们一样，给我们带来了苦难，我们不想再遭受了。他们来到我们的邻人家里，抓捕他们，把他们带走。从他们第一次来到我们的土地后，降临在我们头上的只有灾难。而你们又来落井下石。我们的地里不长庄稼，孩子生下来要么是瘸腿，要么是有病，牲口也死得不明不白。自从你们来到我们这儿，坏事接二连三。你们来了，把邪恶带进了我们的世界。这是他说的。”

“我们只是来做生意的。”商人说，但查图没有等待这句话被翻译。

“他不想听你说话，*bwana tajiri*①，”恩尤恩多急忙解

① 斯瓦希里语，意为“富有的先生”。

释，并努力跟上查图的话，“他说我们不会等到你们把我们变为奴隶，吞并我们的世界。你们那些人初到此地时，既没吃的也没穿的，是我们给你们食物。有些人病了，是我们照顾他们直到康复。然后你们对我们撒谎，欺骗我们。这是他说的。听听他说的话！现在是谁在撒谎？他说你们以为我们是野兽，应该继续忍受这种待遇吗？你们带来的这些货物全都属于我们，因为所有产自土地的东西都是我们的。所以我们要把它们从你们那儿拿走。这是他说的。”

“那你就是在打劫，”商人说，“在他重新开口之前把这话告诉他。我们带来的一切都理所当然是我们的，我们来这儿是为了用这些货物换取象牙、黄金和其他有价值的任何东西——”

查图打断了他，要求翻译，翻译完后，人群大声嘲笑。查图带着一脸的愤怒和轻蔑又开口了。“他说现在只有我们的性命属于我们。”恩尤恩多说。

商人微微一笑，说：“承蒙他的恩惠。”恩尤恩多没有翻译这句话。查图指着商人的钱袋，吩咐一名手下把它从他身上扯下来。

聚集的民众发出一声叹息，而查图则怒视着商人。过了片刻，他再次开口，语气缓慢而威严，愤怒和厌恶溢于言表。“他说已经有够多的灾难降临在他们身上。他不想我们的血溅在他们的土地上。否则他会叫我们再也不会给这个世界惹麻烦。他说在我们离开之前，他要教你的一个仆人懂点礼貌。这是他说的。”随着查图的一个手势，带他们穿过森林的那个向导从人群中走出来，碰了碰穆罕默德·阿卜杜拉的胸口，领队因为厌恶不由得皱了皱眉。在查图的示意下，两名男子一把将穆罕默德·阿卜杜拉扭住，其他人抄起棍子就殴打他。他的身体在重击下抽搐，鲜血从他的鼻孔喷了出来。人群的欢呼声彻底淹没了领队发出的任何声音，让他的抽搐看上去就像哑剧表演。即使他倒地一动不动了，人们仍不罢休。当他们住手后，领队的身体还在一阵阵地抽搐。

优素福看到阿齐兹叔叔的脸上淌下了泪水。

查图重新开口。人群失望地抱怨着，部分长老摇头反对。查图再次开口，在一片反对声中提高了嗓门。他说话时，一直看着恩尤恩多，手却指向商人。“他说快带着你邪恶的商队离开这儿，”恩尤恩多说，“他的民众不同意，但他说他不想给这片土地带来更多的灾难。他说看到那个年轻人，就希望我们不会都是邪恶的绑架者和猎食者……这让他产生了仁慈之心。快走吧，他说，趁他还没有改变主意和收回友善姿态。这个年轻人终于给我们带来了好运。”

“仁慈归于真主，”商人说，“把这话告诉他。小心地告诉他。仁慈归于真主。而不是由他来给予或收回。小心地告诉他。”

查图难以置信地盯着商人，长老们和那些围得很近、可以听见恩尤恩多柔声软语的人则大声嘲笑起来。“他说你嘴巴里的舌头很勇敢。他再跟你说一遍，以免它不听你的指挥瞎咧咧。带着你的人离开。这是他说的，先生。我觉得他又生气了。”

“我们得带上货物才走，”商人说，“告诉他，如果他想要的是我们的性命，就尽管拿去好了。它们一文不值。既饶我们不死，就要求他把货物也还给我们。买卖人做不了生意，又能走多远？告诉他，我们得带上货物才走。”

6

商人给大家描述了在苏丹宫殿里发生的事情：查图对他们的诅咒，穆罕默德·阿卜杜拉挨打，货物要被全部没收，他们要被逐出镇子，商人拒绝离开。他说谁想走就可以走。一时群情激奋，人们大声宣誓忠于商人，发誓听候真主安排的命运。狮子姆维尼告诉他们，是优素福的年轻救了他们，否则情况会更糟，一时又引来欢呼还有荤话。他们按猎人的要求一边安静地坐着，一边不得不考虑自己空空的肚子和生病的同伴。没有阴凉处可以躲避日晒，随着时间流逝，人们的不满也越发显现。他们把自己的衣服撑在木棍和绳子上，为伤员遮阳。

领队已经苏醒过来，因为发起了烧，身体一直在打着颤。他躺在地上呻吟，咕咕哝哝地说些谁也懒得去弄懂的话。每隔几分钟，他的眼睛就迷迷糊糊地睁开，四下里看看，仿佛不知道自己身在何处。大家等待着商人的决定，彼此争论着什么是最佳之策。他们不应该趁着还安全的时候离开吗？谁能知道查图接下来会干什么？他们现在该怎么办？如果留在镇里，他们会挨饿，如果不带着货物离开，还是会挨饿。搞不好还会给什么人抓住。

“看看人的身体是多么愚蠢，”阿齐兹叔叔对优素福说，嘴角又开始浮上那抹淡淡的、不可摧毁的笑容，“看看我们英勇的阿卜杜拉，看看他的身体是多么地不堪一击。换成一个不那么坚强的人，挨了那样一顿打，恐怕再也好不了了，但是他会。只不过还有比这更糟糕的事情，因为我们的本性依然卑劣奸诈。如果不是知道事实并非如此，我就会听信那位愤怒的苏丹的说法。他在我们身上看到了某种他想摧毁的东西，他在给我们编故事呢，想让我们惟命是从。如果我们能置自己的肉体于不顾，相信它们自己知道如何健康与快乐，那该多好。优素福，听到大家的抱怨了吧。你觉得我们该怎么办？不妨用你晚上做过的一个梦解析一下，好让我们得救，就像另一位优素福那样。”阿齐兹叔叔笑着说。

优素福摇摇头，叫他说看不出他们有任何希望，这话他说不出口。

“既然如此，那我们最好就待在这里挨饿吧。但这会让苏丹良心发现吗？”商人问，优素福心有所感，不禁皱起眉头。

“狮子，”商人喊道，招手叫狮子姆维尼过来，“你怎么想？我们是应该放弃货物离开，还是留在这里直至把它们拿回来？”

“我们应该离开，然后再回来开战。”狮子姆维尼毫不迟疑地说。

“既没有武器也没有换取武器的货物？这样的战争会是什么结局呢？”商人问道。

下午，查图给他们送来了一些熟香蕉和煮熟的山药，还有一些野味肉干。还有些镇民送来了水，供他们清洗饮用。后来，查图吩咐商人去见他，恩尤恩多、狮子姆维尼和优素福陪同前往。查图的院子里这一次没有人群，但长老们仍然坐在露台上，显得随意而自在，不再摆出那种威仪。优素福想，也许他们总是坐在那里，就像店铺前的老人们那样。查图声音很轻，仿佛思考良久后才想出这些话。“他说两年前我们的一群人来过这儿，”恩尤恩多说，他俯身向前，好听清苏丹轻声说的话，“有些人肤色较浅，像你一样，富有的老爷，另外一些人肤色更深。他们声称是来做生意的，像你一样。他说他给了他们金子、象牙和一些上好的兽皮。他们的商人说没有足够的货物可以交换，他们先回去，再带着所欠的货物回来。从那以后他就再也没有见过他们。他说那个商人是我们的兄弟。所以现在要拿我们的货物来偿还我们兄弟的欠债。这是他说的。”

不等商人开口，查图又接着说了起来，恩尤恩多不得不专心聆听。“他说不想知道你对此有何看法。他在你身上已经浪费了够多的时间。你当他是科伊科伊人吗？科伊科伊人会任由陌生人偷走他的东西，自己只管在月光下跳舞。他只是要你们尽快离开，以免生出事端。他说，这里的人并非都赞同他，但他希望了结此事。他仔细考虑后，才做出以下决定。他会给你一些货物拿去交易，算作离开这里的盘缠。现在他想知道你的意思。”

商人沉默良久。“告诉他，他的决定表明他是一位智慧的统治者，但他的判断并不公正。”他最后说。

查图听到翻译后笑了。“是什么把你们从自己的家乡一直带到这儿？为了寻求公正？这是他问的。他说，如果真是如此，那就给你们看看什么是公正。我之所以要拿走你们的货物，就是为了给我的人民以公正，因为他们在你的兄弟那儿损失了财物。现在去找你那位偷盗的兄弟吧，从他那儿求得你要的公正吧。我想他是这么说的。”

第二天，他们继续谈判，争论商人可以带走多少货物，以及之前被拿走的东西的价值，他们欠了查图多少。长老们坐在他们周围，帮忙出些主意，查图虽然态度亲切却并未理会。一些年轻人想马上得到他们从护卫那儿夺来的三支枪，拿去打猎，但查图同样没有理睬。边上没有女人，不过优素福看到她们在院子周围转悠，忙于自己的事情。恩尤恩多努力翻译每个人的话，双方都怀疑地看着他。商人问，在他们仍然被羁押在查图的镇子里，直到伤员的身体好转可以旅行之前，能否允许他们自由走动，也许可以为镇里的人干点活以换取食物？查图同意了，条件是把优素福押在他身边。那天晚上，当优素福睡在查图大院里一栋屋子的露台上时，有两名旅行者悄悄地逃走，求救去了。

优素福在查图家受到了款待。苏丹亲自跟他说话，尽管优素福只能听懂寥寥数语。也可能是他觉得自己懂了，因为好多词听起来都耳熟。根据查图的表情以及自己听懂的少数词语，优素福猜测着他的提问，并顺着那些思路回答：他们走了多远，他的土地上生活着多少人，他们为何不辞遥远来到这里。优素福说这些事情的时候表情严肃，但苏丹和他的长老们似乎并不懂他在说些什么。第二天，商人来进行新一轮的谈判，把优素福上下打量了一番，笑了。

“我一切都好。”优素福说。

“你干得不错，”阿齐兹叔叔说，仍然带着笑容，“过来坐在我身边，好让我们听听苏丹讲你的故事。”

优素福不能离开有围墙的院子，没有召唤也不得靠近露台，查图和长老们每天大部分时间都待在那里。长老们难道没有自己喜欢干的工作，也没有需要照料乃至可以带着欣赏和快乐的心情注视的农场吗？也许商队在他们小镇的出现使得他们将诸事抛到了脑后。优素福也整天坐在阴凉处，等待时间流逝，看女人们干活。在外人看来，这些人打发日子的方式似乎只是坐在阴凉处，直视着前方。

女人们戏弄他，笑着大声同他搭讪，虽然那些话和笑容感觉并不是很友好。她们派一些少女过来给他送些小礼物，向他求欢。反正优素福觉得那是求欢，自行翻译打发时间：今天下午趁我丈夫午休时来看我吧。你要不要洗个手？你身上痒吗，要不要我挠一挠？有时她们会扯着嗓子对他大叫，还哈哈笑着，有个年纪大的女人每次经过时都冲他飞吻，还扭屁股。给他送饭的姑娘坐在几英尺之外，直勾勾地盯着他吃饭。她有时也跟他说话，皱着眉头，神情专注。他避开她几乎一丝不挂的胸脯。她招呼他看她戴在脖子上的珠子，把它们稍稍撩起来叫他欣赏。

“珠子。我知道这是什么，”优素福说，“我不明白人们为什么那么喜欢珠子。在我们经过的一些地方，人们拿整只羊来换一把珠子。它们只是小饰品。你能用珠子干什么呢？”

还有一次，他问她：“你叫什么名字？”但无法让她理解。她长着一张瓜子脸和一双笑眯眯的眼睛，他觉得很可爱。她常常一言不发地坐在他旁边，他觉得自己应该显示出男人样，但又不想显得对她不敬。每当他表示需要什么，他们就派她送来。当阿齐兹叔叔来谈判时，连查图都开始拿这件事取笑优素福。“他说听说我们的年轻人已经娶了他们的一位姑娘，如此我们的债务就不得不又多了一笔，”恩尤恩多说，对优素福咧嘴一笑，“你这个不要脸的，进展很快啊。他说让他留在这儿，给巴蒂几个儿子。这些生意跟他这样健康的年轻人有何关系？他说让他留在这儿，巴蒂会教他生活。”

巴蒂，这就是她的名字。优素福现在看到，每当巴蒂走近他，旁观的人都会交换眼神会意而笑。他在查图院子里的第四个晚上，那姑娘天黑后来看他。她坐在他的垫子旁，轻轻地哼着歌，用手抚摸他的脸和头发。他一言不发地抚摸着她，爱抚令他体会到巨大的舒服和快乐。她没有久留，仿佛想起什么突然就离开了。第二天一整天，他都情不自禁地想着她。每次看到她，他都难掩笑容。女人们看到他们就拍手，起哄，拿这场喜剧说笑。

阿齐兹叔叔那天又来见查图，并找准机会跟优素福谈了谈。“你做好准备，”他说，“我们很快会在哪个晚上离开。我们会尽量拿回货物再突围。会有危险。”

当天晚上，姑娘又来找他，像以前一样坐在他身边。他们互相抚摸，直至躺倒。他快乐地叹息着，但她几乎马上又坐起来准备离开。“别走。”他说。

她低声说了句什么，用手掌捂住他的嘴。兴奋之下，他提高了声音，看到她在黑暗中微笑。附近的屋子里有人在咳嗽，巴蒂跑进了黑暗中。优素福久久难眠，反复回味那短暂的快乐时刻，期待着天早点亮，好再见到她。他没想到自己的身体对她这么渴望，她那样突然离开令他这么痛苦。他想起查图和商人，料想他们对他的所为会感到生气。这一来他又心生忧虑，为了缓解这种忧虑，他怀着巴蒂激起的迫切渴望自慰。然后他强迫自己不再多想，尽早入睡。

第二天早上，他看到她和几个女人一起离开院子，往农场走去。她回头看了看他，女人们不禁大笑起来，仿佛知道了两人间的一切。这是爱情，她们叫道。准备什么时候成亲？也许，至少优素福认为她们是这么说的。

7

上午十点左右，一支队伍进入小镇。领头的是个欧洲人，他带领手下直接走向查图住所前的空地。很快就搭起了一顶大帐篷，还竖起了旗杆。欧洲人身材高大，已经开始秃顶，留着大胡子，穿着衬衫和长裤，拿着一顶宽边帽为自己扇风。他的手下为他摆好一张桌子，他坐到桌子后面，马上在一个本子上写了起来。他的队伍由几十名本地士兵[①]和运

① 原文 askaris，指在非洲为欧洲殖民军队服务的当地士兵，这个词常用于非洲东北部、中部和大湖区。

夫组成，都穿着短裤和宽松的衬衫。人们聚集在营地周围，但被荷枪实弹的士兵挡在一段距离之外。商人一听到队伍到来的消息，就赶来见欧洲人，虽然起初被士兵阻拦，还是设法让欧洲人看到了他。欧洲人写完后，朝这个穿着飘逸白袍的男人看去，并示意他靠近。士兵头目会说一口流利的斯瓦希里语，便上前翻译。商人连忙讲了自己的经历，请求还回失去的货物。欧洲人听了事情的经过，打了个哈欠，说他现在要休息了，等他睡醒后让查图来见他。

商人和查图在空地上等着欧洲人睡醒。阿齐兹叔叔的手下奚落查图道，现在大人物来了，有的你好瞧了，你这个盗贼。查图问恩尤恩多以前是否见过欧洲人。他听说他们能吃金属。这是真的吗？不管怎样，他一听到召唤就来了，他可不想给自己带来更多的麻烦。“他问你知道他们的来头吗？”恩尤恩多对商人说。

“告诉他，他很快就会明白，”商人说，“但天黑前让他把我的东西还给我。”

优素福和他的旅伴们站在一起，他们开心地拿他在苏丹家的假期取笑。欧洲人终于从帐篷里出来，他面孔发红，留着睡痕。他旁若无人，兀自从头到脚洗了一遍，才不理会那么多人的围观。然后他坐到桌旁，吃起仆人摆在他面前的食物。吃完后，他示意商人和查图靠近。

“你就是查图吗？”他问。

士兵头目为查图翻译了欧洲人的话，恩尤恩多则为商人翻译了头目的话。苏丹朝翻译点点头，又迅速转头看欧洲人。他后来会说，那个红光发亮的男人耳朵里长毛，他从没见过那么奇怪的东西。

“你，查图，还当自己是个大人物了不成？你是这么想的吗？”欧洲人再次开口，翻译问道，“你怎么抢别人的财物？你不怕政府的法律吗？”

“什么政府？你在说什么？”查图对翻译提高了嗓门。

“什么政府？你想看看什么政府吗？朋友，你跟我讲话时最好别那么大声。知不知道有人跟你一样，也是大嘴巴，被政府堵上了嘴还铐了起来？”翻译厉声问。恩尤恩多大声译出这些话，引得商人的手下一片欢呼。

“他是来收奴隶的吗？”查图愤怒地问，“你们这位大人物，是来这儿收奴隶的吗？”

欧洲人不耐烦地说着，气得脸通红。“别废话了，”翻译说，“政府不买卖奴隶。是这些人在买奴隶，大人物是来阻止他们的。去把这些人的货物拿出来，否则你会吃不了兜着走。”

“我并非无缘无故地拿走他们的货物。他们的一个兄弟拿走了我的象牙和黄金。”查图抱怨道，他的嗓门又不满地升高了。

“这些他都听说了，”翻译说，干脆全权负责起来，“他不想再听了。把属于这些人的货物都拿出来。这是大人物说的……否则很快叫你知道政府的厉害。”

查图环顾营地，不知如何是好。欧洲人突然站起来伸了个懒腰。“他能吃金属吗？”查图问道。

“他想干什么就能干什么，”翻译说，“但现在你如果不按他说的做，他会让你吃屎。”

商人的手下爆发出阵阵欢呼和嘲笑，他们大骂查图，祈祷真主让他和他的镇子下地狱。剩下的东西都被搬了出来。欧洲人命令商人和他的手下马上离开，返回自己的老家，只是得把他们的三支枪留下。既然政府给这片土地带来了秩序，就不需要枪了。枪支只会引发战争和抓人。翻译说，快走吧，大人物与这位酋长还有公务。商人很想去屋内搜寻丢失的货物，但并未争辩。他们匆匆收拾打包，为被释放欣喜和得意。优素福环顾周围忙作一团的人群，希望看巴蒂最后一眼。未及天黑，他们就到了山野，重新踏上艰苦的旅程，前往马林博位于湖边的小镇。他们在陡峭的小路上手脚并用，近乎仓皇，寄托于狮子姆维尼还记得他们之前的路线——唯有对他而言，他们的第一次穿越森林之旅才没有化为可怕的噩梦。

大家给查图编了一首歌，唱他是一条蟒蛇，被一个耳朵长毛的欧洲精灵吞掉，但森林消抹了他们的声音，没有带来回响。商人为没能解决他们与苏丹之间的问题而难过。“欧洲人既然来到了那儿，就会占领所有的土地。”他说。

他们在马林博的镇子上待了几周，一边休整，一边尽量做点生意，并希望从查图的小镇逃出来的两个人会出现。大家能做的事情很有限。起初，在脱身的喜悦中，他们兴高采烈四处晃荡花钱，跳舞、庆祝，大吃大喝。到了晚上，他们打牌，聊天，拍打在他们的头顶盘旋、搅得他们不得安宁的蚊群。有些人还在镇上追女人。他们从居民那里买来啤酒偷偷地喝，喝高了，就在夜晚的街道上哀号，咒骂命运让他们陷入悲惨境地。领队挨打后身体渐渐康复，只是小腿上有一道伤口还没有痊愈，但皮肉之痛和精神上的屈辱使他变得萎靡和沉默，不再吆三喝四。狮子姆维尼疏远所有人，受雇到一艘渔船上打工。队伍内部很快就发生争吵，彼此威胁，刀刃相见。马林博向商人抱怨他手下的胡作非为，但拿了好处作为封口费。优素福看到阿齐兹叔叔一身疲态。他的肩膀无力地耷拉着，一连几个小时坐在那儿不言不语。优素福看着他置身于傍晚的幽暗中，忽然觉得他就像一只柔软的小动物，失去了自己的壳，这会儿困在户外不敢动弹。他跟优素福说话时，声音还是那样温和、饶有兴致的模样，但说的话既无锋芒也不见机智。优素福开始担心他们就要被抛弃在这荒山野岭了。到了傍晚，夕阳有时照在身上时，那一刻，他觉得自己在燃烧。

有一天，优素福问领队：“我们该启程了吗？”他们坐在一张垫子上，优素福尽量不去看领队腿上发亮的伤口。他仰望天空，那满天繁星令他感到眩晕。它们犹如一堵用亮石砌成的墙，在向他们急速坠来。

“跟老爷谈谈，”穆罕默德 · 阿卜杜拉对他说，“他不再听我的了。我告诉过他我们应该离开，不要等着都烂在这座地狱里，但他心事重重，不听我的。”

“我怎么说呢？我不敢跟他说话。”优素福说，但是，他知道自己会去说的。

“他很看重你。跟他谈谈，听听他的意思。但要告诉他我们必须离开。你不再是小孩子了，”穆罕默德 · 阿卜杜拉粗暴地说，“你知道他为什么对你好吗？因为你安静而坚定，你会为夜晚的异象而哭泣，可我们其他人却看不到那些异象。也许他认为你受到了祝福。”听到领队话里有话，优素福不禁一笑。受到祝福也就是委婉地说他是个疯子。穆罕默德 · 阿卜杜拉也对他咧嘴笑了，很高兴他听懂了他的笑话。过了一会儿，他伸出手来轻轻地捏了捏优素福的大腿。

“这趟旅程你真是长壮了不少。”他说着，移开了视线。见穆罕默德 · 阿卜杜拉的围腰布下已经勃起，优素福马上起身离开。他听到领队兀自嘿嘿一笑，清了清嗓子。优素福走到湖边去看渔民们最后的渔获。

他一直等到第二天上午十点左右，空气已经变暖，而一天的负担还没有压在他们身上。他说：“我们该离开了吗，阿齐兹叔叔？”他坐在几英尺之外，倾身向前以示恭敬。首先他不是你叔叔！自从失去自由以来，他还是第一次称他为叔叔，但眼下情况特殊。

“是的，我们几天前就该离开了，”商人说，笑了，“你担心了吗？我看到你一直在观察我。是一种沉重感让我留在这儿。说萎靡也好，疲惫也行……听说那些混账行为不检点，所以也许我们该带他们离开这儿了。我们待会儿就把领队和狮子叫来，但现在陪我坐一下，跟我讲讲你对这一切怎么看。”

他们默默地坐了一会儿。优素福感到自己生活的支柱仿佛从手中挣脱了，他却任由它挣脱，并不阻拦。他起身离开。他独自默默地坐了很久，因为愧疚而感到麻木——愧疚自己这些年没能再忆起父母。他不知道父母是否还想他，不知道他们是否还在世，他知道自己宁可不要找到答案。此情此景，记忆闸门打开，被遗弃的画面不断涌现。他们都责怪他自我疏忽。他的日子被各种事件所安排，他把脑袋探出瓦砾，盯着不远处的地平线，他宁愿无知，也不想了解对于未来的那些无用的知识。他想不出有什么办法可以将自己从这种失去自由的生活中解脱出来。

首先他不是你叔叔。尽管郁闷和突如其来的自怜，想起哈利勒，他还是不由得笑了。如果要保持清醒，他也会变成那样。就像哈利勒。神经兮兮，喜欢争论，看不到任何出路，喜欢依赖他人。独自困于远乡。他想起哈利勒不停地与顾客们开玩笑，想起他不可思议的快乐，明白那只是在掩盖不为人知的伤痛。就像背井离乡的卡拉辛加一样。像他们所有人一样，陷在某个气味难闻的地方，满腔的渴望，只是通过幻想失去的完整来寻求安慰。

8

商人说，此行要不亏本——就不必谈赚钱了——唯一的办法就是走另一条路线，穿过人口更多的地区。鉴于队伍中病患众多，行程将很缓慢，但无论如何，快慢才不是他们关心的问题。与出发时相比，他们已经减员近四分之一，一路上的破财消灾加上查图的抢劫，他们的货物也折损了将近一半。

他们踏上南行的路线，从大湖的南边绕过。领队重新担负起责任，但不见了往日的生猛。他和商人都比以前更加依赖狮子姆维尼。他们途经之处商机不能算少，但队伍携带的货物在这里价值不大，而本地的产品也不如象牙那么贵重。在有些地方，他们可以买到犀牛角，但多数时候能买到兽皮和树胶就算不错了。为了做成生意，他们马不停蹄，尽力寻找居民点和城镇，几天后渐渐摸出了一点门道。出门时优素福曾心怀惊奇与畏惧，现在却变成了一个灰扑扑的、令人厌倦的模糊的噩梦。蚊虫叮咬他们，荆棘和灌木划伤他们。一天晚上，甚至冲来一群狒狒，抢走了它们能带走的一切。自那之后，他们每到一站就建起围栏，因为没有了枪，他们担心夜间出没的野兽更为凶猛的袭击。走到哪里，德国人的传闻就跟到哪里，说他们禁止人们索取贡品，甚至绞死了一些人，谁也不明白是什么原因。狮子姆维尼带领他们机敏地避开那些听人说起过的德国人的站点。

回程他们花了五个月，路上走得很慢，有时还不得不在农场干活以换取食物。在一条大河以北的姆卡利卡利镇，他们被迫停留了八天，直到为苏丹的牲口建好围栏。苏丹坚持要这样才肯卖给他们旅途所需的干粮。

“你们的商队贸易完蛋了，”姆卡利卡利的苏丹说，“那些德国人！他们毫无怜悯之心。他们对我们说不希望你们在这儿，因为你们会让我们成为奴隶。我跟他们说谁也不能让我们成为奴隶。谁也不能！我们曾经把奴隶卖给来自海边的那些人。我们了解他们，不怕他们。”

“现在欧洲人和印度人会夺走一切。”商人说，苏丹不禁笑了。

在基贡果，他们必须先在长老们的农场干活，才能卖锄头。这当儿，商人病了。在基贡果停留了三天后，他坚持要离开，却不让人抬着他走。他说，这些盗贼每天从他们这儿拿走那么多，给他们的却这么少，他再也无法忍受这些人了。由于他生着病，他们经常休息，优素福走在他旁边，在他累了的时候帮上一把。到达姆普韦利时，他们知道离大海不远了。他们在这里休息了几天，阿齐兹叔叔受到一位在镇里开店的老朋友的欢迎。他含着泪水听了他们一路的磨难。你挣的钱够支付印度人吗？他问商人。阿齐兹叔叔耸了耸肩。

离开姆普韦利后，他们匆匆赶往海边，六天后来到了家乡的镇郊。回家的兴奋被疲惫和挫败感冲淡了。他们衣衫褴褛，饥饿令他们面容悲戚。他们在一口池塘边扎营，好好清洗了一番，然后商人带领他们祷告，祈求真主原谅他们可能犯下的任何错误。第二天上午，他们朝镇子走去，领头的是一名号手，无论如何他都坚持要吹奏，那尖厉的曲调虽然极力想显得快活喜庆，听起来却刺耳而悲伤。

第五章

心心念念的树林

1

优素福后来记不起他们到达的时刻。回来后的日子里，充斥着主屋周围和空地上的人群，连同听得见的吵嚷声。运夫和护卫们也在这里，一边等待付酬，一边讲述他们英勇生存的故事，抱怨自己运气不好。商人家主屋旁边的大院子里，竖起了不少帐篷，燃起了数堆篝火，犹如一个小村落，日夜都有好奇者光顾，还有商贩向他们兜售食物和咖啡。路边出现了简易小摊，烤肉和炸鱼的香味把很多人吸引了过去。觅食的乌鸦放弃其他的事务，成群地藏在附近的树上，锐利明亮的眼睛不停地搜索，寻找未被守护的剩食。营地的边缘垃圾成堆，随着日子一天天过去，黏稠的液体从中渗出，形成一道道细流。

商人在店铺前的露台上接待络绎不绝的客人。平常坐在这里的老人们礼貌地让出位置，但默默地待在一旁不肯离开。他们也想近观商人回家的大戏。商人的客人们都是一副挂念的样子，无所事事地陪他很长时间，听他讲述这趟旅行，不时发出突然的惊叹或同情的低呼。他们聊天喝咖啡时，激动的人群在旁边转来转去。有时，一两位客人拿出笔记本，匆匆地记些什么，或者逛到主屋旁边的库房。穆罕默德·阿卜杜拉被安置在其中的一间库房里，有待从疲惫和发烧中恢复，他还遭受着奇怪疼痛的折磨——这种疼痛从在查图的镇子挨打后就开始了。通向他房间的敞开的门口挂着一块布，每当微风吹过，就会慢悠悠地飘动。客人们停下来问候他，祝他健康，然后再去看其他的库房。

“他们是来啄食老爷的骨头的。”哈利勒对优素福说。

他的头上已经有了白发，瘦削的脸比优素福记忆中的更尖了。看到他们回来，他欣喜若狂，围着优素福又蹦又跳，捏捏他的肌肉，拍拍他的背部，他的喜悦令优素福简直受不了。“他回来了，”他告诉顾客们，“我的小弟弟回来了。不过瞧瞧他都长多么大了！”最初的混乱过去后，他把优素福拽回店里，坚决要求他来干点实实在在的活儿改变一下。阿齐兹叔叔纵容地一笑，于是优素福明白这也是商人的意愿。他喜欢让他随叫随到，常常要他来礼貌地招待一下客人，然后用一些不经意的赞赏表示来奖励他。哈利勒滔滔不绝地跟优素福说话，偶尔停下来应对一下顾客，请他们欣赏归来的旅行者。“瞧瞧这些肌肉。谁能想到那个弱不禁风的小活鬼会变成这样？不知道山背后的人给他吃的什么，让他长得这么壮实，可以娶你们的某个女儿了。”到了夜晚，营地里嗡嗡低语，爆发出一阵阵笑声或歌声时，他们把被褥铺在露台的一角。每天晚上，哈利勒都说："好了，跟我讲讲旅行的故事。我什么都想听。"

优素福感觉自己仿佛正在从噩梦中醒来。他告诉哈利勒，在旅途中，他经常觉得自己是一只掉了壳并困在户外的软肉动物，是一头肮脏丑陋的野兽，在瓦砾和荆棘中盲目地蹭着自己的路。他觉得他们都是这样，在茫茫荒野中盲目地跌跌撞撞。他说，他感受到的恐惧不同于平常的害怕。他仿佛不是真的存在，仿佛生活在梦中，在毁灭的边缘。他不禁纳闷人们那么想要的究竟是什么，以至于可以使他们为了找地方做生意而克服那种恐惧。他说，不完全是恐惧，不是，但使一切付之于形的是恐惧。他看到过绝对无法预料的景象。

"山上的光是绿色的，"他说，"完全不像我想象的那样。空气仿佛被洗干净了。早晨，太阳照在雪峰上时，感觉就像永恒，像一个永远不会改变的时刻。傍晚的水边，一个声音直冲云霄。一天黄昏，在上山的途中，我们停在一道瀑布旁。那儿很美，仿佛一切都很完美。我从未见过那么美的景象。你能听到真主的呼吸。但是来了一个人，想把我们赶走。无论白天黑夜，到处都跃动、嗡鸣、因为嘈杂的声音而震颤。一天下午，在一座湖边，我看到两只鱼鹰平静地栖息在一棵桉树的树枝上。突然，它们同时奋力大叫，仰着脖子，张开的喙指着天空，扇动翅膀，绷紧身体，凶猛地叫了两三声。过了片刻，湖对岸传来微弱的应答。几分钟后，雄鸟身上掉下一根白色的羽毛，在那巨大的寂静中缓缓飘落在地。”

哈利勒一言不发地听着，偶尔“嗯”一声以示鼓励。但当优素福猜测哈利勒已经睡着而停下时，黑暗中就会响起一个问题来提示他。有时，回想起那到处都是人和动物的巨大的红土地，还有那矗立在湖边、犹如火焰墙一般的悬崖，优素福自己都感到震撼莫名。

“就像天堂之门。”优素福说。

哈利勒难以置信地轻哼了一声。“那么是谁住在那座天堂里？是野蛮人和盗贼，他们抢劫无辜的商人，为了几个小饰品就出卖自己的兄弟，”他说，“他们没有真主或宗教，甚至没有淳朴日常的怜悯之心。就像跟他们一起生活在那儿的野兽一样。”优素福知道大家就是这样互相激将，好再讲一遍查图的故事，但他保持沉默。只要想起在查图的小镇逗留的时光，他就还会想起巴蒂以及她温暖的气息吹在他脖子上的感觉。想到哈利勒如果知道了一定会笑话他，他就难为情。

“穆罕默德·阿卜杜拉那个恶魔怎么样？野蛮人苏丹真的教训了他一顿吧？你当时在场！但在那之前……在那之前他干了什么？”哈利勒问，“每次旅行后，人们都带回一些可怕的故事。你知道他的口碑不好，对吧？”

过了一会儿，优素福说：“他对我还好。”在沉默中，他看到领队在火光中跳舞，尽显自负和傲慢，并努力掩饰自己的肩痛。

“你不该那么轻信，”哈利勒生气地说，“他是个危险分子。好了，你见过狼人吗？肯定见过。没有？也许他们等在更深的森林里。我知道他们在那一带很闻名。你见过任何奇怪的动物吗？”

“我没有见过狼人，”优素福说，“他们可能在躲避在那一带走动的怪兽。”

哈利勒大笑起来。“看来你再也不怕狼人了。你都长这么大了！我们该给你成亲了。阿朱扎大妈还在等你，她下次见到你时，不管你是否长大，她又会闻你的鸡巴。她这些年一直在思念你。”

阿朱扎大妈在店里看到他时，万分惊讶，目瞪口呆。她一动不动地站了很久，既说不出话，也不知如何是好。接着，她开心地缓缓笑了。他发现她的动作很沉重，神态很疲惫。“啊，我丈夫回到我身边了，”她说，“感谢真主！而且他看起来多么漂亮。我现在得提防别的姑娘。”但她的调侃却毫无热情，声音也带着一丝歉意和恭敬，仿佛怕他对她感到不满。

“漂亮的是你，阿朱扎大妈，”哈利勒说，“而不是这个弱不禁风的年轻人，真爱送到眼前他却看不出来。你干吗不选我呢，美人儿？我会给你很多的烟草吸。你今天感觉怎样？家里都好吗？”

“都还是那样。感谢真主为我们选择了这一切，”她说，声音因自怜而升高，“不管**他**是让我们贫穷还是富有，软弱还是强大，我们能说的只有感谢真主。我们感谢**你**。如果**他**都不知道什么对我们最好，那还有谁知道呢？行了，安静点儿。让我跟我丈夫谈谈。希望你外出期间没有跟别的女人胡搞。你什么时候回去跟我一起住？我给你备好了大餐。”

“别惹他，阿朱扎大妈，”哈利勒说，“他现在是狼人了。会去你家把你吃掉的。”

听到这话，阿朱扎大妈假意低呼一声，使得哈利勒开心又色眯眯地扭起了屁股。优素福看到哈利勒对阿朱扎大妈买的东西给的分量都很足，看到他还加了一包糖。“那我今晚会在老时间见到你吗？”哈利勒问，“我需要按摩。”

“你先是偷我的东西，然后又干涉我，”阿朱扎大妈叫道，“离我远点，*mtoto wa shetani*①。”

“瞧见了吧，她对你念念不忘。”哈利勒对优素福说，并拍拍他的肩膀给他鼓劲。

---

① 斯瓦希里语，意为“魔鬼之子”。

2

由于到处都是陌生人，花园围墙的门一直紧闭，只有哈利勒和阿齐兹叔叔以及园丁哈姆达尼老头可以出入。优素福看到大树的树冠伸出墙头，听到拂晓时的鸟鸣，很想再去心心念念的树林里漫步。每天上午，他看到哈姆达尼老头小心翼翼地穿过空地，绕过帐篷和垃圾堆，似乎对它们视而不见。他既不左顾也不右盼，径直走向花园的院墙门。到了下午，他再同样默默地离开。优素福花了几天的时间才鼓起勇气，站在哈姆达尼老头不可能看不到的地方。老人对他视若无睹。优素福起初有点受伤，但接着暗自一笑，退开了。

空地上的人开始陆续离开。阿齐兹叔叔还在跟债主和其他商人谈判，但队伍里的人渐渐变得厌烦和难以对付。他们拿着凭据来找他，上面写有他们最初与商人达成协议的条款。商人自己在账本上记下账目时，穆罕默德·阿卜杜拉和狮子姆维尼也在场作证。他们收下商人给他们的钱，还收到一份商人欠他们多少钱的凭据。阿齐兹叔叔对每个人都做了解释，不会有承诺的利润分成。事实上，他很可能不得不另找渠道借钱还贷。大家不相信他，但也只是私下里吐槽。大商人都是出了名的奸诈，会盘剥跟他们出行的人。他们对商人唠唠叨叨好说歹说，恳求他多给一点。恩尤恩多请求把他作为翻译的宝贵服务计算在内，商人点点头，更改了他的凭据。他们在账本上签字表明得到了报酬后，穆罕默德·阿卜杜拉和狮子姆维尼——两人都不会写字——就在他们的凭据上做个标记。有些人迟迟不收凭据，把争执留到后面，但最终都不得不接受商人的条件，否则就什么都没有。对那些在旅行中丧命的人，则给他们的家属送去了他们已故的亲人会收到的那一份。阿齐兹叔叔送了足量的白棉布作为裹尸布，尽管他们的遗体已经被葬在数百英里之外，他还自掏腰包补贴了一点。“用于葬礼祷告。”他会对受托送钱的人说。

至于那两个逃出查图的镇子再也没有露面的人，阿齐兹叔叔则留下了他们的钱。如果他把钱交给他们的家人，然后他们又出现，就可能一辈子都争不清楚。如果不给，迟早会有亲戚来讨要，并骂他不守信用。但这种恶相对要轻一些，商人说。

大家离开后，小商贩和小食摊也走了，只留下乌鸦在留下的垃圾中翻找。“下一次旅行别忘了我们。”大家离开时对穆罕默德·阿卜杜拉说。他们这样说是出于好意，因为领队显然病体未愈，疲惫而虚弱。“我们不是为你很尽力吗？只不过真主没有保佑我们的旅程。所以别忘了我们，领队。”

“你们想要怎样的下一次旅行？不会有下一次旅行了，”领队说，他傲慢的面孔因为恶意和嘲弄而显得残酷，

“欧洲人夺走了一切。”

最后收钱的是穆罕默德·阿卜杜拉和狮子姆维尼。他们连连称谢地收下自己那一份，几乎没有看得到了多少。然后他们礼貌地陪着商人坐在露台上，不确定自己对他是否还有用，但是又不愿太快离开，以免令商人不悦。当两人都起身准备离开时，商人抬手拦住狮子姆维尼。穆罕默德·阿卜杜拉眼睛看着地面，一动不动地站了片刻，然后平静地走开。

哈利勒用胳膊肘碰了碰优素福，他们正在观看穆罕默德·阿卜杜拉被解雇这一幕。哈利勒得意得容光焕发，仿佛他亲自策划了这场政变。“终于摆脱这条肮脏的狗了，”他低声说，“现在他得返回荒野去折磨他的动物了。离开这儿，你这条狗！”

优素福对哈利勒这么强烈的厌恶感到惊讶，便期待地望着他，等一个解释。但哈利勒转过头去，开始重新整理店铺柜台上的米箱和豆子箱。他飞快地眨了眨眼睛，撇了撇嘴角，似乎在努力控制自己。他紧绷的脸上青筋突起，使他看起来很脆弱。他不安地抬眼看向优素福，笑了笑。优素福又做了一个询问的表情，但哈利勒假装没有看到。然后他唱起了歌，一边轻轻地拍手，一边漫不经心地看路上是否有顾客。

当天下午，穆罕默德·阿卜杜拉坐在露台上，旁边放着行李，准备出发。他在等商人午休醒来。优素福一个人待在店铺柜台后，但没有顾客。哈利勒已经去店铺的后面睡觉。穆罕默德·阿卜杜拉向优素福招手，请他跟他一起坐在长凳上。“你会怎么样？”他粗鲁地问。优素福默默地坐着，等着听穆罕默德·阿卜杜拉想对他说什么。过了片刻，穆罕默德·阿卜杜拉嘲弄地哼了一声，摇了摇头。“那些噩梦！像个生病的孩子一样在黑暗中哭泣！你晚上梦见什么了，竟然比我们所经历的邪恶还要可怕？除此之外，对这样一个小帅哥来说，你表现得很好。你忍受了一切，睁大了眼睛，要你干什么就干什么。如果再经历一次旅行，你会变得像铁一般结实。但现在到处都是欧洲狗，再也不会有旅行了。等他们整垮我们之后，会肆意糟践我们。把我们糟践得不成人样。我们会比他们要我们吃的屎还不如。所有的恶都会是我们的，我们这种血统的人，以至于连光着身子的野蛮人都可以鄙视我们。你等着瞧吧。”

优素福一直盯着穆罕默德·阿卜杜拉，但感觉到哈利勒已经从店铺后面出现了。“老爷……是个精明透顶的商人，尽管这次旅行不顺，”穆罕默德·阿卜杜拉接着说道，“可惜你没看到我们上次去曼耶玛时的情形。他不在意冒险，无所畏惧。无所畏惧！他丝毫不傻，因为他能看清世界的真相。而世界是个残酷恶劣的地方，这一点你知道。向他学习！留点神，留点神……别让他们把你变成一个小掌柜，就像你以前在他家里住过的那个蠢胖子那样。那个大屁股的哈米德和空荡荡的店铺。他自称为*Muungwana*，有教养的人，其实不过是一个胖胖的小圆球，像他的那些胖胖的白鸽子一样大摇大摆走来走去。等老爷这次跟他结账后，他就不会有多少教养了。也别像那边那个小女人。那个。别让他们把你变成他那样的人。”穆罕默德·阿卜杜拉拿起手杖，指向店铺柜台，哈利勒正站在那儿看着他们。他对哈利勒怒目而视，似乎看他是否敢抗议。当他不再说什么时，优素福起身离开。“留点神。”穆罕默德·阿卜杜拉笑着说。

3

狮子姆维尼陪同阿齐兹叔叔去城里跟债主们商谈和安排还债事宜。他说，虽然没有参与他们的讨论，他对发生的事情还是有所了解。回来后，他把了解到的关于商人生意的情况告诉了哈利勒和优素福。损失惨重，所有的债主都得分担，但沉重的负担还是落在商人的身上。“但是他太精明了，不会独自被套住，印度人也损失了很多钱，所以他别无选择，只能帮忙。我们得乘火车再出门一趟。去一个地方，我们先生说他有贵重物品在那里。但只有先生和我去。”狮子姆维尼对优素福笑着，自鸣得意地说。

“在哪儿？什么贵重物品？在哈米德的店里吗？”优素福问。

“他一无所知。”哈利勒说。自从其他人离开后，狮子姆维尼就失去了几分令人生畏的气势，有时还觉得哈利勒的精力过人不好对付。“他只是在吹牛而已。他习惯了在无知的运夫和内地的那些野人面前炫耀，便以为可以糊弄我们。你以为老爷会把任何贵重东西托付给他吗？”

狮子姆维尼没有理会哈利勒，笑着说：“我想你知道那个地方，优素福。你知道他在哈米德商店的那间库房里存放了什么贵重商品吗？如果你不知道，就最好别问。”

“什么商品？”优素福问，并困惑不解地皱着眉头，以鼓励狮子姆维尼接着说，“那里只有一袋袋干玉米。”

“也许有个秘密地窖，一个精灵在那儿为老爷储藏了黄金珠宝，”哈利勒说，“现在我们的大嘴狮子要去取宝藏来挽救老爷的生意。只有他有魔戒，只有他知道打开厚铜门的咒语。”

狮子姆维尼哈哈大笑。“你还记得恩尤恩多在旅途中给我们讲的那个故事吗？一位年轻美丽的公主，在订婚的当晚被一个精灵从家里偷走……你还记得吗？她被拐到森林中的一间地窖里，他在里面存满了黄金珠宝，还有各种美食和舒适的用品。每隔十天，精灵就来看望公主并与她共度良宵，然后又去继续其精灵的事务。公主在地下生活了很多年。有一天，一名樵夫的脚趾踢到通往地窖的活板门的把手。他打开门，走下楼梯，进入地窖，在那里发现了公主。他对她一见钟情，公主也爱他，并跟他讲起自己被囚禁多年的故事。他看到了她所享受的奢侈生活，她给他看一个漂亮的花瓶，每当她需要精灵紧急来到时，就抚摩花瓶。樵夫与公主共处了四天四夜后，劝她跟他一起离开，但她笑着告诉他，她逃不掉精灵的掌控，因为她十岁时就被他从家里偷走，不管她去哪里，他都有办法找到她。樵夫被爱情和嫉妒冲昏了头脑，一怒之下拿起花瓶砸到墙上。

“精灵顿时出现在他们面前，手里拿着出鞘的剑。樵夫落荒而逃，冲上楼梯，但留下了鞋子和斧头。于是精灵明白他的公主一直在与另一个男人幽会，就一剑砍下了她的脑袋。”

“那樵夫呢？”哈利勒急切地问，“樵夫怎么样了？快接着说。”

“因为他的鞋子和斧头，精灵轻易就找到了他。他把它们拿给附近镇上的人看，自称是一位朋友，于是他们把他带到了樵夫家。你知道精灵是怎么对付他的吗？他把他带到一座巨大的荒山之巅，把他变成了一只猿猴，”狮子姆维尼兴致盎然地说，“精灵不在的那九天里，他为什么不能去看望公主？你们能告诉我吗？”

“因为那是他的命运。”哈利勒毫不迟疑地说。

“所以阿齐兹叔叔在哈米德家有个秘密地窖……”优素福开了口，想回到关于哈米德库房里的走私货的话题。他看到哈利勒显出惊讶之色。首先他不是你叔叔。他考虑要不要强迫自己说老爷，但做不到。“好吧，哈米德库房里的贵重商品是什么？”

“*Vipusa*①，”狮子姆维尼低声说，犀牛角，“但如果你向任何人透露一点口风，我们就都有麻烦了。德国政府已经禁止犀牛角贸易，以便自己可以获取所有利润。正因为这样，价格才如此之高，而我们的先生在舒舒服服地坐等把商品卖给印度人。我们不会把犀牛角运回这里。那是我的工作，带着它翻山越岭直到边境，然后交给蒙巴萨附近的某个印度人。我们的先生有不同的生意要照看，所以会把这件事全权交给我。”

狮子姆维尼说这些话时，摆出一副掌握不少秘密的自负姿态。他轮流瞥了他们两人一眼，看看自己的话有何效果。优素福看到哈利勒的敬畏之色，知道他在嘲弄狮子姆维尼。

“老爷显然挑了一名勇敢者来承担这项工作，一头真正的狮子。”哈利勒说。

“那条路很危险，”狮子姆维尼笑着说，对哈利勒的嘲讽不以为意，“特别是沿着边境。现在则因为英国人和德国人之间的战争传闻而更是如此。”

“犀牛角为什么那么贵重？”优素福问，“它们是用来干

---

① 斯瓦希里语，意为“犀牛角”。

什么的？”

狮子姆维尼思考片刻，然后放弃了编造答案的可能性。“不知道，”他说，“也许是入药。世道人心谁能说得清？我只知道印度人购买它，至于之后把它放在哪儿，我不在乎。他不可能把它吃掉。我想肯定是入药。”

狮子姆维尼离开他们，返回自穆罕默德·阿卜杜拉走后他所占据的那间库房。这时，哈利勒说：“老爷会去找那些欠他钱的人收债。他总是留有一手。这是他的方式。即使他的境况看起来很糟糕，他这里走走，那里转转，很快一切都会重新好转。他甚至可能去拜访你爸爸。他们会彻底两清，然后就不用再拿你做抵押了。你爸爸会还清自己的债务，老爷也会偿还他的，然后你就自由了。那你会干什么？回到山上去生活，就像来自桑给巴尔的那位隐士？但我想不会发生这种事情。你爸爸现在可能成了穷光蛋，就像我已故的老爸一样，他的债可能今生或来世都还不了。所以你不可能归隐山中……但我想老爷甚至问都不会问他。他喜欢你。瞧瞧那个咋咋呼呼的狮子以及他自以为是的样子！他之所以被派去干危险的工作，是因为老爷不在乎他是否会发生什么事情……否则他会派你去。”

出于友谊和忠诚，优素福说：“或者是你。”

哈利勒笑了，然后对他摇摇头。这是个苦涩的表示，哀叹优素福的无知。“太太，”他说，“你不懂阿拉伯语怎么跟她交流？如果你认为我会把我的店子留给你毁掉……如果老爷无法偿还所有的债务，这个店子就可能是他唯一的生计。他会给你找点别的事。他喜欢你。”

优素福打了个寒颤。“但他仍然不是你叔叔。”哈利勒说，并伸手想打优素福的后脑勺。优素福轻易挡开了这一击。

在再去内地的前夕，阿齐兹叔叔邀请他们共进晚餐。在黄昏祷告刚刚结束的约定时间，哈利勒带领狮子姆维尼和优素福走进花园。园子里的幽暗和寂静透着祥和，伴随着轻轻的流水声。空气中弥漫着一种清香，一种令人心醉神迷的乐曲。在花园的尽头，挂在柱子上的灯照亮了露台，在渐深的夜色中照出一座金色的亭子。倒影将渠道变成了暗淡的金属路。露台上铺着地毯，从中散发出檀香和琥珀的香气。

他们刚一落座，商人就从院子里出现。他大步向他们走来时，身上薄如蝉翼的白棉布衣服显得轻盈飘逸。他戴着一顶用金丝线刺绣的帽子。他们都起身迎接，但他微笑着挥手让他们坐下，并坐到他们中间。优素福看到这又是那个老爷了，那个漫不经心地把他从父母和家中带走的人，那个微笑而平静地穿过穷山恶水前往湖区的人。即使在查图的小镇，在最严峻的时刻，他也散发出一种优雅而不可动摇的自信，并感染着他们所有的人。在返程途中和回来之后，焦虑驱散了这种气势，使他去面对与他同行者的争吵和要求。但他又是那个老爷了，平静从容，几乎总是挂着一丝宽宏又逗乐的笑容。

他开始回忆那趟旅行，但神态轻松，仿佛并非亲身经历，而是在回忆别人的故事。他用手势和表情邀请狮子姆维尼确认细节，并在忆起往事时带着满意的认可点点头。优素福猜想狮子姆维尼明白这是怎么回事，但从他开心的大笑和时低时高的声音来看，优素福知道他难以抵挡商人的抬举。过了一会儿，狮子姆维尼就滔滔不绝，只需要一点点鼓励就从一个故事讲到另一个故事，仿佛他们又一次围在内陆腹地的篝火旁。

院门轻轻地开了，哈利勒马上起身，仿佛有人示意一般。他消失在院子里，过了一会儿，端出来一盘米饭。他进进出出，端来了一盘盘的鱼、熟肉、蔬菜、面包和一大篮水果。食物一端上来，他们就停止了谈话，礼貌而安静地等待哈利勒张罗。优素福克制着不去看食物，但无法将目光从那油光发亮、点缀着葡萄干和坚果的米饭上挪开。他们静静地坐在那里，优素福听到了那个曾经把他赶出花园的声音，一认出那个声音，他就想起了那段往事。哈利勒终于出来了，手里拿着铜壶和盆，前臂上搭着一条毛巾。他逐一为他们倒水洗手。狮子姆维尼还漱了漱口，然后“噗”的一声把水吐进花园。阿齐兹叔叔说了声 *bismillah*，请他们享用。

他们吃饭时，狮子姆维尼变得越来越口无遮拦，对商人讲话也非常随意。他说，他觉得这次旅行的失败应该归咎于领队。“如果他没有在森林里打那个人，查图就不会那么跟我们过不去，”他说，声音变得冷酷起来，“他把所有人都当奴仆一般对待。这种方式以前可能行得通，但现在谁也不会忍受了。查图会怎么想？他肯定把我们当成了绑架者和人肉商人。你不该让他那么放肆，先生。呃，他是个冷酷的人，毫无怜悯之心。但我觉得查图比他还要冷酷。”

阿齐兹叔叔平静地点头，没有反驳。狮子姆维尼接着说了下去，声音越来越高，淹没了灌木和树木低沉的沙沙声，让花园变得十分吵闹。优素福怀疑他听不到自己的说话声，但他仍然像喝醉了酒一般喋喋不休。商人的目光无情地注视着他，优素福不难看出他在权衡狮子姆维尼与藏在哈米德店里的犀牛角。最后，阿齐兹叔叔用阿拉伯语对哈利勒说了几句，哈利勒便开始把餐后的盘子送回主屋，并在撤走之前先逐一给客人过目。

“当那个大嘴巴朝花园里吐水时，你看到老爷的表情了吗？还有他谈论旅途中出了什么问题的时候？”哈利勒后来低声说，一边乐得呵呵笑。他们躺在店前露台的垫子上，头挨得很近。“他知道自己无法相信他，却又别无选择。你叔叔的问题太多了！而那个狮子姆维尼像一条瞎了眼的鬣狗汪汪叫个不停。”

“他不是傻瓜，”优素福说，“在旅途中，有时他是唯一一个保持理智的人。”

“保持理智，”哈利勒笑道，“这是什么话？你是从哪儿学会这样说话的？肯定是旅途中跟在贵人身边的缘故。到老了你仍然可以成为一名学者。你说他不是傻瓜。那他的举止为什么像个傻瓜？除非他别有用心。除非他有意使坏并想要老爷知道。如果是以前，老爷和穆罕默德·阿卜杜拉会用菠菜叶把狮子包起来当午餐吃掉。但现在穆罕默德·阿卜杜拉完蛋了，老爷有了你，而你让他觉得自己行为恶劣。我想，你还让他有了异样的感觉。你一直在看他。无论如何，在知道自己那些臭烘烘的犀牛角安全无虞之前，你叔叔不会睡几个安稳觉了。”哈利勒说，对自己的总结很满意。

“我看他……这是什么话，”优素福生气地皱着眉头问，“我为什么不该看他？我还看你呢。”

“你看所有的人，所有的事，”哈利勒说，语气不带任何质疑，“这谁不知道呢？任何人都能看到你睁着痛苦的眼睛，想把一切都看进眼里。所以既然我能看到这一点，你认为像老爷那么聪明的人会看到什么？嗯，我的兄弟，他觉得你的目光看进了他的内心。你不明白吗？我看他，这是什么话！别忘了我见过你在看到那些浑身溃烂、害怕苍蝇的狗时，曾经把屎拉在自己的裤子里，你在它们身上看到了什么。也许是狼人。不过，你听到那个畜生谈论穆罕默德·阿卜杜拉那个魔鬼了吗？那种邪恶的日子一去不复返了！真是个大嘴巴！你看到他一顿吃了多少吗？”

第二天早上，哈利勒与阿齐兹叔叔告别时，恭恭敬敬地吻了他的手，然后站在他身边，聆听他最后的吩咐并不断点头。阿齐兹叔叔向优素福招招手，在去车站的路上请他陪着走一段。他示意狮子姆维尼出发，让他跟在几英尺之后。

“等我回来后我们再谈，”阿齐兹叔叔对优素福说，“你已经长大了，现在我们得给你找点有意义的事情去干。我的家就是你的家。我想，你知道这一点。把它当成你的家，等我回来后我们再谈。”

“谢谢。”优素福说，他能感觉到全身快要发抖，但竭力控制住自己。

“我想哈米德说得对。也许我们该给你找个妻子了。”阿齐兹叔叔说，他满脸笑容，目光打量着优素福的面孔。他的笑容变成短促而开心的笑声。“我旅途中会多留意，把我听到的关于美女的故事都带回来。别显得那么害怕。”他说。

然后他伸出手来让优素福亲吻。

4

他们一有机会就去了镇里。哈利勒想去他们以前去过的所有地方。他说，优素福离开的这些年里，他从未去过镇里，尽管每周五他都会想起他们以前常常一起外出的经历。“我一个人能去哪儿？我认识谁呢？”他说。在清真寺，优素福忍不住炫耀他对《古兰经》的了解，后来还对哈利勒讲起自己的发现和愧疚。“了解《古兰经》对你总是会有帮助，”哈利勒说，“即使你迷失在最深的洞穴或最暗的森林里。即使你无法理解那些词句。”优素福跟他讲起卡拉辛加和他翻译《古兰经》的计划，以便斯瓦希里人能明白他们所崇拜的真主是多么残酷。哈利勒生气地说，不知道优素福怎么能静静地坐在那里，听一个不信神的人说出如此亵渎神明的话。我能怎么办？用石头砸死他？优素福问。他们去了那条他们曾经在那里看到过印度人的婚礼队伍，听到过那个男人对客人们唱歌的街道。有时他们像两个孩子似的在街上玩耍，朝对方扔烂水果，从一群群的陌生人中穿过。当他们到达海滩时，已经是晚上，但海面银光闪烁，海水泛着泡沫一波一波地向他们脚上冲来。返回的路上，他们在一家小餐馆停留，点了羊肉、豆子和很多面包，还有一壶甜茶。两人一致认为在这家小餐馆分享的这盘豆子是他们有生以来吃过的最美味的豆子。

优素福耐心等待接近哈姆达尼老头的时机。老园丁并没有比之前更显老，但优素福发现他走路比以往更小心，更尽力地避开他人。他一直等到一个炎热的日子，看到老人艰难地提了一桶桶水，才上前帮忙。太过惊讶之下，哈姆达尼老头没有反对，也许大热天里从水龙头到花园已经来回那么多次后，他对于可以休息甚至微微有点解脱的感觉。而当优素福为自己计谋的小小得逞朝他羞怯而得意地一笑时，老园丁的眼神并不显得木然。每天上午，他给园丁的两只桶打满水，然后把它们摆在围墙的内侧供他使用。白天里，他看到花园已经枝繁叶茂。远处墙边的小橘子树已经变得粗壮，石榴树和棕榈树绿阴如盖，树干坚实，仿佛会永远屹立在那儿。酸樱桃树长得圆乎乎的，不大不小，上面开满了白花。但在三叶草和青草丛中，他看到了高大的荨麻和一丛丛的野菠菜，薰衣草花从沾有泥水的百合花和鸢尾花之间奋力露出脸来。水池边漂着藻类，而流入水池的那些渠道本身则泥沙沉积，水流缓慢。树上的镜子已经被全部取走。

他一大早就进入花园，往往比哈姆达尼老头本人到得还要早。他给草丛除去杂草，给百合间苗，并开始清理渠道。老园丁默默地任由他去，只是在他出错时才急躁地上前纠正。优素福发现哈姆达尼老头祷告的时间比过去更长。他的念诵变得悲戚哀伤，痛苦的曲调久久持续，而不是像以前的颂歌那样在庄严的陶醉中高低起伏。

当需要帮助或阿朱扎大妈来到店里时，哈利勒就会喊他。除此之外，他以宽容而好笑的态度对待优素福对花园的痴迷。即使要打击他，也只是以在顾客面前开他玩笑的方式。到了傍晚，如果优素福还在花园里，他就会变得不安并喊他出来。“你这个无知的斯瓦希里人，我累死累活地让你有饭吃，你却想成天在花园里玩。来把院子打扫一下，然后帮我搬这些袋子。每个来这儿的人都问起你。老人们想打听关于旅行的一切。顾客们想问候你。你的小弟弟在哪儿？他们问。还小弟弟！那个大笨蛋正在花园里玩呢，我告诉他们。他以为自己是一位富商的侄子，喜欢躺在橘子树下做天堂美梦。”但优素福猜测，是太太不想要他在傍晚降临时待在花园里。也许这时她自己想进花园，而他在那儿会妨碍她。

一天傍晚，他在拓宽四条通往水池的渠道中的一条，停下来时，看到挖开的浅岸中露出一块黑色的小石头。他不经意地弯腰捡了起来，却发现那不是石头，而是一个小皮袋。泥土使它受到磨损变得粗糙，皮革也因为浸水而变黑，但袋子整体完好，他不难看出这是个 *hirizi*①，是个戴在手臂上的护身符，里面肯定装着用以保护佩戴者的咒语。袋子一角的缝线已经磨损，透过缝隙，他看到了里面的小金属盒。他摇了摇护身符，听到它咔嗒响，也就是说，不管里面装的是什么，都依然结实，没有在地下腐烂。他用一根小树枝进一步刮掉缝隙中的泥土，看到了金属盒上的一点花纹。他想起关于护身符的神奇力量的故事，想起通过抚摩护身符，可以将

① 斯瓦希里语，意为“护身符”。

精灵从其高空中的藏身处召来。他想把小指尖塞进缝隙，看看能否碰到金属。一个很高的声音传来，他抬起头，看到通往院子的门半开着，他们与阿齐兹叔叔共进晚餐的那个晚上，哈利勒就是从那儿进进出出的。即使暮色渐浓，他也能看到一个身影站在那里。那个很高的声音又响了，这一次他辨出是太太的声音。随着那个身影的离开，门口出现了一点光，然后门又被关上。

当天晚上，哈利勒进主屋去取他们的食物时，久久没有出来。优素福猜测自己是太太愤怒抱怨的对象，怪他不该在花园里逗留太久。如果她不想要他在某个时间出现在花园里，只需告诉他就行。我几点几点不想要他待在花园里。仅此而已，他肯定就不会去了。关在门后窃窃私语让他觉得自己像个孩子。他们竟然以为他想对尊贵的太太不敬，想用他有罪的目光来玷污她，这令他感到恼火。不知道哈利勒会带来怎样的愤怒禁令。会禁止他踏入花园吗？她还会下达什么命令来对付他？他一直在用手指掏着护身符的缝隙，现在银盒又多露出了一点点。他体会着那凉凉的触感，不知道是该现在就把精灵召来搭救他，还是留到以后出现新的灾难时再用。出于某种原因，他把查图想象为咆哮的精灵，这个念头使他开心起来。他回忆起自己被囚禁数天的那个院子，不禁再一次想起那个姑娘温暖的气息吹在他脖子上的感觉。

哈利勒出来时显得很生气。他把装着冷饭和菠菜的餐盘放在他们面前，然后一言不发地吃了起来。他们借助店里的灯光吃饭，店铺仍然开着。然后，哈利勒洗好自己的盘子，走进店里去清点当天的收入，并开始补充货架。优素福吃完饭后，也洗好盘子，然后进店里帮忙。哈利勒只是在等他吃完，因为他拿起盘子，重新进了主屋。他显得那么心事重重，茫然无措，使得优素福已到嘴边的气话又收了回去。干吗这样小题大做？

他在黑暗中的垫子上躺下，哈利勒才来到露台，在几英尺外的老地方躺下。他沉默了半晌，然后轻轻地说："太太已经疯了。"

"是因为我在花园里待得太久吗？"优素福问，有意使自己语气中的难以置信表达出几分心中的恼怒。

哈利勒突然在黑暗中笑起来。"花园！你心里想的只有花园！你也快疯了，"他一边笑一边说，"你应该找点别的事情来消耗精力。你干吗不追女人或者当圣人呢？反而想像哈姆达尼老头那样。干吗不追女人？那是令人享受的消遣。以你这帅气的长相，你可以拥有全世界。而就算不成功，还有阿朱扎大妈随时在等你……"

"别又来那一套，"优素福厉声说，"阿朱扎大妈是个老太婆了，应该得到更多的尊重……"

"老！谁说的？我用过她，她不老。我向你保证，我跟她一起过。"哈利勒说。在沉默中，优素福听到哈利勒轻微的呼吸，然后听到他突然轻蔑地哼了一声。“你觉得这令人恶心，对吗？但我并不觉得恶心或羞愧。我去找她是因为我有需要，我让她用身体来支付。她也有她的需要。也许很残酷，但我们俩都别无选择。你要我怎么办？等某个来店里买一块肥皂的公主爱上我吗？还是等一位美丽的女精灵在我订婚之夜把我拐走，然后关在一个地窖里当她的性奴？”

优素福没有回答，短暂的沉默后，哈利勒叹了口气。“算了，为你的公主守身如玉吧。听着，太太想见你。”他说。

“哦，不要！”优素福疲倦地叹了口气，“犯得着这样吗？干什么？告诉她，如果她不想要我去花园，我不去就是。”

“又来了，你只知道花园。”哈利勒不耐烦地说。他打了两个哈欠，然后接着说：“与那毫无关系！不是你想的那样。”

过了片刻，优素福说：“我听不懂她的话。”

哈利勒笑了起来。“是的，你听不懂。不过，她不想跟你说话，只是想见你。我跟你说过，你以前在花园里时她经常看你。我以前跟你说过。现在她想更近地看你。她想要你在她面前。明天。”

“干什么？为什么？”优素福问，他对哈利勒这些话以及他说话的方式感到不解。它们带有焦虑和挫败，带有对危险和不可避免的难题的无奈。告诉我是怎么回事，优素福很想大喊。这一切是怎么回事？我不是小孩子。你们在怎么设计我？

哈利勒打了个哈欠，把身子稍稍挪近，似乎想轻声跟优素福说话。接着他又连打了两个哈欠，然后又开始挪开。“说来话长，真的，而我现在很累。明天吧，星期五。明天我们去镇里的时候我会告诉你。”他说。

5

“听着。”哈利勒说。他们已经去做了主麻祷告，一言不发地逛了集市，现在正坐在港口附近的防波堤上。“你一直很有耐心。我不知道你是否对此有所了解，不知道别人告诉了你多少或你理解了多少，所以我要从头给你讲起。你不再是小孩子了，这些事情不该瞒着你。我们就是这样，这也保密那也保密。大约十二年前，老爷娶了太太。他是个在这里和桑给巴尔之间经商的小商人，把布匹、工具、烟草和鱼干运回来，把牲畜和木材运过去。她刚刚守寡，还很有钱。她丈夫拥有好几艘帆船，它们沿着海岸航行，运送各种货物。从奔巴岛运谷物和大米，从南部运奴隶，从桑给巴尔运香料和芝麻。尽管她不再年轻，她的财富却吸引了有家世、有雄心的男人。在将近一年的时间里，她拒绝了他们所有人，于是渐渐出了名。你知道女人拒绝求婚会是什么情形。肯定是女人有问题。有人说她有病，或者因为丧夫而疯了。还有人说她不育，更喜欢女人而不是男人。那些受托来向太太提亲，再把她的答复带回给男方家庭的女人们说，对一个长得那么丑的人来说，她太装模作样了。

“她通过商业八卦了解到了比她年轻很多岁的老爷的情况。当时，老爷的口碑很好，所以尽管她有很多出身名门的追求者，却还是选择了他。有人谨慎地传出消息来鼓励他，交换了一些礼物，几周后他们就结婚了。我不知道达成了什么协议，但老爷接管了生意并让它红火起来。他退出了帆船贸易，卖掉了所有的船。从那时起，他就成了我们所知道的、远赴内地做生意的老爷。

“我爸爸在巴加莫约以南的姆里马海滨的一个村子里开了一家小店。这个我以前跟你说过。我妈妈也在那儿，还有我的两个哥哥和一个妹妹。日子过得很艰难，我的哥哥们有时去船上找活儿干。我不记得在那之前老爷去看过我们，但也许我当时年龄太小。我知道有一天我见到了他。我爸爸在跟他说话，我以前从未见他用那种方式跟别人说话。什么都没有告诉我，我只是个小男孩，但老爷离开后，我听到他们谈论他。妈妈说他是恶魔之子，已经被易卜劣斯①或恶魔的

① 伊斯兰教传说中的魔鬼。

女儿附身。说他是一条狗，是狗的儿子……说他会施展魔法和干其他的事情。就是那种疯话。几个月后，老爷再次露面时，跟我们一起住了两天。他给我带了一件礼物，一顶绣有茉莉花丛和新月图案的蕾丝帽。我仍然留着它。但是这时，我根据无意中听到的情况，知道我爸爸欠了老爷的钱，他借那笔钱是给我大哥做笔小生意，但生意失败了。我哥哥和他的朋友们在米科科尼买了一艘渔船，船触礁了。总之，我们的店子太穷，还不起钱。两天后，老爷离开了。他们告别时，我看到我爸爸亲吻他的手好几次，然后老爷来到我身边，给了我一枚硬币。我猜想我爸爸的感激之情意味着老爷同意宽限他一点时间，但我觉得当时我并不懂。当时什么都没有告诉我。不难看出爸爸变得痛苦和脾气暴躁。他对我们所有人大吼，并长时间地祷告。有一次，他用一块木柴打我大哥，谁也拦不住，因为当我妈妈和另一个哥哥上前时，他痛苦地大叫，泪流满面。他一边打他儿子，一边因为羞愧而痛哭。

“然后有一天，穆罕默德 · 阿卜杜拉那个魔鬼出现了，把我和我妹妹接走，带到了这里。我们将被抵押在这里，直到我爸爸可以还债。事后不久，他就去世了，我可怜的爸爸，然后妈妈和我的哥哥们回到了阿拉伯，把我们留在这里。他们一走了之，把我们留在这里。”

哈利勒静静地坐着，看着大海，优素福觉得水面吹来的带着咸味的风刺痛了他的眼睛。哈利勒点了好几次头，继续说下去。

“我在老爷身边九年了。我们刚来时，店里有另一个人。他跟我现在的年龄差不多，教我干这份工作。他名叫穆罕默德。到了晚上，他关上店门，抽几支大麻，然后出去寻欢找乐。我妹妹要侍候太太。她才七岁，太太吓唬她。”哈利勒突然拍着大腿笑了起来。“*Mashaallah*，太太经常大哭不止，于是他们不得不叫我去跟她说话，好让她安静下来。所以我睡在主屋的院子里。下雨时就睡在食品仓库里。在我们关上店门，穆罕默德出去干见不得人的事后，我就进去睡觉。那会儿太太就疯了。她有一种病，脸上有一块很大的疤痕，从左脸一直到脖子。我在附近时，她就用披肩遮住脸，但她告诉我了。我妹妹……她说，太太经常对着镜中的自己哭。我躺在院子里时，她经常来看我，我就假装睡着。她在我身边走动祷告，恳求真主解除她的痛苦。老爷回家后，她就很安静，把痛苦的矛头对着阿明娜和我。她什么都怪我们，还用脏话骂我们。老爷一走，她又变得疯狂，在黑暗中走来走去。

“然后你来了。”哈利勒握住优素福的下巴，把他的头扭来扭去，并笑看着他。

“穆罕默德后来怎么样了？”优素福问。

“有一天，因为数字出错，老爷抬手想打他，他就走了。直接起身就走。我不知道他是否有亲戚……除了店铺，他从没跟我谈过别的事情。老爷出去了几天，回来时带着你，来自荒野的可怜的斯瓦希里小男孩，你爸爸跟我爸爸一样也是大傻瓜。我想他希望有人学习店里的业务，以防有朝一日我不愿再为他干活。因此你来了，成了我的小弟弟。”哈利勒说着，又伸出手去握优素福的下巴，但优素福一掌把他打开。

“接着讲。”优素福说。

“太太避不见人。她从不出门。少数来访的女客要么是她的亲戚，要么是她无法拒绝的。她让我把那些镜子挂在树上，以便她不用出来就能看到花园。她就是那样看到了你。你每天去花园干活，她就在镜子里看你。她本来就疯了，而你让她更疯了。她说真主把你派到了她的身边。来给她治病。”

优素福对这句话想了很久，既感到敬畏，又很想放声大笑。过了一会儿，他问：“怎么治？”

“她先是说如果你在她身边为她祷告，她就会康复。接着又坚持认为你必须朝她吐唾沫。她说，被真主眷顾者的唾沫具有强大的力量。一天，她看到你手里捧着一朵玫瑰，便确信你的触碰会治好她。她说，如果你像捧着那朵玫瑰一样捧着她的脸，她的病就会烟消云散。我试图阻止你进那个花园，但你被它迷了心窍。老爷回来后，她再也无法为自己的疯狂保密，便告诉了他。只要那个小帅哥碰一下，就会治好我心里的伤痛。就是那一次，老爷把你带走并留在山里。你什么都没有怀疑过吗？阿明娜告诉我，你在花园里时，太太经常站在墙下大声叫你，要你怜悯她。你没听到她说什么吗？”

优素福点点头。“我听到过一个声音。我以为她是在抱怨我，要我走开。她有时还唱歌。”

“她从不唱歌，”哈利勒说着，皱起眉头，“我想我从没听过她唱歌。”

“那肯定是我想象出来的。有时在晚上，我觉得听到有音乐从花园里传来，但这不可能。一位拜访过哈米德的旅行者讲过一个故事，谈到赫拉特的一个花园，那儿美极了，凡是光顾的人都听到令人心醉神迷的音乐。一位诗人就这样描述过。也许正是因为这样，我脑海里才有了这个念头。”

“山上的那种空气肯定让你也疯了，”哈利勒恼火地说，“你那些哭哭啼啼的梦似乎还不够，现在又听到了音乐。我可真幸运，身边有两个疯子。老爷不放心把你留在她身边，但又不想带你出行。也许他要去看你爸爸，不想场面难看。也可能是不想让你知道他其实是一个顶级杀手。反正你没去成。现在太太要见你，你这个幸运的魔鬼。老爷上次把你带走后，吩咐我把镜子全部取下来，所以她一直没能看到你，但听到了你的声音。”

“她昨天在门口张望来着。”优素福说。

哈利勒皱起眉头。“我想不会。她没有说。但我们跟老爷共进晚餐时她看到你了。现在她有了新的疯狂主意，而且非常危险。对你非常危险。听着，她说你现在是个男人了，给她疗伤的办法就是把她的整颗心捧在你的手上。你明白吗？我说不清她在想些什么。但我希望你能明白她的意图。你明白吗？还是你太年轻思想太单纯？”

优素福点点头。哈利勒对他的回答不完全满意，但过了片刻，也点了点头。“她要求见你。又是命令，又是恳求，又是叫嚷，要我把你带到她面前。她说，如果我不把你带到她面前，她就会自己出来找你。我们必须竭尽所能让她保持平静，直到老爷回来。他知道怎么对付她。我答应今天会带你去见她。尽量离她远一点。不管她怎么说或怎么做，都不要碰她。待在我旁边，如果她靠近，要确保我在你们之间。我不知道老爷回来后会干什么，但我知道如果他发现你碰过太太或让太太蒙羞，你的日子就会不好过。他将别无选择。”

“为什么我不能干脆拒绝去见……？”优素福开口道。

“因为我不知道她接下来会干什么，”哈利勒说，他的声音略有提高，带着一丝恳求，“她可能干出更糟糕的事情。我妹妹跟她在一起。我会一直在你身边。”

“你以前为什么不告诉我这一切？”

“你不知道更好，”哈利勒说，“那么任何错事显然就跟你无关。”

过了片刻，优素福说：“昨天在门口张望的是你妹妹。我是觉得有点奇怪。声音肯定是从另一个地方传来的。之前你谈起你妹妹时，我想到的是一个小姑娘，但现在我明白我看到的肯定是她……”

“她有丈夫了。”哈利勒简短地说。

优素福难以置信地心跳加速，过了一会儿，问道：“阿齐兹叔叔？”

哈利勒笑了。“你总是叔叔来叔叔去的，永远也改不了，对吧？没错，你的阿齐兹叔叔去年娶了她。所以他现在不仅是你的叔叔，还是我的妹夫，我们是天堂花园里的一个幸福家庭。她抵了我爸爸的债。他娶了她后，就免除了债务。”

“那你随时可以走了。”优素福说。

“去哪儿？我无处可去，”哈利勒平静地说，“而且我妹妹还在这儿。”

6

他以为会见到一个大叫大嚷、披头散发的女人，对他提出一串难以理解的要求。太太在一个大房间里接待他们，房间的窗户朝向主屋里的一个封闭小院。地板上铺着厚厚的装饰地毯，沿着墙脚间隔地摆了一些大绣花垫。粉刷过的墙壁上挂着镶框的《古兰经》经文和一幅克尔白①的绘画。她背靠最长的那面墙笔直地坐着，面对着门。她旁边有个漆盘，上面放着一个香炉和一个玫瑰香水喷泉。空气中弥漫着芳香的树胶味。哈利勒问候了她，然后在距她几英尺之外坐下。优素福也挨他而坐。

她的脸被一条黑色披肩遮住了一部分，但他看到她的皮肤是暗铜色，她发亮的眼睛定定地望着他们。哈利勒先开口，片刻之后她才回答。她的声音在房间里听起来更加饱满，带有一种平静的调节感，听起来既权威又自信。她一边说话，一边稍稍调整了一下披肩，他见她面孔清秀，显出一种他始料未及的机敏和坚定。当哈利勒再次开口时，她轻轻地打断他，朝优素福看来，优素福移开视线，避免与她四目相接。

哈利勒半转过身对他说："她问你是否安好，并欢迎你回家。"

太太又开口了。"她希望你的父母一切都好，希望真主继续保佑他们，"哈利勒说，"希望你下次见到他们时，好

---

① 阿拉伯语音译，原文 Kaaba，意为"立方体房屋"，专指"真主的房屋"，亦称"天房"，位于麦加大清真寺的中央，是世界穆斯林做礼拜的正向和朝觐中心。

心地转达她的问候。希望你所有的计划都得到祝福，你所有的愿望都能成真，等等等等。她说，愿真主赐予你很多孩子。”

优素福点点头，这一次没来得及避开被她的目光锁定。她的眼神警惕而紧张，仔细打量着他，他没有移开视线，看到她的眼睛有点发亮。等她再次开口时，优素福连忙垂下视线，她讲了好一会儿，声音抑扬顿挫，试图展示魅力。

“现在我们开始，小弟弟，”哈利勒说，并轻叹一声让自己做好准备，“她说看到你在花园里干活，她看到你有……一种福分，一种来自真主的天赋。凡是你碰过的东西都茁壮成长。她说真主赋予你天使的容貌，派你来此地行善。她说，这不是亵渎神明。如果你没有履行被派到此地的使命，情况就会更糟。她说的就是这个意思，不过她说的话比我告诉你的更多。”

优素福没有抬头，听到太太又开了口。她的声音开始流露出一丝恳求，他听到有几次提到了真主。她说着说着，又渐渐恢复冷静，最后又成了那种经过调节的平静，就像此前问候他们时一样。

“她告诉你，她一直承受着一种痛苦的疾病。这话她说了好几遍，但她还说不想抱怨。这话她也说了好几遍。她一直承受着疾病，但不想抱怨，等等等等。各种药物和祷告都没有治好这个病，因为她见过的那些人没有得到福佑。现在她问你是否愿意治疗她。为此她这辈子都会回报你，并祈祷你下辈子得到最高贵的回报。什么也别说！”

太太突然移开披肩。她的头发被梳到脑后，露出那张轮廓分明而漂亮的面孔。她的左脸上有一块紫斑，使得那张脸看上去有点生气和歪斜。她平静地望着优素福，等着看他恐惧的眼神。他没有感到恐惧，而是充满悲伤，没想到太太寄予他这么高的期望。过了一会儿，她遮住脸，轻轻地说了几句。

“她说这就是她的……”哈利勒停下来斟酌字眼，并对自己不耐烦地叹了口气。

“病痛。”另一个声音在他们身后说。优素福透过眼角的余光看到屋里自己身后有个人影。他感觉到了那个人的存在，但没有去看。现在他朝那边转过头，看到那是个年轻的女人，穿着一件绣有银丝线的棕色长裙。她也披着一条披肩，但披得比较低，露出了面孔和部分头发。阿明娜，他想，并不由自主地笑了。在转回头去之前，他突然想到她的长相与哈利勒很不一样，脸比他更圆，肤色比他更深。在房间的灯光下，她的皮肤似乎发亮。他回头去看太太时，脸上还挂着笑容，但他自己并不知道。太太用披肩进一步遮住自己，于是他只能看到她的脸型和警惕的眼睛。哈利勒跟她说了几句，然后翻译给优素福听。“我告诉她，她要说的你已经听见了，她要你看的你也看了。对她感受到的痛苦你很难过。你对疾病一窍不通，你完全无能为力，帮不了她。你还有什么要补充的吗？别心软。”

优素福摇摇头。

哈利勒住口后，太太激动地说了起来，他们生气地交流了几分钟，哈利勒都懒得翻译。“她说治她病的不是你的知识，而是你的天赋。她要你祷告，并且……并且……摸她那儿。别那么干！不管她说什么，都别那么干！如果你知道一段祷告词，就念一下，但不要靠近。她说想要你摸她的心，治好里面的伤痛。只是念一段祷告词，然后我们就走。如果你会，就装装样子。”

优素福低头片刻，尽量回忆清真寺的伊玛目教给他的祷告词，并开始低声诵念。他觉得很愚蠢。当他说阿门时，哈利勒大声呼应这句祝福，太太和阿明娜也一样。哈利勒站起身，把优素福也拉起来。在他们离开之前，太太让阿明娜把玫瑰香水洒在他们手上，然后把香炉递到他们面前。阿明娜走近时，优素福忘记垂下眼睛，在低头看地之前，看到了藏在她眼里的好奇之色。

7

“谁也别告诉。”哈利勒提醒道。第二天，他们又被召唤，但哈利勒独自去了。哦，不行，我们不能这样。他说。

争论持续了一段时间，起码一个小时。出来时，他既恼怒又沮丧。“我答应让你明天去祷告。老爷会杀了我的。”

“没关系，我会飞快地祷告一下，然后我们就走，”优素福说，“那个可怜的病女人眼看就可以治好，你不能置之不顾。我会在明天的祷告中注入很多力量。总之，是伊玛目最有力量的一段……”

“别胡闹了，”哈利勒生气地说，“这有什么好开玩笑的？你如果不小心一点，很快就会吃不了兜着走。”

“你这是怎么了？如果她想要祷告，我们就为她祷告，”优素福开心地说，“你不愿意让她得到上天送给她的礼物①吗？”

“我不喜欢你这样装傻胡闹，”哈利勒说，“这事儿很严重，或者可能很严重。尤其是对你。她的想法让我害怕。”

“什么想法？”优素福问，他仍然面带微笑，但因为哈利勒的焦虑而感到不安。

“谁知道她疯狂的脑子里到底有什么想法，但我在做最坏的打算。因为她对自己的所作所为似乎毫不在乎，或者说毫不担心。还有那些天花乱坠的赞美……真主的天使。这就不仅仅是疯话了。你不是天使。你没有天赋。如果你记得对这整件事情感到害怕，会是个好主意。”

---

① 原文 gift，是双关语，既指“天赋”，也指“礼物”。

第二天他们进去时，太太笑了。时值傍晚，内院还有点热。在她接待他们的房间里，阳光透过垂下的薄窗帘透了进来，香炉里的合香在燃烧冒烟。她似乎不像他们第一次去时那么焦虑，稍稍倚在靠垫上，但双眼仍然警惕地发亮。阿明娜还是坐在原地，优素福朝她看去时，她也笑了。优素福低头看着自己捧起的双手开始祷告，感觉到房间陷入了寂静。他听到花园里隐约的鸟鸣和模糊的流水声。他强忍笑意，尽可能地拉长沉默，然后开始喃喃低语，仿佛已临近尾声。他说了阿门，其他人大声呼应，他看了看很快就开口讲话的太太，发现她的眼里闪烁着快乐的光芒。

“她说她感觉到了你第一次祷告的效果。”哈利勒皱着眉头说。太太说话的时间比这要长。哈利勒的翻译显然太简短，于是太太将询问的目光投向阿明娜。“她想要你再来祷告，”哈利勒不情不愿地继续说道，“而且在主屋吃饭……我们两个人都来。她说我们在外面吃饭就像狗或无家可归的流浪汉。她想要你每天在这儿吃饭。我认为这是麻烦。你得说你不能这样……否则……否则你的天赋会变糟。”

“你告诉她。”优素福说。

“我告诉了，但她想听你自己说，然后我会翻译。随便说点什么，但摇几下头，就像在说不行。坚定地摇一两下头就行。”

“请告诉她，对于谈论在她的屋子里吃饭这种不可能的话题，我觉得很愚蠢。”优素福说，并且感觉到阿明娜在他身后笑了。或者他希望她笑了。哈利勒瞪了他一眼。

第二天、第三天他们又去了。在店里干活的时候，他们对太太几乎矢口不提，但去为她的伤痛祷告之后，哈利勒几乎开口闭口都是她。优素福调侃他，想让他安心，但哈利勒的忧虑和唠叨没完没了。他责怪优素福享受那个疯女人的奉承，却意识不到自己所处的危险。他说，老爷会说我干了坏事。他会怪我。你不明白老爷会干些什么吗？

过了几天，优素福才又去花园干活。哈利勒要求他再也别去，但几天后，优素福耸耸肩还是去了，这让哈利勒眉头紧锁。你干吗一定要去？他问。你就不能自己在外面整个花园吗？起初，在搞清楚那些窃窃私语的秘密以及自己在其中的角色后，优素福感到很难堪。想到太太一边看他干活一边胡思乱想，他不禁感到恶心。哈姆达尼老头并未注意到他几天没来，或者没有显出注意到的迹象，只是在枣椰树荫下祷告诵念的声音更加悲伤。一天下午，店里几乎无事可干，而哈利勒太过焦躁不安，优素福便耸耸肩进了花园。哈姆达尼老头默默地欢迎他，并比平时待的时间更长。优素福清理水池，除掉杂草，轻轻地哼着一首他在旅途中学到的歌曲。他尽力不去留意院门，看是否有人站在那里，但无法做到，他带着几分期待，等候他们再进主屋的时刻来临。

“她说今天听到你在花园里干活了，”哈利勒说，“你应该经常去那儿干活。她说可以随时去。”

太太说了一大段话。“她说你有一种天赋，说了一遍又一遍。她一直在重复这句话。你有一种天赋，你有一种天赋，”哈利勒说，然后犹豫着，似乎在寻找合适的字眼，“如果你喜欢花园，那么……嗯……”

“她也很开心。”阿明娜说。尽管她很少开口，只是在哈利勒一时想不出某个词时才插话，优素福却总是能感觉到她在他的右后方。

“而且她喜欢你唱歌，”哈利勒说着，难以置信地摇摇头，“我不敢相信我坐在这儿干这种事。别笑。你以为这是玩笑吗？她说你的声音对她的心是巨大的安慰，真主肯定教过你唱歌，并把你作为治愈天使派了过来。”

优素福对哈利勒的不安咧嘴一笑。他看了看太太，发现她也在露齿而笑，脸上洋溢着喜悦。突然，她招了招手，那么明确而单纯，使优素福无法拒绝。他起身上前。待他走近，她将披肩垂到肘部，他看到她穿着一件闪闪发亮的蓝色方领上衣，领边绣着小银帽。她摸了摸脸上的斑块，然后指着它，请优素福把手放在上面。她的笑变成了更温柔的浅笑，优素福突然有了一种不顾一切的冲动。他知道自己的手动作很重。哈利勒轻轻地说，不要，不要。太太用披肩缓缓地遮住脸，小声说了句 *alhamdulillah*。优素福从她面前退开，听到哈利勒在他身后轻轻地叹了口气。

“再也别靠近她，”哈利勒后来说，“你就不怕吗？你不明白可能发生什么吗？远离那个花园。也不要唱歌。”

但他没有远离。哈利勒越来越怀疑地注视他，与他激烈争论，要他别去。但优素福在花园里待的时间比以往任何时候都要多，他睁大眼睛，竖起耳朵，密切留意主屋里的任何声音或动静。哈姆达尼老头开始把活儿留给他干，自己则越来越多地在树荫下开心地诵念赞美真主的颂歌。有时优素福听到阿明娜在唱歌，不禁激动得身体发颤，他对这种激情既不鼓动也不抗拒。有时，一个身影出现在微开的门口，他觉得自己理解了暗恋的快乐。每当夜幕降临，他就迫切地等待被召进主屋，尽管哈利勒越来越勉强，越来越不安。有一天，哈利勒变得十分恼怒，得到召唤后，他拒绝进去。

“让她见鬼好了。我们不去。真是受够了，”他喊道，“如果有人发现这一切，我们会成为笑柄或者更糟。他们会以为我们疯了。跟里面那棵疯白菜一样疯狂。想想老爷的耻辱！”

“那我自己去。”优素福说。

“为什么？你不明白这是怎么回事吗？”哈利勒问道，并站起身，声音变成了痛苦的大喊。他似乎想揍优素福，好让他清醒一点。“她会干邪恶的事情，然后都怪到你头上。你以为这是某种玩笑，我不喜欢你这样。你经历过狼人和荒野的磨难。为什么要给自己永远打上耻辱的印记？”

“不存在耻辱，”优素福平静地说，“她伤害不了我。”

哈利勒用左手托着头，他们默默地坐了几分钟。然后哈利勒抬起面孔，奇怪地望着优素福，突然明白了什么，神色越来越惊恐。他的眼里充满怒火和痛苦，嘴角抽搐着。他一言不发地坐回到垫子上，直视着前方。当优素福起身要进去时，他转头看着他。

“坐下吧，我的小弟弟。别走，”他温和地说，而优素福已走下露台准备去花园，“坐在这儿，我们好好谈谈这一切。不要给自己带来耻辱。我不知道你在想什么，但结局会很糟。这不是童话。这里还有很多你不明白的事情。”

“那就告诉我。”优素福说，他声音平静，但仍然站着。

哈利勒恼怒地摇摇头。“有些事情你没法就这样说。你坐下来我们就开始。你如果去了，就会给自己和我们所有人带来耻辱。”

优素福一言不发地朝花园走去，没有理会哈利勒要他回去的大声呼喊。

8

“她名叫祖莱卡。她一定要你知道她的名字。”阿明娜说。她坐在他的右侧，在他的前面，但与太太保持着距离。

他以倾听为掩护端详她的面孔。她的脸比他以前匆匆几瞥所留下的印象中的还要圆，他还看到她的眼里有一种漫不经心的玩味，也像是开心。他点点头，看到她笑了，但感觉到太太正密切地注视着他，所以强迫自己没有回她以微笑。

“她说哈利勒有时没有全部翻译，”阿明娜继续道，“她知道这一点。他只是把他想说的说了。也许他有时想不出那些词……因为她使用了一些难以理解的词语。”

“你说得比他好。我会告诉他的。为什么这样？哪些话他没有告诉我？”优素福问。

阿明娜没有理会这些问题，而是转向太太，等待她开口。太太简单说了几句，语气像爱抚一般温柔，然后把视线从阿明娜身上转向他。

“哈利勒没有向你解释，她心里的伤痛既是因为痛苦也是因为耻辱。她说，痛苦即使搅扭她的肌肉，也给她带来快乐。我想，你的祷告对她有效果。她这样说过。”

优素福想争辩。别理那一套。他看了看太太，发现她的眼里闪着泪光。他连忙低头祷告，突然很确定自己在蹚一趟很深的浑水。

“她要你晚上进来吃饭。或者如果你愿意，甚至在院子里睡觉，”阿明娜说着，大大方方地笑了，“但哈利勒不会让你睡在主屋。他会大惊小怪地阻止她。但她希望你想来就来，不用等待邀请。”

“请感谢她。”优素福说。

“不用谢，”阿明娜平静地替太太回答，“你的到来令她快乐，所以应该表示感谢的是她。她想要你说话，多跟她讲讲你的老家和你去过的那些地方，好让她了解你。反过来，如果她能做些什么以使你在这儿过得更舒服，你一定要告诉她。”

“她那三言两语就说了这么多意思吗？”优素福问。

“她说了这些，还有些是哈利勒没有告诉你的，”阿明娜说，“她的话让他害怕。”

“你就不怕吗？”

阿明娜莞尔一笑，但没有回答。太太问了句什么，阿明娜转向她，脸上仍然带着笑容。她的话让太太也笑了，优素福看着她们，突然不由自主地打了个寒噤，觉得出奇地脆弱。他起身准备离开。太太像之前那样向他招手，并拉下披肩露出面孔。他伸出手去抚摸那块紫色的印记，手掌感觉到它很烫。他早就知道，只要她再次开口他就会同意。她轻轻地呻吟，并感谢真主。他听到阿明娜叹了口气，然后站起身。她把他送到通往花园的门口，由于他出来后她并没有马上关门，他转身对她说话。他看不清她的脸，但月亮正在升起，朦胧的月光清晰地照出了她的轮廓。

“就兄妹而言，你跟哈利勒长得一点也不像。”他说。他并不在意他们长得不像，只是想尽量多留她一下。

她没有答话，由于她一动不动，他以为她不想回答。过了一会儿，他转过身，开始走进阴暗的花园，想看看她是否也想留他。

“我有时从这儿看你。”她说。

他停下脚步，转过身，然后又开始慢慢向她走去。

“你好像很享受……干这种活儿，”她漫不经心地说，话语中刻意不带任何强调或热情，“我看的时候很羡慕你。看到你挖水渠时，我觉得似乎很吸引人。他不在时，我晚上有时在花园里走动。有一次，你找到一个护身符……”

“是的，”他说，护身符就挂在他脖子上的一根细绳上，他隔着衬衫摸了摸它，“我发现抚摩它可以召来一个好精灵，他会对我有求必应。”

她压低声音轻轻地笑了，叹了口气。“你的好精灵给了你什么？”她问。

“我还没有向他提任何要求。我还在制订计划。精灵的生活很繁忙，没必要只是为了一件小玩意儿就把他召来，”他说，“而如果我提愚蠢的要求，他可能会生气，再也不来了。”

“我以前来这儿时，有过一个护身符，但有一天我把它扔到墙外了。”她说。

“也许就是这个。”

“如果它能召来好精灵，那就不是。”她说。

“你为什么把它扔掉？”他问。

“有人告诉我它会保护我免受邪恶的侵害，结果却没有。希望你的护身符比我扔掉的那个要好，希望它会更好地保护你，而不要像我的那个一样。”

“没有什么能保护我们免受邪恶的侵害。”说着，他朝门口的阴影处走去。阿明娜连忙退开，在他还隔着几英尺时关上了门。

优素福回来时，店铺已经关门，但哈利勒不见了。他们睡觉的垫子已经铺好，优素福伸手伸脚地躺在上面，思考如何应对哈利勒回来后会问的问题。他耐心地等待他，庆幸自己有了比预想更多的时间。随着等待的时间越来越长，他开始为他感到担心。他会去哪儿了？大大的上弦月在空中升起，显得那么近，那么沉，他觉得看着它都感到压抑。镶着黑边的云在它的光晕附近你追我赶，变幻成扭曲怪异的形状。他身后的天空乌云密布，遮住了星星。

一阵温暖的暴雨劈头盖脸地浇来，使他突然惊醒。他的周围大雨如注，越来越大的风将它刮到了露台上。月亮不见了，雨水发出一种灰色的光，照在那一丛丛影影绰绰的灌木和树木上，使它们看上去犹如海底的巨石。

第六章

血　块[①]

1

“让她自己说吧。”优素福问起阿明娜的情况时，哈利勒说道。在暴风雨之夜，他直到天亮才回来，一脸疲惫，衣衫不整，头发蓬乱打结，还沾了些小木屑和干草。他小心地打开店门，避免大惊小怪，但没有解释自己的失踪。他并未表现出明显的敌意，但疏远了优素福，一整天都淡淡地拒绝他所有亲近的尝试，又回到他们早年打趣友善的温和方式。当优素福问他下暴雨为什么没有淋湿时，哈利勒毫无反应，似乎没有听见。优素福还试过其他办法来安抚哈利勒，但最后厌倦了，让他自己去伤心。

到了晚上，哈利勒去取他们的餐盘，出来时强装笑脸，但掩饰不住痛苦和愤怒。你干吗不说话？优素福问，但哈利勒指指餐盘，吃了起来。他们默默地吃着，然后优素福起身去还盘子，又看望太太和阿明娜。他以为哈利勒此前进去时，会跟她们摊开谈论此事，并提出禁止和威胁。他以为哈利勒会尽量阻止他，甚至可能动粗，但优素福起身进去时，他连看都没有看一眼。

太太满脸笑容满口欢迎，她清脆的声音抑扬顿挫，悦耳的曲调在房间里回荡。她谈兴很高，跟他们说起初到这个家的情形，当时是与她的第一任丈夫一起生活，愿真主怜悯他。她丈夫是个成年男子，大概五十岁左右，而她快到十五岁了。就在几个月前，由于疾病和其他人的嫉妒，他失去了妻子和幼子。在他所有的孩子中，只有那个幼子活过了几周。其他孩子都活到了命名礼，她丈夫都一一记得他们。即使到临终之际，谈起他妻子和那些孩子时，他还会流泪，愿真主怜悯他们所有人。太太在镇里长大，听说过她丈夫的不幸，大家都认为他悲痛说明他是个好人。尽管他承受着痛苦，对她却很好。直到最后一两年，病痛使他变得急躁易怒，难以伺候。她就是这样来到这个家里生活，还带来了哈姆达尼老头，不过他当时还不老。

是哈姆达尼老头建造了花园。当然，并非从零开始。有些较老的树当时已经在这儿，他清理地面，修建水池，像个孩子似的成天在那儿捣鼓。他的歌声常常让她丈夫受不了，所以她不得不禁止。她爸爸把他作为结婚礼物送给了她。她从小就认识他，不仅是他，还有个比他年长的奴隶，名叫希贝，几年前就死了，愿真主怜悯他。十多年前，她嫁给老爷

---

① 《古兰经》中多次提到真主用血块造人，也有用泥土、水、精液等造人之说。

时，曾经给予哈姆达尼老头自由，作为给他的礼物。因为当时的法律虽然禁止买卖人口，却并未要求解除对那些身为奴隶者的束缚。但是当她给予哈姆达尼老头自由时，他拒绝了，现在他还在这儿，仍然在花园里吟唱颂歌，可怜的老头。

“她问你是否知道他为什么叫哈姆达尼。”阿明娜说，因为隔着一定距离，她的眼睛比较暗淡，“因为他身为女奴的母亲很晚才有了他。她给他取名为哈姆达尼①，以感激他的出世。他母亲死后，她爸爸从拥有他的那个家庭买下了哈姆达尼。那个家庭很穷，负债累累。”

沉默中，太太久久地盯着优素福，开心地微笑着。再度开口时，她的脸上仍然挂着笑容，但这一次说得不长。

“她要你过来坐近一点。”阿明娜说。他试图看她的眼睛以寻求指导，但她忙忙碌碌而避免看他。太太拍了拍离她一英尺左右的地毯，对他微笑，仿佛他是个害羞的孩子。他坐下后，她握住他的手，放在她的斑上，并把自己的手放在他的手上。她闭上眼睛，长长地吁了口气，像是觉得宽慰，又像是觉得快乐。由于坐得离她太近，他看到她脸上和脖子上的肉紧实而湿润。过了一会儿，她松开他的手，他连忙起身退开。

---

① 原文 Hamdani，意为“值得赞颂的”。

“她说你还没有祷告。”阿明娜说，她的声音小而遥远。他像往常那样装模作样地咕哝了一番，然后匆匆离开，他的手在摸过太太的脸后仍然觉得发热。

在此之后，他才向哈利勒问起阿明娜的情况。哈利勒恨恨地看着他，那张瘦脸扭曲着，充满轻蔑，优素福以为他会朝他吐口水。“让她自己说吧。”他说，然后又回头去把一包包糖摆在柜台上。整个晚上，两人陷入难堪的冷战。优素福并不急于开口，尽管有几次他觉得哈利勒很想说话，以发泄对他的愤怒和焦虑。他觉得自己的行为有一种冷静的顽强，尽管他也担心和不确定自己会让事态发展到什么程度。只要他可以，至少他总会知晓密谋和暗示，而且他觉得能看到阿明娜，能听到她说话，是一种无法抗拒的快乐。他不知道自己从哪儿找到了这样做的力量。不管哈利勒说了什么，也不管他自己了解了什么或对自己说了什么，当她们叫他进去时，他还是不会拒绝。

第二天，他找到哈姆达尼老头，他正拿着那本颂歌坐在枣椰树的树荫下。老人烦躁地看看周围，似乎想另找一处树荫，好坐在那儿不被打搅。

“请别走。”优素福说，他的声音里透着亲热，使老人犹豫起来。哈姆达尼老头等了片刻，然后让脸上绷紧的肌肉松弛下来。他不耐烦地点点头，一如既往地不愿忍受任何人的话。说吧。

“太太给你自由时，你为什么拒绝？”优素福皱着眉头问老人，而老人则倾身向前，对他很恼火。

老人望着地面，等了很久，然后笑了，露出几颗随着年岁增长而变黄的长牙。“我的生活就是这样。”他说。

优素福觉得这是一种回避，他不想就这样被敷衍，所以急切地对老园丁摇头。“但你当时是她的奴隶……现在还是她的奴隶。你想就这样吗？她给你自由时，你为什么不接受？”

哈姆达尼老头叹了口气。“你什么都不懂吗？”他厉声问，然后顿住，似乎不愿再说。过了一会儿，他又接着说了下去。“他们把自由当礼物送给我。她的确如此。谁跟她说过她有权这样做？我知道你所说的自由。我从一出生就拥有那种自由。当这些人说你属于我，我拥有你的时候，就像雨过天晴，或者一天过去太阳落山。第二天早上，不管他们喜不喜欢，太阳都会照样升起。自由也是这样。他们可以把你关起来，给你戴上镣铐，践踏你所有的小愿望，但自由不是他们可以夺走的东西。他们即使毁掉了你，还是远远不能拥有你，就像你出生那天一样。你听明白了吗？这是他们给我干的工作，里面那个人还能给我什么比这更自由的东西？”

优素福觉得这是一个老人之言。它无疑包含着智慧，却是一种隐忍和无能的智慧，从某种角度看也许令人钦佩，但当那些恶霸仍然骑在你头上拉屎拉尿时，却并非如此。他没有说话，但看到自己已经让老人难过，老人以前从未对他说过这么多话，现在可能也但愿没有说。

“你是从哪儿来的？”优素福问老人，想讨好和安抚他，还因为想问问他母亲的情况。他想跟哈姆达尼老头讲讲自己的遭遇，讲讲他也怎样失去了母亲。哈姆达尼老头没有回答，只是拿起自己那本颂歌，过了片刻，他挥挥手让优素福走开。

2

连续三天，他不顾哈利勒无声的蔑视，每天晚上都进去。他多次尝试跟哈利勒谈谈，都没能成功。连顾客都热心地询问他的情况。第三天晚上，当优素福走进通往花园的黑暗时，哈利勒喊住他。优素福停留片刻，然后没有理睬他，走上通往院门的那条看不见的小路，院门现在为他半开着。太太问了他一些问题，关于他妈妈，关于内地之旅以及他在山乡小镇的时光，他都一一做了回答。她靠在墙上，笑眯眯地听他讲话。即使在阿明娜翻译时，她的目光也一直停留在他身上。她的披肩有时从肩头滑落，露出脖子和胸脯上的青紫，她似乎不以为意，并没有拉回去。看到她那样靠着，他觉得自己心里有一种硬邦邦的孤独感。他也问了些问题，关于阿明娜的，阿明娜却转移话题，虽然回答很长，却都是关于太太的详细情况。他能听听也很满足。“她的病痛是年轻时落下的，是在嫁给她的第一任丈夫之后不久，”阿明娜说，“开始只是一个斑点，但随着时间流逝，它越来越深，直刺进她的心里。她痛苦万分，受不了跟别人共处，那些人只会嘲笑她被毁的容颜，拿她痛苦的叫喊当笑柄。但现在你用祷告和抚摸治疗她，她能感觉到好些了。”

“你最初是怎么来这儿的？对来这儿后的生活……你当时怎么想？”他问阿明娜。

“当时我年龄太小，没有去想，”她平静地说，“而且我置身于文明人之中，所以没什么好害怕的。我的祖莱卡婶婶是出了名的善良和虔诚，花园和这座屋子就像天堂，尤其是对我这样一个贫穷的乡下姑娘来说。人们来参观时，对花园的美都嫉妒不已。如果你不相信我的话，可以去问镇里的任何人。每年施舍期间，祖莱卡婶婶给穷人越来越多的东西。来到门口的人都不会空手而去。老爷的生意受到祝福，而太太却患上这种奇怪的疾病。这是真主的方式，他的智慧我们无从评判。”

他不由得笑了。“我问你一个那么简单的问题，你为什么用这种奇怪的方式说话？”他问。

太太突然开了口，语气带着克制。过了一会儿，她的声音柔和下来，优素福看到阿明娜犹豫地停顿片刻才开始翻译。“她说她不想听我讲那么多，而是想听你讲话。她说，你讲话的样子太美了，尽管她听不懂你的话。你即使坐着不动，眼睛和肌肤也焕发着光彩。你的头发也美极了。”

优素福惊讶地瞥了太太一眼，看到她眼睛湿润，面孔因为鼓起勇气而发亮。他回头去看阿明娜时，发现她已经低下了头。“她要你对着她的脸呼气，好让她康复。”她说。

在令人不安的长久沉默后，优素福说：“也许我最好现在就走。”

“她说，看到你她太快乐了，以至于使她痛苦。”阿明娜说，她的头仍然低着，但声音中的笑意已经很明显。

太太生气地说话了，优素福虽然听不懂，却明白她是要阿明娜离开。阿明娜离开房间后，他也马上站起来，一时不确定该如何脱身。太太气得坐直了身子，满脸痛苦。她的怒火慢慢消退，然后招手让他靠近。离开房间之前，他摸了摸她发亮的紫斑，感觉到它在他的手下颤动。

阿明娜在院门旁的阴影中等他。他停在她的面前，很想朝她伸出手去，又怕一旦这样她再也不会理他。“我得回去了，”她低声说，“在花园里等我。等我。”

他等在花园里，脑海里设想着各种可能性。微风从树木和灌木丛中吹过，清香的空气中，到处都是夜虫低沉而满足的跳动。她会为太太的事情而责备他，像哈利勒那样又警告又禁止的。也可能会告诉他，她知道他每天晚上之所以回到主屋，是为了陪她——阿明娜——坐一坐，因为他怀有天真的梦想。随着时间流逝，而且等待似乎没完没了，他不禁越来越焦虑。没准会有人发现他夜深时分藏在花园里，图谋可耻的抢劫。某个地方突然啪嗒一响，他以为是哈利勒来找他，并且会大闹一场。有好几次，他都不得不克制住要离开的冲动。最后，他听到门口有了声响，连忙如释重负地朝它走去。

他靠近时，阿明娜对他嘘了一声。“我不能久留，”她低声说，“你现在明白她想干什么了。我不该把她的话告诉你，但起码你现在明白她想干什么了。她一心一意想这样……你必须小心……并远离她。”

“我如果远离她，就见不到你了。”他说。沉默良久后，他接着说道：“我想一直见到你，即使你不肯回答我的任何问题。”

“什么问题？”她问，他觉得能看到她在黑暗中微笑。“没时间提问。她会听到的。”

“稍后吧，”他说，他的身体在歌唱，“等她睡着之后。你可以在花园里走走。”

“她很生气。我们睡在同一个房间里。她会听到的……”

“我会在这儿等你。”优素福说。

“不。我不知道。”阿明娜说，并退开几步，关上院门。几分钟后她又回来了。“她在打盹，也可能是装的。什么问题？”

他根本就不在乎任何问题，但担心如果伸手去碰她，她会再也不让他靠近。“为什么你跟哈利勒长得一点也不像？你们说话的方式也非常不同……就兄妹而言。你们几乎就像在说不同的语言。”

“我们不是兄妹。他没有告诉你吗？他为什么不告诉你？他爸爸看到一些人在用力把两个小姑娘拖上船。他们在蹚过浅滩，小姑娘们在哭叫。他爸爸大喊一声冲进水里。绑匪撇下了其中一个姑娘，但还是带着另外那个逃走了。他把我带回家，后来他们家收养了我。所以我们像兄妹一样长大，但我们之间没有血缘关系。”

“是的，他没有告诉我，”优素福平静地说，“另外那个呢？另外那个姑娘？”

“我姐姐？我不知道她怎么样了。也不知道我妈妈怎么样了。我对我爸爸毫无印象。毫无印象。我记得我们是在睡梦中被抢走，在路上走了几天。你还有别的问题吗？”她问，语气中带着一丝苦涩的嘲弄，他在黑暗中听得很清楚，不禁蹙起眉头。

“你还记得你的家吗……我是说它在哪儿？”他问。

“我想我记得它的名字……翁巴或者丰巴，我想是在海边。我当时只有三四岁。我甚至觉得记不起我妈妈的长相。听着，我现在得走了。”

“等等。”他说，并伸出一只手去阻拦她。他抓着她的手臂，她没有想挣脱。“你嫁给他了吗？他是你丈夫吗？”

“是的。”她平静地说。

“不。”他说，声音中充满了痛苦。

“是的，”她说，“这个你也不知道吗？一直都心照不宣……我刚到这里时，她就向我解释了一切。她！你找到的那个护身符，是哈利勒的爸爸收养我时送给我的。他们找了一个人来准备收养文件，他还为我做了一个护身符。他说它会永远保护我，但事实并非如此。起码我有我的生活。但只是因为它的空虚，因为我得不到的东西，我才知道我拥有它。他——老爷——喜欢说，住在天堂的人大多是穷人，住在地狱的人大多是女人。如果有人间地狱，那就是这里。”

他无言以对，过了一会儿，松开她的手臂，为她如此冷静地讲述自己的痛苦和失败而深受震撼。从她平静的微笑和自信的沉默中，他永远不会猜到她必须抑制这种痛苦。

“我以前经常看你在花园里干活，”她说，“哈利勒谈起过你以及你如何被带到这里。我曾经想象，树荫、水和泥土会帮你减轻失去一切的痛苦。我羡慕你，以为有一天你会看到我站在门口，并强迫我也出来。我想象你说，出来玩吧。但后来他们把你送走了，因为她开始为你而疯狂。好吧，不说这些了……你还想问别的问题吗？否则我得走了。”

“是的，”他说，“你会离开他吗？”

她轻轻地笑起来，并摸了摸他的脸。“我早就看出你是个梦想家，”她说，“看到你在花园里时，我就想象你是个梦想家。我最好回去，免得她又要唠叨了。远离她。你听见了吗？”

“等等！我怎样才会见到你？除非我进去。”

“不，”她说，“有什么可见的？我不知道。”

她走后，他感觉到她的抚摸犹如他脸上的一个印记，他摸了摸它，感觉它容光焕发。

3

“你干吗把事情弄得这么神秘，干吗这样气得要死？你本可以简单一点，把这一切都告诉我。”优素福说，他坐在哈利勒旁边，而哈利勒已经躺在自己的垫子上。

“是可以。”哈利勒不情愿地说。

“那干吗不说？”优素福问。

哈利勒坐起身，把被单裹在肩上，以保护自己免受在他们周围嗡嗡叫的蚊子的叮咬。“因为这件事并不简单。根本没有简单的事情，我不能只是对你说，嘿，这事儿怎么样？”哈利勒说，“至于你所说的气得要死，那是因为你让我为你感到羞愧。”

“好吧，我很抱歉你感到羞愧而不是真正的生气，但也许你现在可以再给我讲讲这件并不简单的事情。”

“她跟你说什么了吗？关于她自己……”哈利勒问。

“她说你爸爸把她从绑匪手中救了出来，然后把她当女儿收养了。”

“就这些吗？哦，好吧，这不算多，”哈利勒说，闷闷不乐地耸了耸肩，“我不知道那个皮包骨的老店主哪儿来的勇气。那些人有枪……也许。他冲进水里，朝他们大喊放开孩子。他甚至不会游泳。

“我们住在这儿以南的一个小镇，一个穷地方。这一点我告诉过你。我们的店子跟渔民和小农做生意，他们来卖自己的蔬菜和鸡蛋，以换取一把钉子、一块布或一磅糖。如果出现一点幸运的走私品，也总是受欢迎。她就是这样，被卖往某个地方的走私品，像她姐姐就被卖掉了。我记得她来的时候，哭哭啼啼，脏兮兮的……完全吓坏了。镇里的每个人都知道她的故事，但没有人来认领，所以她就住在我们家里。我爸爸叫她活小鬼，”哈利勒说，笑了，“早上，我爸爸准备吃面包时就喊她，她把面包端来，并坐在他旁边，他就一小块一小块地喂她。仿佛她是一只小鸟。每天早上吃小米面包和融化的酥油，她坐在一旁喋喋不休，张大嘴巴吃他为她掰成小块的食物。我妈妈干活的时候她就跟着我妈妈，或者我出去的时候就跟着我。然后有一天，我爸爸说要让她改成我们的姓，这样她就成为我们家的一员。他以前常说，真主用血块创造了我们所有人。她跟当地人交流比我们大家都强。她跟你一样是斯瓦希里人，虽然她的口音有点不同。

“然后老爷来了。这部分非常简单。她七岁时，我可怜愚蠢的爸爸——愿真主饶恕他——把她交给了老爷以抵偿部分债务。而我也被抵押给他，直至她长到可以成亲的年龄，除非我爸爸在那之前可以赎回我。但是他死了，我的妈妈和兄弟们回到了阿拉伯，把我留在这里承受我们的耻辱。穆罕默德·阿卜杜拉那个魔鬼来接我们时，让她脱光衣服，用他肮脏的手抚摸她。”

哈利勒开始轻轻哭泣，泪水无声地从他脸上滑落。

“他们成亲后，老爷告诉我，我想留就可以留，”哈利勒继续说道，“于是我留了下来，伺候那个被我爸爸卖身为奴的可怜姑娘，愿真主饶恕他的灵魂。”

“但你们两个人都没必要再留在这里。她想走就可以走。谁能阻止她呢？”优素福叫道。

“我的兄弟，你真勇敢，”哈利勒含着眼泪笑起来，“我们都可以逃走，去山上生活。走不走取决于她。如果没有老爷的许可她就离开，我就得再度被抵押，或者偿还债务。这是协议，也是荣誉的要求。所以她不会离开，而只要她不走，我也就不走。”

“你怎么能谈荣誉……？”

“你觉得我还该谈什么？”哈利勒问，“我可怜的爸爸——愿真主饶恕他——和老爷夺走了我其他的一切。是谁把我变成了你现在所看到的这个没用的懦夫？不就是他们吗？也许我本性如此，也可能是我们的生活方式……我们的风俗习惯。但是她却被他们伤了心。还有什么比那更重要？如果你不想要我称之为荣誉，那随便你称它别的什么好了。”

“我根本不关心你的荣誉，”优素福生气地说，“我关心的只是隐藏在背后的另一个崇高的词语。我要带她离开这个地方。”

哈利勒躺到垫子上，伸长腿脚。“老爷娶她的那个晚上我很开心，”他说，“尽管排场比不上我们多年前看到的那场印度人的婚礼。没有唱歌，没有珠宝……甚至没有客人。我想，她现在不再像笼中的小鸟，唱着那些伤心的歌了。你晚上有时听见过她唱歌吗？我想，婚姻会消除她的耻辱。她想走就可以走！这些年来有谁阻止过你走吗？你要带她去哪儿？老爷甚至不需要抬手就可以对付你。你在所有人眼中都会被定罪，这理所当然。一名罪犯。如果你留在本镇，甚至会不安全。她对你说过什么吗？我是说她给你承诺了吗？”

优素福没有回答，但能感觉到心中的怒火在消退，并为自己鲁莽的决定受到挑战而开始感到松了口气。也许他对此无能为力。尽管阿明娜站在院门旁黑暗中的样子犹在眼前，那种记忆仍然给他暖意，但他已经能感觉到它在冷却，变成一种静止的东西，一种在某个安静时刻可以打开的心爱的宝物。他怎么能谈起带她走呢？她会当面取笑他，然后大声呼救。接着，他想起她在谈到阿齐兹叔叔、谈到她地狱般的生活时，声音中饱含的苦涩。他感觉到她的手贴在他的脸上，她的手贴在他的脸上。当他问她是否会离开阿齐兹叔叔时，她的笑声……

优素福沉默良久，说："不，她什么都没说。她觉得我是个梦想家。"他以为哈利勒会问更多的问题，但过了一会儿，听到他叹了口气，准备睡觉了。

优素福醒来时感到疲倦和不适。整个夜里他时睡时醒，考虑到底是该不管这些事情，还是该跟阿明娜谈谈，逼她作出决定。他觉得她不会轻蔑地转身走开，因为她那样谈起过她的生活，以及他的生活，她一直在看他并把他们的生活联结在一起。他对她的渴望中也有类似的东西，尽管一时想不起合适的话语来向她倾诉他的渴望，但他知道这并非一件微不足道、完全是他一厢情愿的事情。但只要她愿意，比起接下来的事情，那一切都不过是喃喃低语。尽管如此，他还是决定跟她谈谈。他会对她说：如果这里是地狱，那就离开。让我跟你一起走。我们从小就被教成胆小听话，尊重他们，即使他们虐待我们。走吧，让我跟你一起走。我们俩都前途茫茫。还能有什么更糟的呢？不管我们去哪儿，都不会有围墙花园，里面长着坚固的柏树和骚动的灌木，还有果树和出人意料的鲜艳花朵。白天没有橘子树液的苦味，夜晚没有迎面扑来的茉莉花香，没有石榴籽的芬芳，没有花园边的清馨绿草。没有水池和渠道里的流水声。没有心满意足的枣椰树林参天耸立。也不会有令人心醉神迷的音乐。会像被放逐一般，但还能比这更糟吗？而她会微笑，会用手摸他的脸，让它容光焕发。她会对他说，你是个梦想家，然后承诺他们会建一个自己的花园，比这个更完美。

他对自己说，他不会为父母感到自责。不会。多年前，他们为了自己获得自由而抛弃了他，现在他也要抛弃他们。如果他们从他的被抵押中得到过任何解脱，那么现在要结束了，他将去开拓自己的生活。他在平原上随意漫游时，甚至可能去看望他们，感谢他们给了他一些惨痛的教训，让他过上这样的生活。

4

当天店里很忙，哈利勒忙个不停，他兴高采烈，肆意说笑，连心情最低落的顾客都不禁露出笑容。他们说，他的情绪恢复了。赞美真主！他的玩笑更大胆了，有时近乎嘲讽，但态度却是令人无法抗拒的友好，所以谁也无法生气。“他中什么邪了？”顾客们问。优素福微笑着耸耸肩，然后轻轻地碰一下自己的左太阳穴。人们给出了几种解释。是年轻的热情，虽然不合时宜，但是朝气蓬勃令人愉快。在生活把你困住之前，不妨多笑笑。还有人说，是抽了大麻的缘故。他可能没有习惯，脑子发热了。有个女人来买两盎司椰子油搽头发，哈利勒热情洋溢地给她讲述按摩的乐趣，她不禁怀疑是否有人在这个年轻人的阴茎上涂抹了胡椒粉。露台上的老人们看着这一幕，开心地嘿嘿笑。哈利勒虽然避开他的视线，优素福还是能从他快速闪动的目光中看出兴奋的狂热，并任由他去。

到了下午，节奏放缓后，哈利勒煞有介事地把一个箱子挪到店铺的一角，并坐下来打盹。优素福从不记得他以前有过这种举动，以为这种突然的萎靡是他生气和疯狂的继续。他看到哈姆达尼老头在费力地提着水桶，猜他是要给水池补水。老头朝花园没走几步，水就晃晃荡荡地溢出桶边，溅到了他的脚上，把地面弄得泥乎乎的。优素福又妒又恼地看着他，懒得跑去帮忙，但老人一如既往地全神贯注，似乎并未觉察到他的存在。后来，他看到老人头也不回地离开，拖着脚不慌不忙地穿过空地，就像一只行进的千足虫。他诵念的声音断断续续地响起，难以听清，就像在倒着念的词句。

到了晚上，优素福在老时间进去。他告诉自己这将是最后一次。他将为太太快速祷告，看看阿明娜，然后……如果他敢的话，就请她跟他一起离开。院门半开着，他走了进去，轻轻喊了一声宣布自己的到来。屋子里香气弥漫，太太独自坐在那儿等他。他停在门口，不敢迈进。她微笑着示意他进去。他看到她衣着华丽，乳白色的长裙上琥珀色的织线在闪烁。她拉开披肩，身体前倾，不断地挥手催他靠近。他往前走了两步，又停下，心脏怦怦直跳，知道自己应该离开。她开始轻声跟他说话。她的声音充满感情，说话时，她的笑容越来越柔和。优素福无法确定她想要他干什么，但不可能看不出她脸上的热切和渴望之色。她用手掌按住自己的胸口，然后站起身。当她把手放在他肩上时，他哆嗦了一下。他开始后退，她跟了上来。他转身想逃，但她从背后抓住了他的衬衫，他感觉到它被她的手撕破了。他冲出房间时，听到她痛苦的尖叫，但他没有回头或犹豫。

他在越来越暗的花园中从哈利勒身边跑过时，哈利勒吼道："你干什么了？"优素福坐在露台上，感到麻木和恶心，对这难以忍受的肮脏处境一筹莫展。他在露台上似乎等了几个小时，在羞愧和愤怒之间摇摆。他想，也许他应该马上离开，趁着各种难看的后果还没有开始。但他并没有干任何可耻之事，可耻的是他们强迫他这样生活，强迫他们所有人这样生活。连最单纯的美德都被他们的阴谋、仇恨和报复性占有欲变成了交换和交易的筹码。他会离开，这是最简单不过的事情。在某个地方，他可以摆脱所有人和事对他提出的压迫性要求。但他知道，很久以前，他无所归依的心中就形成了一个孤独的硬块，不管他去哪里，它都会跟随着他，削弱或消除他希望小有成就的任何计划。他可以去山乡小镇，在那里，哈米德可以用自以为是的问题折磨他，卡拉辛加可以用自己的幻想来转移他的注意力。他也可以跟侯赛因一起隐居山林。他在那里可以找到小小的成就。或者去查图那儿，成为他即将瓦解的领地的宫廷小丑。或者去维图，寻找吸食大麻的穆罕默德的母亲，及其因行为不检而失去的美好土地。每到一处，人们都会问起他的父母、他的兄弟姐妹，以及他带来了什么，又希望带走什么。对这些问题他都只会含糊其辞地回答。老爷可以带着一阵香气深入内地，踏入陌生的土地，全部的装备不过是一袋袋小饰品和对自己高人一等的确定认知。森林里的白人无所畏惧，他坐在自己的旗帜下，身边是一群荷枪实弹的士兵。但优素福既没有旗帜，也不具备要求别人高看自己而该有的认知，他觉得自己终于明白，他所了解的小世界是他唯一可以栖身的世界。

哈利勒从黑暗中朝他大步走来，抬起手臂，似乎想揍他。“我告诉过你这只会带来麻烦。”他气愤地说。他把他拉起来，拽他。“让我们离开这儿。我们去镇里。你这个蠢货，蠢货……要我告诉你她在说什么吗？她一直对你那么好，你却像动物一样攻击她，撕破她的衣服。她要我去镇里找人来，好让她当着证人的面这样指控。他们会殴打你，向你吐口水……谁知道还会干什么。”

“我没有碰她。”优素福说。

哈利勒松开他的手臂，怒不可遏地把他扑倒在地，开始用拳头揍他。“我知道，我知道！你之前干吗不听呢？”他叫道，“我没有碰她！她会召集很多人来这儿，你试试告诉他们好了。”

优素福愤怒地推开哈利勒，站起身，问道：“会发生什么？”

“你必须离开。”

“像罪犯一样吗？我要去哪儿？我想走就会走。再说了，他们找到我后会怎么样？”

“大家都会相信她，”哈利勒说，“我说我会去镇里找她要找的人。否则她会大声呼救。他们会相信她的话。如果我们不理她，也许到明天早上她就不闹了，但我猜不会。你应该离开。你不了解这些人吗？他们会杀了你的。”

“她从后面撕破了我的衬衫。这证明我在躲她。”优素福说。

“别犯傻了！”哈利勒叫道，并难以置信地笑出声来，“谁会有时间问你这个？谁在乎？从后面？”他瞥了一眼优素福的后背，不由得傻傻地咧嘴一笑。他沉吟片刻，尽力回想着什么。

他们匆匆赶到海边，挑选一个黑暗处坐下来聊了几个小时。优素福拒绝在夜里离开，以免真的像个罪犯，尽管哈利勒再三催促，他还是坚持要等到对方提出指控，以便他在离开之前可以辩护。不，不，不，哈利勒冲着他大喊，他的声音盖过了不断拍打着他们脚下防波堤的哗哗的海水声。

他们返回店铺时，已经临近午夜。镇里关门闭户，一片寂静，只有在优素福梦中出没的瘦狗在游荡。他们刚到店里，优素福就感觉到空气中有某种不对劲，似乎在他们外出期间发生了什么事情。过了片刻，他就确定无疑地明白是怎么回事。是宣布阿齐兹叔叔出现的香水味。他看了哈利勒一眼，发现他也明白了。法老回来了。

"老爷，"哈利勒紧张地低声说，"他肯定是傍晚回来的。现在只有真主可以帮你了。"

尽管如此，对阿齐兹叔叔的回来，优素福还是感到一种强烈的快意。令他意外的是，他对商人毫不害怕，而只有一种兴奋的好奇，想看看他会怎样跟他谈这些指控。他会不会像精灵对待樵夫那样，把他变成一只猿猴送到荒山之巅？当哈利勒谈论等待着他的可怕命运时，优素福铺开自己的垫子躺了下来，他的平静简直令人气恼，哈利勒不得不住了口。

5

天刚刚亮，阿齐兹叔叔就出来了。他一露面，哈利勒就像往常那样热情洋溢地弯下腰去吻商人的手，并激动地问候。阿齐兹叔叔穿着长袍和凉鞋，但没有戴帽子，这种小小的随意使他显得舒适而和蔼。不过，他转向优素福的面孔却很严厉，也没有像往常那样伸手给他亲吻。

优素福从垫子上站起身。“我听说有件怪事？”阿齐兹叔叔一边问，一边示意优素福重新坐下，“你似乎丧失理智了。能给我一个解释吗？”

“我没有非礼她。我去陪她坐是因为她邀请我进去。我的衬衫从后面被撕破了，”优素福说，他的声音在出乎意料和令人恼火地发抖，“这表明我在逃跑。”

阿齐兹叔叔不由自主地咧开嘴微微一笑。“哦，优素福，”他嘲讽地说，“我不是告诉过你我们的天性很低劣吗？你为什么非要从头经历一遍呢？谁能想到这种事情竟然发生在你身上？从后面？那就证明了。因为你的衬衫从后面被撕破，就证明你无意或未造成伤害。”

哈利勒开始用阿拉伯语解释起来，阿齐兹叔叔听了一会儿，然后挥手让他打住。“让他自己讲。”他说。

“我什么也没干。”优素福说。

“你经常进去，”阿齐兹叔叔说，他的面孔又严厉起来，“你从哪儿学来的这种行为？我把你留在我的家里，你却把它变成一个让人说三道四、蒙受耻辱的地方。”

“我之所以进去，是因为她要我去，为她的病痛……祷告。”

阿齐兹叔叔默默地看着他，似乎在考虑接下来该说什么或做什么。这是优素福通过内地之旅而熟悉的神情。经过这样的思考，商人几乎总是决定让事情顺其自然，而不是去干预。这是不许灾难冒头之前的寂静时刻。最后他说："我本该带你一起去的。我本该预料到……太太身体不好。如果没有发生不光彩的行为，那我们就应该让事情到此为止。尤其是你的衬衫从后面被撕破了。但此事不得对外人透露半个字。你那么频繁地进去还是有错。"

哈利勒再次用阿拉伯语飞快地说起来。阿齐兹叔叔用力点了几下头，然后用阿拉伯语回应。几番交流后，阿齐兹叔叔朝店铺抬了抬下巴。

哈利勒去打开店铺后，阿齐兹叔叔问："你为什么那么频繁地进去？"

优素福望着商人，没有回答。阿齐兹叔叔现在坐在哈利勒刚才躺过的垫子上。他的一条腿垫在身子下，用一条伸出的手臂支撑着自己。优素福看到阿齐兹叔叔在等他开口时，脸上渐渐出现了平静而有趣的笑容。

"为了见阿明娜。"优素福说。这句话过了很久才从他口里说出来，他看到阿齐兹叔叔的笑容扩大了，然后舒服地停留在他的唇边。商人朝店铺看去，优素福也顺着他的视线看去。哈利勒站在柜台旁，一脸愤怒和憎恨地盯着他们，然后转身继续打开窗板。

"还有别的吗？"阿齐兹叔叔问，又重新看着优素福，

“你真的很勇敢，对吧？这过去的几周你真是大有长进啊！”

由于优素福花了很长时间斟酌回复，考虑自己该说多少以及会有何不同，商人又接着说了起来。“这次出门我去过你的老家，想拜访你爸爸。我想跟他商量一下，让你留在这儿为我干活，而作为回报，我会免除他欠我的所有债务。但我发现你爸爸已经去世了，愿真主怜悯他的灵魂。你妈妈也不再住在那里，没有人能告诉我她去了哪儿。也许她已经返回家乡。那是什么地方？”

“我不知道。”优素福说。他并没有觉得失落，但是对妈妈现在也被抛弃在某个地方而突然感到悲伤。想到这里，他的眼睛湿润了，他看到阿齐兹叔叔微微点了点头，赞赏他这种悲伤的表现。商人等待着，似乎乐于让优素福决定他想让事情发展到什么地步。在漫长的沉默中，优素福无法让自己说出已经到了嘴边的话。*我要把她带走。你这样不对，不该娶她。不该虐待她，似乎她完全没有属于自己的东西。让她拥有别人，就像你拥有我们这样。*最后，阿齐兹叔叔站起身，伸出手来让优素福亲吻。优素福向那股香气弯下腰去时，感觉到阿齐兹叔叔的另一只手在他的后脑勺上停留片刻，然后用力拍了拍他。

“我们稍后再讨论计划，看看你最好能为我干什么工作，”阿齐兹叔叔亲切地说，“我厌倦了这样到处奔波。你可以为我分担一些。你甚至可能有机会再次见到你的老朋友查图。顺便说一句，小心一点，你们两个。哈利勒！你也一样。有传言说德国人和英国人在北部边境要开战。我是昨天下午回来时从镇里的商人那儿听说的。现在德国人随时会抓人，让他们为部队当运夫。所以要睁大眼睛。如果看到他们来了，你们要立即关店并躲起来。你们听说过德国人能干出什么，对吗？好了，继续干活吧。”

6

“他喜欢你，”哈利勒开心地说，“我一直都告诉你。老爷精明透顶，谁能怀疑呢？他回到家里，看了太太一眼，心里就想，这个疯女人在折磨我的小帅哥。这些女人永远都是麻烦，而我的更是数一数二的惹事货，真该死。她成天唠唠叨叨，总是拿她的病痛说事，任何人都能看出她疯了。还有你被撕破的衬衫！哦，你被撕破的衬衫！多么精彩的故事！你有些好天使在照看你的事务。现在老爷会给你找个妻子，免得你惹是生非。某个在乡下小店里生活的不错的小姑娘。我觉得他这次出门之前就已经为你想好了人选。也许他还会给我买一个，我们可以来个双重婚礼。也许她们会是姐妹。一次买两个可能会更便宜。请司仪主持仪式只需要花一半的钱，洞房花烛夜后也只需要洗一批床单。我们可以把马路对面的房子租一栋，住在一起。我们的妻子会生双胞胎，对各种麻烦的家务活她们会互相帮忙，而我们则可以坐在屋子露台的垫子上聊天……也许聊世界局势。那会是个好话题。或者聊真主诺言的应验。然后到了早上，我们会穿过马路去照料我们老爷的生意。你觉得怎么样？”

哈利勒向顾客们宣布他们即将举行的双重婚礼，邀请他们参加老爷承诺为他们举办的婚宴。他对他们说，你们了解老爷，一切都是清真的、纯净的。他描述了娱乐活动：舞蹈，唱歌，高跷表演，一队男孩女孩端着香盘，两边各有一列向空气中喷洒玫瑰香水的男人，应有尽有。婚宴上有各种美味佳肴。还有通宵达旦的丰富多彩的音乐。优素福跟其他人一起微笑。当哈利勒狂热肆意地编造发挥时，他很难不笑。当顾客们向优素福求证时，他对他们说，哈利勒的脑子被砸了。“他发烧了，烧糊涂了，”他说，“别理他。否则你会让他紧张，那他就会更严重。”

当哈姆达尼老头来到花园进行他的日常仪式时，哈利勒对他喊道：“喂，圣人，我们要结婚了，我们两个人。你不惊讶吗？我们的老爷将安排好我们的生活。有空的时候为我们念一首颂歌吧。谁能料到我们会有这种好运？顺便说一句，你不会再在这个花园里干这个了。他很快就会有其他的花坛要种植，有其他的灌木要修剪。”

起初，优素福以为哈利勒是因为事态没有变糟而松了口气，所以才插科打诨。阿齐兹叔叔若无其事地将太太的出轨翻了篇，优素福也不敢再为阿明娜而挑战他。如果他准备这样做，阿齐兹叔叔就会采取他认为合适的手法来对付他。后来他才明白哈利勒是在嘲笑他。此前说过那些热情洋溢的豪言壮语之后，他对商人冷冷的邀请却只能忍气吞声。他想，他们现在一样了，都是自愿为商人效劳。亲吻商人的手。哈利勒为自己的不幸编出了一种解释，说他留在这里是为父亲对阿明娜的不公而赎罪。优素福却找不出继续为商人效劳的理由。

“老爷，你现在最好学会这样称呼。”哈利勒笑道。

7

看到一些人在店铺边的马路上奔跑时，他们才第一次知道士兵。当时已近傍晚，人们这时会在渐渐凉爽的街道上漫步，透透气，聊聊天，其他人则从镇里回家。突然，三三两两的人开始四散，从路上跑开或奔向乡下，口里大喊士兵来了。哈利勒冲进主屋大声提醒，优素福则以最快的速度关好店铺。他们坐在黑洞洞的店子里，心脏怦怦直跳，两人相视而笑。起初，越来越强烈的商品气味令他们喘不过气来，但随着渐渐适应这密不透风的环境，他们的呼吸更为轻松。透过木板之间的缝隙，他们可以看到一部分空地和马路。不久，他们看到一队本土士兵从容不迫、步伐整齐地走来，领头的是身穿白衣的欧洲军官。随着队伍越来越近，他们可以看到德国人是个又高又瘦的年轻人，而且面带笑容。他们自己也相对一笑，然后哈利勒从门板上的窥视孔移开，叹口气坐了回去。

本土士兵们赤脚行进，秩序井然。军官转向店铺前的空地，士兵们也跟着他急转。到达空地后，队伍就像绳子被扯断的项链一样散开。大家默默地尽量找个阴凉处，满脸笑容、长吁一口气地扔下背包，各自躺到地上。军官站了一会儿，打量着主屋和紧闭的店铺。然后，他仍然面带笑容，看似不急不忙地朝他们走来。军官走开后，其他人开始相互说笑，有个人还大声说了句脏话。

优素福没有把眼睛从窥视孔移开，他惊恐地蹙着眉头观看那个面带微笑的德国人。军官在露台上停住，然后走出优素福的视线。随着几声令下，一套折叠桌椅从正在休息的士兵那儿搬到了露台上。军官坐了下来，他的面孔与店铺的门板只有几英寸之隔。直到这时，优素福才注意到军官并不像远处看到的那么年轻。他脸上的皮肤紧绷而光滑，仿佛经受过烫伤或疾病。他的笑容是一种僵硬的畸形怪相。他的牙齿暴露在外，仿佛脸上紧绷的肌肉在嘴巴周围已经开始腐烂脱落。那是一具死尸的面孔，优素福对它的丑陋和残忍的样子感到愕然。

士兵们很快就迫于中士的命令而站起身，中士看起来很健壮，让优素福想起狮子姆维尼。士兵们三五成群，不满地站在那儿等待着。他们都看向德国军官，军官则目视前方，不时地把一只杯子举到唇边。他没有一口一口地喝，而是把杯口放在畸形的嘴上直接倒。最后，他看了看士兵，优素福看到他点了点头。

不等中士发话，士兵们就迅速行动。他们以惊人的速度和准确性立正站成一排，然后三人一组地离开，跑向不同的方向。三名士兵留下来保护他们的头儿。在店面的两侧各站一人，第三人则绕到侧边，最后强行打开了花园的门。军官把杯子举到唇边，斜着把液体倒进张开的嘴里。他贪婪地吞着，因为用力而面孔涨红。一些白色的液体沿着他的下巴滴了下来，他用手背把它擦掉。

进入花园的士兵回来做了汇报。过了一会儿，优素福才明白他讲的是斯瓦希里语，说花园里有些水果，但仅此而已，通向主屋的门被锁上了。军官没有看士兵，但等他说完并回到树下休息后，军官转过身，注视着身后紧闭的店铺。优素福觉得军官似乎在直视他的眼睛。

仿佛过了很久，士兵们才开始陆续返回，他们一边赶着前面的俘虏，一边唱歌和高呼。空地上挤满了人。德国军官站起身，走到露台边，双手交叠别在背后。歌革和玛各，哈利勒在优素福耳边低语。被赶到空地中央时，大部分被带来的人都神色惊恐，他们默默地环顾四周，仿佛置身于陌生的环境。还有些人似乎很高兴，他们互相交谈，并友好地大声骂那些士兵，士兵们却似乎并不觉得很有趣。他们等待了几分钟，然后走到那些插科打诨的人中间，猛击几下让他们住口，并再也笑不出来。

等所有的士兵都返回，所有的俘虏都面无表情地聚集在空地中央后，中士走上露台领命。德国军官点点头，中士满意地大喊一声遵命，然后转身面对着人群。俘虏们被编成安静的两列，在越来越浓的暮色中朝镇里的方向走去。德国军官走在无精打采的队伍的最前面，他身体笔直，动作准确而低调。他的白制服在一片昏暗中发亮。

不等队伍消失，哈利勒就溜出店铺，跑到侧面去看主屋里是否平安无事。花园里一片祥和宁静，幽暗中它的夜曲在令人难以察觉地吟唱。优素福去查看士兵营地的垃圾。他小心翼翼地靠近，闻了闻，似乎指望士兵们留下经过此地的刺鼻痕迹。地面被他们踩得乱七八糟，空气中还残存着骚乱的气息。就在木棉树的树荫之外，他发现了几堆大便，几条狗已经迫不及待地吃了起来。那些狗怀疑地瞥了他一眼，用眼角的余光注视着他。它们微微移动身体保护自己的食物，挡住他贪婪的目光。他惊愕地看了一会儿，对这种肮脏的识别感到讶然。那些狗一看到吃屎者，马上就认了出来。

他再一次看到月光下，他的懦弱在其胎衣中闪闪发亮，并想起自己曾经看到它呼吸。那是他对被抛弃的最初恐惧的诞生。现在，看着这些狗不知不觉地恶化的饥饿，他觉得自己知道它最后会变成什么。当队伍仍然可见时，他听到身后的花园里传来像是在闩门的声音。他飞快地回头看了一眼，然后双眼刺痛地朝队伍奔去。

附　录

2021年诺贝尔文学奖得主
阿卜杜勒拉扎克·古尔纳获奖演说

写　作

写作向来是一种乐趣。当年我还是个小男生的时候，课程表上的所有科目当中，我最期盼的就是上写作课，写一个故事，或是写我们的老师认为能激发我们兴趣的任何东西。这时所有人都会安静下来，伏在课桌上面，努力从记忆中或是想象中提取一些值得讲述的东西来。在这些青涩的作品中，我们并不渴望诉说什么特别的事情，或是回忆某段难忘的经历，或是表达个人坚信的观点，或是一诉心中的愤懑苦情。这些作品也不需要任何别的读者，只是写给催生它们的那位老师一个人看的，作为一种提高我们漫谈技巧的练习。我写作，因为老师让我写作，因为我在这样的练习中找到了如此多的乐趣。

多年以后，等到我自己也成了一名教师，我又重演了这段经历，只是角色颠倒了过来：我会坐在一间安静的教室里面，学生们则在伏案奋笔。这让我想起了 D. H. 劳伦斯的一首诗，我现在就想引用其中的几句：

引自《最好的校园时光》

我坐在课堂的岸边，独自一人，
看着身穿夏日短衫的男孩们
在写作，他们的圆脑袋忙碌地低垂着：
然后一个接着一个他们抬起
脸来看向我，
十分安静地沉思着，
视，而不见。

接着那一张张脸便又扭开，带着小小的、喜悦的
创作兴奋从我身上扭开，
找到了想要的，得到了应得的。

我所描述的以及这首诗所回忆的写作课，并非日后写作将会呈现在我眼前的模样。它不像后者那样被驱动，被指引，被回炉，被不断地重组。在这些青涩的作品中，我的写作是一条直线，可以这么说吧，没有太多犹豫和修改，有的只是纯真。写作之外我还如饥似渴地阅读，同样没有任何方向指引，当时我还不知道这两者之间有着怎样密切的联系。

有时候，如果第二天不需要早起上学，我就会读书读到深夜，我的父亲——他自己也算是个失眠症患者了——都不得不来我的房间，命令我熄灯。哪怕你有这胆子，你也不能对他说，既然他也没睡，凭什么你不行呢，因为你不能这样子和父亲说话。再者说，他是在黑暗中失眠的，灯也关了，为的是不打扰母亲，所以熄灯令依然有效。

与我年轻时那种随性的体验相比，日后我所从事的阅读与写作可谓有条不紊，但其中的快乐从来没有消失过，我也很少感到过吃力。不过，渐渐地，快乐的性质发生了改变。直到我移居英格兰以后，我才充分认识到了这一点。正是在那里，饱受思乡之苦与他乡生活之痛，我才开始深思此前我从未考虑过的许多事情。也正是在这一时期，在长期的贫穷与格格不入之中，我开始进行一种截然不同的写作。我渐渐认清了有一些东西是我需要说的，有一个任务是我需要完成的，有一些悔恨和愤懑是我需要挖掘和推敲的。

起初，我思考的是，在不顾一切地逃离家园的过程中，有什么东西是被我丢下的。1960 年代中期，我们的生活突然遭遇了一场巨大的混乱，其是非对错早已被伴随着 1964 年革命巨变的种种暴行所遮蔽了：监禁，处决，驱逐，无休无止，大大小小的侮辱与压迫。在这些事件的漩涡当中，一个少年的头脑是不可能想清楚眼下之事的历史与未来影响的。

直到我移居英格兰后的最初那几年，我才能够深思这些问题，琢磨我们竟能对彼此施加何等丑恶的伤害，回首我们聊以自慰的种种谎言与幻想。我们的历史是偏颇的，对于许多的残酷行径保持沉默。我们的政治是种族化的，直接导致了紧随革命而来的种种迫害：父亲在自己的孩子面前被屠杀，女儿在自己的母亲面前被侵犯。身居英格兰的我，远离所有这些事件，同时却又在精神上深深地为它们所困扰——这样的处境，比起继续同那些依然承受着事件后果的人一起生活，或许反倒使得我更加无力抵抗这种记忆的威力。但我同时还被另一些与这类事件无关的记忆所困扰：父母对子女犯下的残酷行径，人们因为社会与性别教条而被剥夺充分表达的权利，以及种种容忍贫困与依附关系的不平等。这些问题普遍存在于所有人类的生活中，并不为我们所特有，但它们并不会时时挂在你的心头，除非个人境遇迫使你认识到它们的存在。我猜这就是逃亡者所不得不背负的重担之一——他们逃离了创伤，自己找到了安全的生活，远离那些被他们抛在身后的人。最终我开始将一部分这样的反思付诸笔端，不是以一种有序的或是系统的方式，当时还没有，只是为了能够稍稍澄清一点心头的困惑与迷茫，并从中获得慰藉。

不过，假以时日，我渐渐认清了还有一件令人深感不安的事情正在发生。一种新的、简化的历史正在构建中，改变甚至抹除实际发生的事件，将其重组，以适应当下的真理。这种新的、简化的历史不仅是胜利者的一项必不可少的工程（他们总是可以随心所欲地构建一种他们所选择的叙事），它也同样适合某些评论家、学者，甚至是作家——这些人并不真正关注我们，或者只是通过某种与他们的世界观相符的框架观察我们，需要的是他们所熟悉的一种解放与进步的叙事。

如此，拒绝这样一种历史就很有必要了，这种历史不尊重上一个时代的实物见证，不尊重那些建筑、那些成就，还有那些使得生活成为可能的温情。许多年后，我走过我成长的那座小镇的街道，目睹了镇上物、所、人之衰颓，而那些两鬓斑白、牙齿掉光的人依然继续着生活，唯恐失去对于过去的记忆。我有必要努力保存那种记忆，书写那里有过什么，找回人们赖以生活，并借此认知自我的那些时刻与故事。同样必要的还有写下那种种迫害与残酷行径——那些正是我们的统治者试图用自吹自擂从我们的记忆中抹去的。

另一种对于历史的认识同样需要面对——这种认识是我在移居英格兰，接近其源头之后才渐渐看清的，比我在桑给巴尔接受殖民教育的时候看得更清。我们这一辈人，都是殖民主义的孩子，而在这一点上我们的父辈和我们的晚辈则并非如此，至少和我们不一样。我这话的意思并不是说我们对于父辈所珍视的那些东西感到生疏，也不是说我们的晚辈就摆脱了殖民主义的影响。我想说的是，我们是在帝国主义高度自信的那段时间里长大成人并接受的教育，至少在我们所处的世界区域是那样，当时的殖民统治使用委婉的话术伪装自我，而我们也认可了那套说辞。我指的那段时间，是在整个区域的去殖民化运动开始步入正轨并让我们睁眼看到殖民统治所造成的掠夺破坏之前。我们的晚辈有他们的后殖民失望要面对，也有他们自己的自我欺骗来聊以自慰，所以有一件事他们也许并不能看得很清，或是达不到足够的深度，那就是：殖民史彻底改变了我们的生活，我们的腐败和暴政从某种程度上讲也是殖民遗产的一部分。

这些问题中的一些我在来到英国后看得愈发清楚了，不是因为我遇到了什么人能在对话中或是课堂上帮助我澄清，而是因为我得以更好地认识到，在他们的某些自我叙事中——既有文字，也有闲侃——在电视上还有别的地方的种族主义笑话所收获的哄堂大笑中，在我每天进商店、上办公室、乘公交车时所遭遇的那种自然流露的敌意中，像我这样的人扮演着怎样的角色。我对于这样的待遇无能为力，但就在我学会如何读懂更多的同时，一种写作的渴望也在我心中生长：我要驳斥那些鄙视我们、轻蔑我们的人做出的那些个自信满满的总结归纳。

但写作不可能仅仅着眼于战斗与论争，无论那样做是多么的振奋人心，给人慰藉。写作不是只着眼于一件事情，不是为了这个问题或那个问题，这个关切点或那个关切点；写作关心的是人类生活的方方面面，因此或迟或早，残酷、爱与软弱就会成为其主题。我相信写作还必须揭示什么是可以改变的，什么是冷酷专横的眼睛所看不见的，什么让看似无足轻重的人能够不顾他人的鄙夷而保持自信。我认为这些同样也有书写的必要，而且要忠实地书写，那样丑陋与美德才能显露真容，人类才能冲破简化与刻板印象，现出真身。做到了这一点，从中便会生出某种美来。

而那样的视角给脆弱与软弱、残酷中的温柔，还有从意想不到的源泉中涌现善良的能力全都留出了空间。正是出于这些原因，写作对我而言才是我人生中一个很有价值且十分有趣的组成部分。当然，我的人生还有其他部分，但那些不是我们此刻所要关注的。经历了这几十年的人生岁月，我演讲开头所提到的那种青涩的写作乐趣如今依然没有消失，堪称一个小小的奇迹。

最后，让我向瑞典文学院表达我最深切的谢意，感谢他们将这一莫大的荣誉授予我和我的作品。我感激不尽。

（宋金　译）

Abdulrazak Gurnah
PARADISE

图字：09-2022-186号

图书在版编目(CIP)数据

天堂/(英)阿卜杜勒拉扎克·古尔纳(Abdulrazak Gurnah)著;刘国枝译.—上海:上海译文出版社,2022.8
(古尔纳作品)
书名原文:Paradise
ISBN 978-7-5327-9089-0

Ⅰ.①天… Ⅱ.①阿… ②刘… Ⅲ.①长篇小说—英国—现代 Ⅳ.①I561.45

中国版本图书馆 CIP 数据核字(2022)第104211号

天堂
[英]阿卜杜勒拉扎克·古尔纳 著 刘国枝 译
策划/冯 涛 责任编辑/管舒宁 装帧设计/张志全工作室

上海译文出版社有限公司出版、发行
网址:www.yiwen.com.cn
201101 上海市闵行区号景路159弄B座
苏州市越洋印刷有限公司印刷

开本 889×1194 1/32 印张 9.5 插页 6 字数 145,000
2022年9月第1版 2022年9月第1次印刷
印数:00,001—50,000册

ISBN 978-7-5327-9089-0/I·5644
定价:78.00元